AF202015

Lisa Schamschula

HÜTERIN IM HIMMELSEE

 tredition®

© 2018 Lisa Schamschula
Umschlag, Illustration, Satz: Lisa Schamschula
lisaschamschula.com

Verlag & Druck: tredition GmbH, Hamburg

ISBN
978-3-7469-2774-9 (Paperback)
978-3-7469-2775-6 (Hardcover)
978-3-7469-2776-3 (e-Book)

Meinen Söhnen
Jakob und Richard

INHALT

DER RUF

Ein Ruf hallte in den Räumen. Er brachte mein strahlendes Kleid sanft in Schwingung, zog an mir vorüber und verlor sich dann in den Weiten des Alls. Zuerst tat ich ein bisschen taub, wohlig eingebettet in eine kleine Sternengemeinschaft, die ich seit Äonen meine Heimat nennen durfte. Ich war umgeben von geliebten Wesen, mit denen ich meine Aufgaben in Harmonie und Ordnung verrichtete. In einvernehmlicher Gemeinschaft lenkten wir die Geschicke der in unserer Obhut stehenden Planeten und Völker und mein Dasein hätte gerne einfach so weitergehen können. Aber da war dieser Ruf und alles wurde anders.

Der Ruf war eine Bitte um Hilfe und Unterstützung eines kleinen, jungen Planeten in einem fernen Sonnensystem. Ein Planet, der Heimat für Pflanze, Tier und Mensch werden sollte. Ein paar erfahrene Geister wurden benötigt.

Irgendetwas in der Stimme dieses Planeten hatte einen Eindruck hinterlassen. Es rührte mich zutiefst, war so vertraut und liebenswert, dass ein fast mütterliches Gefühl in mir erwachte. Also gab ich mir einen Ruck und blinzelte zu meinem lieben Nachbarn hinüber. Djatil blickte mich bereits aufmerksam an. Offensichtlich hatte auch er das Gefühl, dass es wohl an der Zeit wäre, etwas zu unternehmen. Nun wurde man rundherum aufmerksam und es fand sich am Ende ein ganzes Grüppchen hilfsbereiter Geister zusammen. Wir beschlossen den Aufbruch, wissend, dass mit einem

Dimensionswechsel einige unangenehme Dinge und Prüfungen auf uns zukommen könnten. Manche meldeten Bedenken an und mahnten zu äußerster Vorsicht, die meisten aber waren der Meinung, dass es für uns mit Sicherheit kein Problem würde, die Herausforderungen niederer Dimensionen zu handhaben. Auch ich war der festen Überzeugung, diese Aufgabe leichtfüßig erledigen zu können. Wir regelten unsere Geschäfte, bestimmten Vertreter und Nachfolger, und nur wenig später traten wir unsere Reise an.

Als wir unsere Sternenkörper verließen, muss es ausgesehen haben, als hätte ein mächtiger Engel sein funkelndes Kleid geschüttelt. Am Himmel löste sich ein Funkenregen, formierte sich und glitzerte, einer unsichtbaren Bahn folgend, auf einen großen, feurigen Planeten nieder.

Aufmerksam hatte die große Drachenmutter auf dem Feuerplaneten das Schauspiel am Himmel beobachtet. Sie erwartete uns Sternengeister schon lange, denn der kleine Planet am anderen Ende der Galaxie lag ihr sehr am Herzen.

Mit Bedacht hatte die Mutter der Planetenfeuer eine angemessene Menge Dracheneier ausgewählt. Sie wusste, dass nicht jedes aufgehen würde, und nicht jedes ein reines Herz in sich barg. Sie muss wohl auch geahnt haben, dass nicht jeder von uns die Reinheit hatte, die kommenden Prüfungen zu bestehen.

Wir würden unsere Kräfte bis auf ein fast unerträgliches Maß zügeln müssen, um dem jungen Planetenkörper nicht zu schaden. Unser Auftrag war es, ihn zu unterstützen, seine Feuer zu beherrschen und in geordnete Bahnen zu leiten. Dann sollten wir die Drachen zu den Kraftzentren des Planeten führen, damit diese unerschrockenen Geister dessen feurige Nervenbahnen bewachen könnten. Das stabile Netz würde allen Naturreichen, denen dieser Planet Heimat werden sollte, Kraft und Orientierung geben.

In ihrer Jugend sollten wir die Drachen noch beschützen und anleiten. Sobald sie erwachsen wären und die Feuer der Erde selbstständig beschützen und hüten könnten, wäre unsere Mission beendet und wir würden wieder die Heimreise antreten.

Als ich das für mich bestimmte Ei entgegennahm, blickte mich die Drachenmutter liebevoll an und für einen kurzen Moment hatte ich den Eindruck, eine Träne in ihren Augen glänzen zu sehen. Ehrfürchtig nahm ich das kostbare Ei an mich. In diesem Augenblick wurde ich zur Drachenmutter. In diesem Augenblick schien es mir unmöglich, dass irgendetwas mich und das kleine Wesen trennen könnte. In diesem Augenblick war unser beider Schicksal verbunden.

DER STEIN

Majestätisch leuchtet der riesige, rote Felsen in der Nachmittagssonne eines heißen Junitages. Nur ein einziges, kleines Wölkchen wagt es, den makellosen Himmel über dem noch schneegeschmückten Rosenjoch zu zieren. Unten im Tal schlagen vertraut die Glocken der Kühe, die gemächlich würzige Almkräuter in ihren Mäulern zermalmen.

Vik steht still an den warmen Felsen gelehnt und saugt die klare Bergluft auf. Ihr Blick haftet an einem kleinen Punkt weit über ihr. Hoch in der Luft schraubt ein Adler sich mühelos, Runde um Runde, in die Höhe. Als sie ihn entdeckte, war er noch weit unter ihr im Tal. Jetzt, nur Minuten später, kreist er Hunderte von Metern über ihr, ohne ein einziges Mal mit den Flügeln geschlagen zu haben.

Und sie? Vier Stunden hat sie für die Überwindung dieser Höhe gebraucht. Vom Parkplatz des kleinen Bergdorfes am Talausgang war sie mit dem Mountainbike das Waldsträßchen hoch gestrampelt, hatte es hinter einer alten Lärche und einem Felsblock im Almgebüsch versteckt, um dann den schmalen Steig durch Latschenkiefern und über Geröllfelder hinauf zu steigen, bis nur noch niedrige Gräser, Kräuter und Flechten die Steinfelder durchzogen. Sie ist oft in den Bergen. Immer wenn Zeit und Wetter es irgendwie zulassen, sucht sie die Stille dieser großen, vertrauten Steinriesen. Auch dieses Tal kennt sie schon. Heute aber ist etwas anders. Sie hat sich nicht getraut, jemandem davon zu erzählen.

Vor ein paar Tagen hatte sie das Gefühl, dass ein Tal sie ruft oder „Jemand" in diesem Tal. So genau konnte sie das nicht sagen. Vik machte gerade eine Pause von der Arbeit, stand am Fenster in ihrer Stadtwohnung und betrachtete den Hausberg mit seinem imposanten Sendemasten, als sie etwas hörte, oder vielmehr sah, oder besser gesagt vernahm? … Sie wusste bei Gott nicht, wie man das nennt. Es war wie ein Ruf oder eine Einladung. Sie stellte ihre Teetasse ab, ging zum Computer und sah nach, wie das Tal hinter dem Hausberg heißt. Vor einigen Jahren war sie dort schon einmal im Abstieg vom Rosenjoch hinuntergegangen. Es ist ein kleines, eher stilles Tal. Unterhalb der Baumgrenze steht ein Gasthaus, zu dem eine Privatstraße durch den Wald führt. Der Parkplatz für Gäste liegt einen zweistündigen Fußmarsch entfernt an der Talmündung und fasst höchstens zehn Autos. Das ist wohl auch der Grund, warum in diesem schönen Tal nicht so viel los ist wie in den Berggasthäusern und Almen rund um die Stadt. Sie hatte sich in diesem Moment eigenartig feierlich gefühlt, als hätte sie eine Einladung zur Audienz bei einem Regenten erhalten. Diesen Gedanken fand sie so romantisch, dass sie, ohne lange zu überlegen, beschloss, dieser „Einladung" zu folgen und bei nächster Gelegenheit in dieses Tal zu fahren. Und das ist heute, Pfingstsonntag, nur ein paar Tage nach dieser eigenartigen Einladung.

Der Ruf war so stark in ihr geworden, dass sie sich auch nicht davon hatte beirren lassen, dass unten kein Parkplatz mehr frei gewesen war. Nachdem sie auf den überfüllten Parkplatz eingebogen war, hörte sie sich selbst verwundert und mit ungewohnt fester Stimme, sagen: „Das akzeptiere ich so nicht. Ich soll da hinauf. Ich bin verabredet und da gibt es ja wohl einen Platz für mich." Es gab aber keinen. Einige Minuten stand sie so, mit laufendem Motor auf dem Parkplatz. Unschlüssig. In einem Moment überlegte sie alternative Ausflugsziele und hielt das Ganze für eine fixe Idee, im nächsten Moment war sie erfüllt von der Gewissheit, eine dringende und wichtige Verabredung zu haben. Dann war eine klare Kraft in ihr, die diese Situation so nicht annehmen wollte.

Während sie in innerem Dialog mit sich rang, beobachtete sie, wie ein älterer Mann aus dem einzigen Haus am Waldrand trat und auf seinen Carport zuging. Plötzlich wusste Vik, was zu tun war. Sie schaltete den Motor ab, stieg aus dem Wagen, ging ein paar Schritte auf den Mann zu und fragte ihn, ob sie sich auf einen seiner beiden Parkplätze stellen dürfe. „Ja, freilich", meinte dieser hilfsbereit. „Mein Sohn kommt erst am Dienstag wieder. Stell dich nur auf seinen Platz." Sie wäre ihm beinahe um den Hals gefallen. Einen kurzen Moment standen sie sich gegenüber und sahen sich freundlich lächelnd an. In diesem Augenblick war sie sich nicht einmal sicher, ob es nicht sogar er gewesen war, der sie gerufen hatte. Sekundenlang gab es keine Zeit und keinen Raum. Dann lösten sie einvernehmlich den Blick voneinander, wünschten sich höflich einen schönen Tag, er fuhr aus dem Carport heraus und sie parkte ein.

Der Adler ist mittlerweile hinter der vollkommen gleichmäßigen Gipfelpyramide der Karspitze ins Nachbartal abgetaucht. Vik wendet sich dem warmen Felsen zu und legt beide Hände darauf, als wolle sie mit ihm sprechen, als könne dieser eine Antwort auf alle Fragen geben, als wisse er das tiefste Geheimnis. Der Stein aber schweigt. Sie ist ein bisschen unschlüssig, was sie hier soll, dann jedoch wendet sie sich plötzlich entschieden dem schmalen Pfad zu, der an der Seite des Felsens in die Höhe führt, und steigt hinauf. Oben angekommen, setzt sie sich auf den vom Gletscher rundgeschliffenen Fels und lässt ihren Blick über das Tal schweifen. Alles in ihr kommt zur Ruhe. Stille. Innen, wie außen.

„Lange kann ich hier nicht bleiben", denkt sie dann wieder, „der Abstieg wird mich ungefähr zwei Stunden kosten."

„Das weiß ich", sagt eine Stimme. Vik fährt herum. Nichts zu sehen. „Nicht erschrecken. Bitte", sagt die zarte, weibliche Stimme. Vik schaut sich immer noch um. Ihr Puls hämmert in den Ohren. „Beruhige dich, Viktoria", besänftigt die Stimme.

Augenblicklich fährt der Puls wieder auf sein normales Tempo zurück. „So ist es gut. Es ist noch ungewohnt für dich und noch kannst du mich nicht sehen, aber das wird sich bald ändern. Schön, dass du gekommen bist", sagt die sanfte und doch ein bisschen kecke Stimme.

„Wer bist du?", fragt Vik.

„Du musst nicht laut sprechen. Ich höre dich auch, wenn du denkst."

Vik erschrickt. „Wenn ich denke? Ja, dann weißt du ja alles, was ich denke?"

„Mich interessiert nicht alles, was du denkst. Wenn du es an mich richtest, dann interessiert es mich auch … na ja … und manche anderen Gedanken."

„Was meinst du damit?"

„Du hast dich die ganze Zeit gefragt, ob der Pfurtscheller Hannes nicht derjenige war, der dich gerufen hat. Stimmt's?" Vik schießt die Hitze in den Kopf. Die Stimme kichert ausgelassen, verstummt dann aber plötzlich.

„Oh, Entschuldigung. Ich bin ja vielleicht unhöflich. Du hast unseren Ruf gehört, das tut nun wirklich nicht jeder, bist dem auch gefolgt, und das können noch weniger Menschen, und dann hast du auch noch so einen beschwerlichen Weg auf dich genommen. Sogar ein Hindernis hast du aus dem Weg geräumt. Und ich stelle mich dir nicht einmal vor. Liebe Viktoria, ich bin Arahal, die Tochter von Legorn, dem Fürsten dieses Tals. Wir sind Bergelben." Vik weiß zuerst nicht, was sie sagen soll, sie hört diese Stimme zwar deutlich, doch in ihr ringen die Kräfte des Verstandes. Wie würde das wohl ein Psychiater nennen, wenn sie ihm das beschriebe? Hat sie noch alle Tassen im Schrank? Sie sitzt hier nach einer recht anstrengenden Bergtour bei sommerlicher Hitze in 2400 Metern Höhe auf heißem Felsgestein. Da meinen vielleicht einige, mit einer Elbenfürstentochter zu plaudern. Oder hat sie doch zu viel „Herr der Ringe" gesehen?

„Nein, nein, nicht zweifeln, das macht alles kaputt, Viktoria. Es gibt mich wirklich und wir haben dich gerufen, weil wir deine Hilfe brauchen." Arahal schweigt einen Moment, dann fährt sie langsamer fort. „Und du unsere, wie ich annehme." Diese Worte ziehen Vik wieder ganz in ihren Bann und alle Zweifel sind vorerst beiseite geschoben. Die Neugier überwiegt. „Wie? Wie soll ich euch denn helfen und wie könnt ihr mir helfen? Brauche ich denn Hilfe? Ich bin mir dessen nicht bewusst. Und wer ist überhaupt ‚wir'?"

„Ach, ja, ja, ich muss das anders angehen, Viktoria. So viele Fragen, so viele Dinge, die du wissen musst. Und wir haben nicht viel Zeit, denn du solltest bald wieder absteigen, um nicht in die Dunkelheit zu geraten. Hier kannst du ja nicht bleiben. Du schläfst zu gerne lange. Es wäre besser, wenn du nächstes Mal ein bisschen früher aufstehst." Dem leicht belustigten Tonfall in Arahals Stimme ist so viel Liebenswürdigkeit beigemischt, dass Vik sich völlig entwaffnet fühlt. Sie muss über sich selbst schmunzeln.

Arahal lacht. „Und? Wirst du nächstes Mal früher kommen?"

„Nächstes Mal? Wann soll ich denn wieder kommen?"

„Wenn du Zeit hast."

„Ach so. Ihr habt hier wahrscheinlich keine Zeit, oder?"

„Doch", sagt Arahal ernst, „aber anders."

„Hm. Gut. Arahal wie kann ich euch nun helfen? Und

wie wollt ihr mir helfen? Ich meine … ihr seid nicht mal sichtbar."

„Na ja, Parkplatzbeschaffung geht schon, oder?", deutet Arahal keck an.

„Wie? Das wart Ihr? Das glaube ich jetzt aber nicht. Wenn Ihr wolltet, dass ich hierherkomme und ihr einen Parkplatz beschaffen könnt, warum habt ihr mir dann nicht einfach einen freigehalten? Das wäre doch viel einfacher gewesen."

„Einfacher schon … aber, weißt du, der Mensch, der uns helfen kann, braucht eine besondere Willenskraft, und verzeihe, aber die mussten wir prüfen. Die Minuten, die du auf dem Parkplatz standest und die Gedanken in dir kämpften, haben wir hier in größter Spannung verbracht und gehofft und gebangt, ob du es schaffst, ob du der Mensch bist, der uns helfen kann. Dem Hannes einen Gedanken zu geben fällt uns leicht. Er kann zwar nicht richtig mit uns sprechen, aber er fühlt uns und ist ein guter Freund. So kam ihm dann halt plötzlich der Gedanke, dass er seine Schwester besuchen sollte."

Vik hat das Gefühl, den Boden unter den Füßen zu verlieren. Ihr ganzes Weltbild passt nicht. Das begann zwar schon in dem Moment zu wanken, als sie da am Fenster stand und „den Ruf" empfangen hatte. Dies jedoch konnte man noch unter „Einbildung" einsortieren, aber das hier? Sie weiß nicht, was sie mehr irritieren soll: Die Dinge, die diese Arahal ihr erzählt, oder die Tatsache, dass ihr das, was sie sagt, eigentlich gar nicht komisch vorkommt, sondern, im Gegenteil, ganz vertraut klingt.

„Ja, natürlich kennst du das, was ich dir erzähle. Das ist dir gar nicht neu und du kennst uns auch. Nicht uns speziell, aber uns Naturgeister. Du wirst dich erinnern Viktoria. Bald. Es hat etwas gegeben. Das hat dich von uns getrennt, das hat dich von dir getrennt und von dem, der uns alle erschaffen hat."

Vik ist irritiert. „Was meinst du damit?", protestiert sie. „Ich fühle mich nicht von mir getrennt und wenn du Gott meinst, auch von ihm fühle ich mich nicht getrennt. Gut. Ich gehe vielleicht nicht in die Kirche, aber ich fühle mich ihm in den Bergen halt näher als in einer Kirche. Und von euch getrennt? Na ja, wir sprechen doch miteinander. Also können wir doch nicht ganz getrennt sein, oder?"

„Ja …", sagt Arahal und schweigt.

Dann fährt sie unternehmungslustig fort: „Weißt du, wir sollten mit dem Unterricht beginnen."

„Welchem Unterricht?" Vik hat das Gefühl, auf der Leitung zu stehen und so langsam wird sie auch unwillig. Was will Arahal? Was für ein Unterricht? Sie wollte doch ihre, Viks, Hilfe und nun soll sie irgendetwas lernen.

„Viktoria, du kannst uns nur helfen, wenn du verstehst, wenn du alles verstehst. Es gibt etwas, was die Ordnung hier stört. Nein, besser, was sie schon gestört hat. Nein …", Arahals Stimme klingt niedergeschlagen, „… eigentlich ist sie ganz durcheinander. Es geht darum, diesen Ort hier zu retten. Einen Ort zu heilen, heißt viele zu heilen, denn alle Orte sind miteinander verbunden. Die vorgegebene Ordnung ist heilig. Darum will ich dir von der Ordnung erzählen. Bitte, Viktoria, wirst du wiederkommen?"

Vik ist überwältigt von der Woge der Gefühle, die Arahals Worte in ihr ausgelöst haben. Ordnung. Heilig. Unordnung? Etwas in ihr schwingt mit diesen Worten. Ein noch unbekannter Schmerz bemächtigt sich ihrer. Tränen füllen ihre Augen. Sie will mehr wissen. Ja, sicher wird sie wiederkommen. Sicher will sie wissen. Sicher will sie lernen.

„Fein!", sagt Arahal sachlich, „dann beginnen wir!", und sie fährt in süßestem Grundschullehrerinnen-Tonfall fort: „Schau dich einmal um. Hier auf dem Felsen liegen viele kleine Steine. Suche dir einen aus, der dir gefällt." Vik schaut neben sich auf den Felsen. Überall in den Furchen, die das Gletscherwasser über Jahrtausende in den Stein gegraben hat, die Eis und Sonne gesprengt haben, wachsen jetzt kleine Kräuter und Blümchen auf spärlichem, steindurchsetztem Sand. Ein größerer Stein scheint ihr regelrecht zuzuzwinkern. Es ist ein Stück Glimmerschiefer, der wohl von etwas weiter oben stammt. Vik prüft die Hänge der umgebenden Berggipfel, kommt aber zu keinem befriedigenden Ergebnis und greift nach ihm. Er steckt noch halb in der Erde. Die Unterseite ist ein bisschen feucht und sandig. Mit viel Fantasie könnte er ein etwas eckiges Herz sein.

„Du hast ihn gefunden! Jetzt schließe die Augen und fühle ihn. Was er wohl schon erlebt hat? Millionen Jahre ist er auf dieser Erde, wurde von Feuer, Hitze und Druck geformt, und von Eis, Wasser und Wind geprägt. Große Meere und kleine Bäche hat er gesehen. Er weiß dir viel zu erzählen."

„Ein Stein soll mir also etwas erzählen. Ah ja …", denkt Vik. „Aber was hat das denn nun mit Ordnung zu tun?"

„Es ist ein Stein. Ein Vertreter des ersten Naturreichs. Und von den Naturreichen will ich dir berichten", sagt Arahal munter.

„Ach so", meint Vik trocken. „Welche Reiche meinst du? Steine, Pflanzen, Tiere, Menschen?"

„Ja, genau, Viktoria. Und wir beginnen mit dem ersten Reich, dem Mineralreich. Aber nicht alles heute denn du musst bald absteigen. Nimm deinen Stein mit. Du wirst einiges verstehen, wenn du ihn bei dir hast. Ein paar Dinge gebe ich dir jedoch noch mit auf den Weg:

Das erste Naturreich liegt mir ganz besonders am Herzen. Nicht nur, weil mich der Anblick der funkelnden Steine und des Goldes auf der Krone meines geliebten Vaters immer wieder aufs Neue begeistert, nein, weil dieses Reich alles in sich birgt, was in anderen Reichen dann erst in Erscheinung treten kann und die wundersamen Wandlungen der Fortentwicklung nimmt. Denn so gilt die Regel: Jedes Naturreich hängt von der Existenz des vorangegangenen ab und gibt ein Opfer an das darauffolgende Reich. Die Pflanzen ernähren sich von Licht, Wasser und dem Mineralreich. Die Tiere ernähren sich von Licht, Wasser, Mineral und Pflanze. Der Mensch ernährt sich von Licht, Wasser und allen darunter liegenden Reichen, also Mineral, Pflanze und Tier, wenn er nicht auf Letzteres freiwillig verzichtet. Was der Mensch hier erlebt und an Erfahrungen sammelt, ist wiederum die Nahrung für das nächste Reich. Das Reich, das man am ehesten als das Reich der Geister und Engel bezeichnen kann. Mineralien gehören also dem untersten Naturreich an, aber dies ist für mich nicht als das Niederste zu verstehen. In ihm ist, wie in einem immensen Computer, alles gespeichert, was sich dann in den nächsten Reichen auf das Wunderbarste entfaltet. Dein Stein birgt also das ganze Potenzial an Ordnung, Weisheit, Schönheit, Intelligenz, Kraft und Liebe der gesamten Schöpfung in sich. In etwa so, wie in einem Samen schon der ganze Baum enthalten ist. Wenn du dem Stein in deiner Hand für dies alles Respekt und Dank zeigen willst, dann drücke ihn jetzt einmal kurz ganz fest. Ich bin mir sicher, dass er sich freut und dir ein großes Geschenk bereitet."

Vik fühlt ein Pulsieren in der Hand, in der ihr Stein liegt, und ein wohliges Gefühl der Verbundenheit mit allem was ist, erfüllt sie. Aller Unmut, Misstrauen und Zweifel sind nicht mal mehr eine Erinnerung. Und obwohl der Abend sich bereits in das Tal senkt und kühle Böen über ihre Haut streichen, fühlt sie eine wonnige Wärme um sich herum. Dennoch ist es Zeit aufzubrechen.

Die Sonne ist schon seit einiger Zeit hinter dem Hausberg verschwunden und das Tal liegt bereits dunkel unter ihr. Geschickt wickelt Vik den Stein in ein Taschentuch und schiebt ihn liebevoll in das kleine Seitenfach ihres Rucksacks. Sie nimmt noch einen Schluck aus ihrer Wasserflasche, schwingt sich auf und springt ein paar Schritte über die Felsrinnen auf den schmalen Pfad an der Seite des Felsens.

„Arahal?", fragt sie.

„Ja?"

„Wie weit geht denn das Reich deines Vaters?"

Nach einer kleinen Pause vernimmt sie Arahals traurige Stimme „Es ist bedeutend kleiner geworden, als es mal war." Nach einer weiteren Pause meint Arahal wieder munterer: „Du triffst mich hier – jederzeit. Du musst dich nicht anmelden."

Und sie lacht ein ganz feines, silbriges Lachen.

„Ja", meint Vik, „aber hoch steigen".

„Das schon. Freie Parkplätze dürfte es in Zukunft jedoch wieder geben."

Nun muss Vik lachen. „Ich komme bald!", ruft sie jetzt laut. „Auf Wiedersehen!" Schon springt sie den Steig hinunter. Es wird deutlich kühler und sie muss sich wirklich beeilen. In ihrem Herzen erreicht sie Arahals Abschiedsgruß als eine Woge warmer Glückseligkeit.

„Ich glaube, sie hat mich gut verstanden", wendet sich Arahal an Ihren Vater, als Vik außer Hörweite ist. „Meinst du, sie kann es schaffen, uns zu helfen?"

„Sie ist guten Willens, sie ist unerschrocken und folgt ihrer Intuition, so gut es geht", meint Legorn nachdenklich zu seiner Tochter, als er Vik hinterherschaut. „Sie hat gute Eigenschaften."

„Aber … ich weiß es nicht, Arahal", meint er und Arahal hört einen besorgten Klang in seiner Stimme mitschwingen.

„Ja, sie ist guten Willens", wiederholt er, „aber sie glaubt nicht an ihre Fähigkeiten. Sie neigt zum Zweifel und das nimmt ihr die Kraft." Er schaut Arahal direkt an: „Ich fürchte, sie braucht Unterstützung."

„Meinst du, Hannes kann helfen?", schlägt Arahal vor.

„Vielleicht ein bisschen, Arahal … aber wahrscheinlich reicht das nicht aus", meint Legorn nachdenklich und schaut Hilfe suchend zur Karspitze hinüber. „Wir sind ja hier im Tal nicht die Einzigen, die Viktorias Hilfe benötigen." Laut und mit Nachdruck ergänzt er: „Oder?"

„Es gibt eine Lösung, Vater!", meint Arahal mit besänftigender Stimme. „Ich bin sicher, es gibt eine Lösung, wir sehen Sie nur noch nicht."

Die Fahrt durch den Bergwald kostet Vik alle Konzentration, denn obwohl es eigentlich noch nicht richtig dunkel ist, reicht das Licht an manchen Stellen im Wald kaum mehr, um die nächsten Streckenmeter zu beurteilen, und sie muss äußerst vorsichtig und langsam ihr Rad über die Rinnen durchsetzte Fahrstraße lenken. Froh, dass alles gut gegangen ist, kommt sie am Auto an. Hannes Pfurtschellers Auto steht schon neben ihrem. Nach dem ihr Rad im Kofferraum verstaut ist, schaut sie zu seinem Haus hinüber. Ein Fenster ist hell erleuchtet. „Wahrscheinlich die Küche", denkt sie, steigt in ihr Auto und rollt aus dem Carport. Plötzlich bleibt sie stehen. Sie stellt den Motor wieder ab und schaut auf das Fenster. Dann betrachtet sie das ganze Haus. Es ist das einzige Gebäude hier am Ortsrand. Die nächsten Häuser stehen weiter unten, wo der Weg in die Passstraße mündet. Das dunkel gestrichene schlichte Holzhaus mit weißen Fensterrahmen und blauen Läden ist sicher schon 80, 90 Jahre alt.

„So wird heute nicht mehr gebaut", denkt sie und fühlt sich an das Haus ihrer Großeltern erinnert. Es dürfte aus derselben Zeit stammen. Der Carport jedoch ist sicher nicht älter als ein paar Jahre. Das Holz ist viel heller, er passt aber eigenartigerweise trotzdem gut zu diesem Haus. Zumindest stört er gar nicht. Die Dämmerung, dieses Haus, der Mann …

Auf einmal ist sie nicht mehr hier, sondern Hunderte Kilometer weiter im Norden. Sie sieht sich wieder unter dem alten Apfelbaum im Garten ihrer Kindheit, dem Besitz Ihrer Großeltern, stehen. Aufgewühlt und ängstlich schaut sie zu dem dunkelbraun gestrichenen Holzhaus mit weißen Fensterrahmen und blauen Läden. Ein tiefer Schmerz durchfährt sie und sie hört wieder die Stimmen ihrer Eltern und Großeltern, wie sie sich hilflos anschreien. Es ist ein großer Streit und es geht um das Haus, um das Erbe, um Geld. Irgendetwas muss sich über viele Jahre und vielleicht Generationen in dieser Flüchtlingsfamilie angestaut haben. Jetzt kommt alles heraus: das Trauma des Krieges, die Erinnerung an den Verlust der Habe und der Heimat. Ängste, Vorwürfe, Schuldzuweisungen, bittere Enttäuschung. Es sind Hilferufe enttäuschter Liebe. Schreie, die die Luft zerreißen. Schreie, die Viks Kindheit beendet haben.

Die Bilder jagen durch Viks Kopf: Der Garten. Der Wald. Der Berg. Laue Juninächte wie die heutige, erfüllt vom Duft des Jasminbuschs, der über und über mit leuchtend weißen Blüten geschmückt war. Ganze Wolken blass zarter Glühwürmchen am Waldrand. Elfen, Faune und der Gnomenfürst. Ihre Freunde. Ihre Freude. Sie hatte das alles vergessen. Wie konnte sie das alles vergessen haben? Plötzlich sieht sie vor sich all diese Wesen wieder. Die geliebten Begleiter ihrer Kindheit, wie sie in den Büschen unter den Blättern wohnen. Stundenlang hat sie oft so dagesessen und nichts getan. So wie heute auf dem großen Stein. Vertieft in liebe Gespräche, die nirgendwo anders stattfanden als im Herzen. Alles war belebt, beseelt, alles liebte sie und sie liebte alles. Dann zerreißen wieder die Schreie das schöne Bild und es ist nur mehr eines zu sehen: ein Riss.

Die Entscheidung ihrer Eltern war unumstößlich: Wir gehen! Es war wie eine Flucht. Das hatten sie ja schon einmal erlebt und wussten damit umzugehen. Sie nahmen nichts mit. Von nun an lebten sie nur noch in der Stadt. In der verhassten Stadt. Irgendwann verwandelte sich dann der Hass in Gleichgültigkeit. Es war halt so. Heimatlos, was denn sonst? Wie man damit umgeht, haben die Eltern ja vorgelebt. Versteinerung. Lieber nichts fühlen, als diesen Schmerz.

Nun sitzt sie im Auto und weint, weint, weint. Sie krümmt sich vor Schmerz, als müsse sie nun alles durchleben, vor dem sie sich doch so erfolgreich geschützt hatte. Die Worte Arahals, die sie vorhin überhaupt nicht verstehen konnte, ja, die großen Widerstand wachgerufen hatten, klingen jetzt in ihrem Herzen. „Du wirst dich erinnern, Viktoria. Bald. Es hat etwas gegeben. Das hat dich von uns getrennt, das hat dich von dir getrennt und von dem, der uns alle erschaffen hat."

Was war es denn gewesen, das sie aus ihrem Paradies gestoßen hatte? War es der Streit? War es die Flucht? War es die Stadt? Sie hat das Gefühl, vor einem Trümmerhaufen zu stehen, nichts zu begreifen. Es scheint alles so unlösbar.

Gerade kramt sie in ihrem Rucksack, um den Stein herauszuholen, in der Hoffnung, diese pulsierende Kraft und Glückseligkeit, die er ihr vorhin geschenkt hatte, wieder zurückzuerlangen, da sieht sie den Hausbesitzer auf ihr Auto zukommen. Sie hat vollkommen vergessen, dass sie immer noch auf seinem Grundstück steht und beginnt sich bereits Ausreden zu überlegen. Wichtiges Telefonat, etwas gesucht ... Sie steigt aus und stützt sich ein bisschen zu lässig auf die Autotür, um ihn zu empfangen. „Guten Abend, wie war es bei Ihrer Schwester?"

„Sie war gar nicht da, aber woher weißt du, dass ich zu meiner Schwester fahren wollte?" Er sieht sie prüfend an.

Vik erschrickt. Du liebe Güte, dass weiß sie ja von Arahal! „Oh!", stottert sie, „hatten Sie das nicht gesagt?"

„Hatte ich nicht, nein." Und nach einer unangenehmen Pause fügt er nachdenklich hinzu: „Ich kann mich jedenfalls nicht erinnern."

Seine klugen, fast schwarzen Augen ruhen sanft auf ihr. Vik wird es ganz heiß.

„Hattest du eine schöne Bergtour?", rettet der alte Mann die Situation.

„Ja, ich war oben bei den roten Felsen."

„Ah, das ist ein schönes Platzl. Da bin ich gern. Ich wollte eigentlich nur nachsehen, ob alles in Ordnung ist. Weil du schon eine ganze Weile hier stehst, dachte ich, es geht dir vielleicht nicht gut." Er schaut ihr tief in die Augen, dann sagt er nachdenklich: „Ja, der rote Felsen. In ihm ist eine Kraft. Dort sind Geister, die vieles wieder heilen und in eine gute Ordnung bringen können. Aber weißt, wenn man aufräumt, dann gibt es halt erst noch ein bissl mehr Unordnung. Alles wird aus den Schubladen und Kästen herausgekramt, es liegt noch mehr auf dem Boden als zuvor und man kann sich gar nicht vorstellen, wie das wieder geordnet werden soll. Lass es einfach einmal so liegen oder Schmeiß den ganzen Müll dort unten in den Bach, wenn du vorbeifährst. Der nimmt dir geduldig den Scherbenhaufen ab. Die Ordnung, die der Fels dir schenkt, ist eine Ordnung, die du nur geschehen lassen kannst. Warte. Das wird schon. Alles sortiert sich ganz von selbst ins rechte Fach. Es ist nur jetzt erst einmal nicht so schön. Aber, freu dich, das geht schnell vorbei. Und du wirst sehen, wenn du den Müll in unserem Mühlbachl abgeladen hast, wird es dir gleich viel besser gehen!" Aus seinen Augen spricht so viel Mitgefühl, dass Vik mit einem Mal ganz ruhig wird. Die Stürme von eben klingen bereits ab und in ihr wachsen Frieden und Zuversicht.

Sie bedankt sich bei ihm mit leiser Stimme, dann verabschieden sie sich und Vik spürt, dass es kein Abschied, sondern vielmehr der Beginn von etwas ist. Jetzt ist sie aber viel zu müde, um diesem Gedanken nachzugehen. Sie startet den Motor, macht tatsächlich noch Halt am Bach, kippt ihr Gedankengewurschtel dort hinein und fährt nun mit einem Gefühl, als wäre heute ein ganz normaler Ausflugstag gewesen, wieder hinunter in die Stadt.

Sie hat den Stein in ihrem Rucksack völlig vergessen. Als sie abends nach Hause gekommen war, fiel sie einfach nur noch ins Bett. Am Tag darauf war sie mit Freundinnen zu einem Ausflug verabredet. Es wurde viel geredet und gelacht und eigentlich nichts gedacht. Eine sonnige und angenehme Ablenkung. Am nächsten Tag hatte der Entwurf für eine Arztpraxis sie wieder völlig vereinnahmt. Seit sie vor zwei Wochen damit begonnen hatte, rief fast täglich einer der Ärzte der Gemeinschaftspraxis an und hatte wieder Änderungswünsche. Obwohl es eigentlich immer nur Kleinigkeiten waren, wurde der Entwurf dadurch nun schon zwei Mal völlig umgeworfen. Und zu allem Überfluss stagnierte die Baustelle in einem Privathaus, weil Alois, ihr Haus- und Hoftischler, anscheinend in Terminschwierigkeiten steckte. Er erklärte ihr, sein Geselle sei auf Hochzeitsreise. „Es sei dem Gesellen ja gegönnt", denkt sie, „aber dass sein Chef deshalb kaum ans Telefon zu bringen ist, brauche ich jetzt eigentlich nicht." Genervt steht sie vom Schreibtisch auf, holt sich einen Apfel aus der Küche und geht ans Fenster.

Wolken verdecken heute den Gipfel des Hausbergs. Nur der Sendemast spitzt oben ein Stück aus den weiß strahlenden, wattigen Wolken. Der Himmel darüber ist makellos blau. Sie schaut auf die Wolkenformen, die ganz langsam an den Rändern immer wieder kleine Grüppchen bilden, durchscheinender werden, sich auflösen. Einmal sieht es so aus, als ob dort ein Drachenkopf aus den Wolken schaut. Eine lange Flamme züngelt aus der weit aufgerissenen Schnauze. Dann bricht ein kleines Loch im Kopf auf und das Urzeittier schaut sie direkt an. Als eine Wolke sich von oben über das Auge schiebt, hat Vik das Gefühl, er zwinkere ihr zu. Darauf löst sich die Flamme vom Maul, wird immer transparenter, steigt auf, teilt sich in kleine Wölkchen und verschwindet. Das Auge des Drachen ist mittlerweile bedrohlich groß geworden, dann bricht der Kopf darüber auf und der Drache hat sich in eine Krone verwandelt. Oben auf den wolkigen Zacken kann sie sich sogar Edelsteine vorstellen. Edelsteine auf einer Krone! Arahal! Der Stein! Wie konnte sie das vergessen?

Schnell legt sie den angebissenen Apfel zur Seite und geht zum Rucksack, der immer noch genauso wie sie ihn am Sonntag abgelegt hatte, an der Garderobe lehnt.

Mittlerweile ist der Stein ganz trocken. Der Sand auf der Unterseite ist zum Teil im Taschentuch gelandet, um nun auf ihren Fußboden zu rieseln.

„Ach, Viktoria!", entfährt es ihr streng. So nennt sie sich eigentlich immer nur, wenn sie sich über sich selbst ärgert. Genau so wie ihre Eltern es getan hatten. Ansonsten ist sie für alle Vik. Sie schnappt sich einen Lappen von der Armatur und wischt über die Kacheln.

„Wie kann man nur einen Küchenboden weiß fliesen?",
denkt sie ärgerlich.

Beim Auswaschen des Lappens glitzert es ihr lustig
entgegen. Sie hält inne und betrachtet fasziniert dieses
Schauspiel. Warum funkeln Steine? Dann nimmt sie den
Stein in die Hand. Nun landet wieder glitzernder Sand auf
ihrer Haut und um dieser unkontrollierten Glimmerver-
breitung in ihrer Wohnung Einhalt zu gebieten, hält sie
den Stein unter den Wasserstrahl. Augenblicklich färbt er
sich viele Nuancen dunkler. Jetzt strahlen die winzigen
Glimmerpünktchen gleich viel intensiver. Es sieht aus wie
ein Nachthimmel, erfüllt von Millionen kleiner Sterne.
Fasziniert nimmt sie den noch feuchten Stein in beide
Hände, geht ans Fenster und hält ihn in die Sonne. Was
hat Arahal gesagt? Ordnung. Das Mineral birgt Ordnung
in sich. Geometrische Grundformen. Was hier so glitzert,
sind Hunderte winziger Kristalle.

Ihr Stückchen Glimmerschiefer strahlt und funkelt sie
an. Wieder fühlt sie das Pulsieren. Eine tiefe Ruhe breitet
sich in Vik aus. Sie wird zum Glanz tausender Sterne, sie
ist der Stein, ist der Himmel, ist jeder Stern. Eine Stimme
beginnt in ihr zu schwingen. Da sieht sie die schroffen
hohen Felsen der Alpen, die Kiesel in den Bächen, den
feinen Sand am Meer und taucht in die tiefen verborgenen
Höhlenpaläste der glitzernden Kristalle, Edelsteine und
Metalle. Diese weisen Geister des Mineralreichs lassen
sie die mystische Verwandtschaft zwischen dem ersten
Naturreich und den Sternen erahnen. Beide strahlen mit
ihrem Glanz und ihrer Schönheit weit über ihren Körper

hinaus aus tiefster Dunkelheit. So enthüllt sich ihr das große Mysterium des Mineralreichs: das Geheimnis des Lichtglanzes.

In alten Tagen schmückten die edlen Mineralwesen das Haupt des mächtigsten Vertreters des Menschenreichs. Sie spürt, dass es diesen Wesen gar nicht unangenehm ist, wenn sie aus der Dunkelheit getragen, von geschickten Menschenhänden bearbeitet, ins Scheinwerferlicht gestellt und bewundert werden. Die funkelnde Reinheit des Diamanten wird ja erst durch die kunstvolle Bearbeitung des Menschen sichtbar. Jetzt muss sie wieder an Arahals Worte denken und deren Vorliebe für glitzernde Steine. Sie ahnt, dass der Mensch die Gedanken zum Schleifen der Edelsteine möglicherweise von irgendeinem Elbenfürstentöchterchen bekommen hat. Wenn sie schon Parkplatzprobleme auf diese Weise lösen kann, wird sie dem Steinschleifer schon die richtigen Ideen geliefert haben, um den Stein kunstfertig zu schleifen. Denn wenn man einen Roh-Diamanten betrachtet, braucht man schon eine Menge Fantasie, um ihn sich als strahlenfunkelndes Kleinod vorzustellen.

Wahrscheinlich helfen die Naturwesen den Schatzsuchern auch beim Auffinden der Edelsteine, indem sie diese sanft bei den Händen nehmen und ihnen heimliche Wege weisen. So wie sie, Vik, ja auch zum roten Felsen geführt wurde.

Was ist denn die Fantasie anderes, denkt Vik, als ein Gedankenmeer, das von allen Seiten gespeist wird. Ein Internet der Ideen. Sie hat schon öfter darüber nachgedacht, woher sie immer wieder ihre Inspirationen für Entwürfe bekommt. Manchmal hat sie fast das Gefühl, sie fallen ihr in den Schoß. Unvermittelt. Beim Wäsche aufhängen, Spazieren gehen oder mitten in der Nacht. Sie kommen immer ohne große Einladung, vielmehr stellen sie sich dann ein, wenn sie eigentlich gar nichts Besonderes denkt und will. Nichts denken konnte sie übrigens schon immer ziemlich gut.

Wenn es denn so eine Art Ideeninternet gibt, ist sie offensichtlich mit manchen ihrer Kunden im gleichen Netz unterwegs und mit anderen nicht annähernd. Diese Gedanken führen sie wieder zu den pingeligen Ärzten und der Stein in ihrer Hand wird kühl. Mittlerweile ist er fast trocken und sein Funkeln zu einem Alltagsglanz geworden. Nun hat er den Smoking abgelegt und fläzt mit Jogginghose in ihrer Hand. Sie lächelt und legt ihn dankbar und sorgsam auf die Fensterbank. Das Telefon läutet. Die Arbeit ruft und sie eilt wieder an ihren Schreibtisch.

Am Abend spaziert sie zum Entspannen an den Fluss hinunter. Eigentlich ist er hier eher noch ein breiter Bach, dessen Ufer ihn mit vielen, großen Steinen und Kieseln säumen. Sie lässt sich auf einem flachen Felsbrocken nieder, blinzelt in die Abendsonne und will noch einmal über die Sache mit der Ordnung nachdenken.

In einem Referat, das sie während ihres Studiums hielt, durfte sie ihre Kommilitonen darüber aufklären, dass in Mineralien eine Fülle von geometrischen Körpern in perfekter Form ausgebildet sind, aber auch Spielformen und intelligente Kombinationen vorkommen. So schüttelt zum Beispiel der Pyrit einen einfachen Würfel, aber auch einen Pentagondodekaeder sowie eine ganze Menge anderer Kombinationen locker aus dem Ärmel. Es sind die grundlegenden Formen, mit denen auch sie ihre Entwürfe macht, ihre Bausteine, mit denen sie Räume gestaltet, damit Menschen sich darin wohlfühlen. Mit diesen Körpern und Geometrien besitzt sie tatsächlich ein geheimnisvolles Werkzeug, um Harmonie und Ordnung in Räume zu bringen. Das ist ein Geschenk!

Nun wird ihr zum ersten Mal bewusst, dass es auch eine große Verantwortung ist. Woher weiß sie denn, was richtig für ihre Klienten ist? Woher weiß sie, dass sie die richtigen Proportionen aussucht? Sie hat doch nicht annähernd eine Ahnung, was diese Formen bedeuten und was sie bewirken. Mit diesen Fragen hat sie sich einer undurchdringlichen Wand genähert, die offensichtlich keine Türen hat. Dieser weicht sie doch lieber aus und denkt:

Wenn es so ist, wie Arahal sagte, und sich jedes Naturreich von den Gaben der vorangegangenen Reiche nährt, dann müsste sich die ursprüngliche Ordnung des Mineralreichs doch eigentlich in unterschiedlicher Spielart durch alle Reiche ziehen. Sollten Mineralien die vollkommene göttliche Ordnung wie in einem großen Computer gespeichert haben, besitzen sie dann nicht auch die Fähigkeit alles wieder in eine grundlegende Ordnung zurückzubringen, wenn etwas durcheinander geraten ist? Zum Beispiel auch in einem kranken Körper? Wenn Vandalen eingefallen sind, deren die körpereigene Abwehr nicht mehr Herr wird? Sind Krankheiten nicht vielleicht ein Zeichen von Unordnung im Körper? Warum hatte sie darüber nie so nachgedacht? Jetzt ist ihr plötzlich alles vollkommen klar. Seit es Menschen gibt, werden doch Mineralien auch zur Heilung verwendet. Ob es eine Packung aus Heilerde ist, Mineraltabletten, ein Amulett aus Edelstein, oder die Schüssler Salze. Sie alle bringen wieder Ordnung in den Körper. Jetzt ist es plötzlich so klar, dass sie sich fragt, wie sie vorher dermaßen blind durch die Welt gehen konnte.

Wenn aber der, der die Steine und alles geschaffen hat, ausgerechnet dem Mineral, dem „untersten" seiner Reiche so viel Ordnung eingeprägt hat, dass es für alle darauffolgenden Stufen auf dem Schöpfungsplan ein nie versiegendes Reservoir ist, dann muss ihm seine Ordnung ja unendlich wichtig sein. Hat er doch vorgesorgt, dass diese zu jeder Zeit und an jedem Ort in Fülle abrufbar ist, damit sie sich stets wieder herstellen und alles wieder zum Guten wenden kann. Tiefe Dankbarkeit erfüllt ihr Herz. Wie unermesslich intelligent und gütig ist dies alles hier!

Mittlerweile funkeln die ersten Sterne, es wird kühl und sie hat keine Jacke dabei. Der Stein, auf dem sie sitzt, ist noch warm und sie will hier einfach noch nicht weg. Irgendetwas ist da mit den Steinen. Ein Geheimnis haben sie ihr noch nicht offenbart. Eine Weile sitzt sie und denkt nichts. Ratlos schaut sie zu den Sternen. In diesem Moment scheint es ihr, als ob die fernen Sonnen ihr freundschaftlich zuzwinkern und ein unerklärliches aber vertrautes Gefühl von Heimweh erfasst sie.

Da sitzt sie nun auf der Erde und es kommt ihr so fremd vor. Jetzt schleicht über den Fluss ein Gefühl von Machtlosigkeit, schlingt sich lähmend um sie und sie beginnt zu denken: „Wenn alle Gedanken eigentlich gar nicht von mir sind, und alles vorgegeben ist, so wie die Bahn der Sterne am Himmel, wenn alles einer großen Ordnung folgt, einem Willen, wozu dann das Ganze hier? Wozu strample ich mich dann hier mit Dingen ab, die mich so viel Kraft kosten? Ist das nicht ein riesiges Marionettentheater? Der Arzt bildet sich ein, er könne etwas verändern und ich meine, ich müsse es anders machen und mich ärgern, weil ich glaube, er bringe jedes Mal Unordnung in meine Entwürfe. In Wirklichkeit aber ist das Endergebnis, die Arztpraxis, schon vorbestimmt und wir spielen hier nur ein trübseliges Theater nach einem uns unbekannten Drehbuch mit einem uns unbekannten Ausgang?"

Ein kühler Wind kräuselt den Fluss. Vik fröstelt. Sie lässt ihre irritierenden Gedanken dort und steigt die Uferböschung wieder hinauf zum Weg.

Morgen ist Freitag. Einmal wird sie noch versuchen den Tischler zu erreichen und wenn der wieder nicht ans Telefon geht, wird sie wohl oder übel selbst mal zur Baustelle fahren müssen.

Der Wetterbericht hat zwar Gewitterneigung vorausgesagt, trotzdem will sie versuchen am Samstag oder Sonntag gleich am Morgen ins Tal zu fahren. Etwas ist da noch mit den Steinen. Das lässt ihr keine Ruhe.

Am indigoleuchtenden Nachthimmel glitzern wie tausende bunter Edelsteine die Sterne aus fernen Zeiten. Um die Berge haben sich geheimnisvoll langgezogene Nebelschleier gehüllt. Ein lang ersehntes Rauschen erfüllt die Luft. Das ist kein Vogel, das kann kein Vogel sein. Das Tier hat vier Beine und bewegt sich mit Flügeln, deren geringe Spannweite dieses große, schwere Geschöpf eigentlich gar nicht tragen dürften. Der Flug aber ist elegant, ja majestätisch. Dieses Wesen muss von seinem Willen allein durch die Lüfte getragen werden. Was ist das für ein unbeugsamer Wille, der in der Lage ist, den Gesetzen der Schwerkraft so zu trotzen? Leicht und wendig steuert das Urzeitwesen direkt auf den großen Felsen zu, der blassrosa im fahlen Licht des Vollmondes leuchtet. Dort steht sie und erwartet voller Spannung den geliebten Freund. Sie ist groß, riesenhaft und doch ganz leicht, als hätte sie keinen festen Körper, als hätte sie nie einen solchen besessen. Wie zum Gruße zieht er noch einen Bogen an der Flanke des Pyramidenberges, bevor er sich langsam auf die Landung vorbereitet, die großen Tatzen mit den gefährlich langen Krallen nach vorne streckt, um dann, mit einem leichten, federnden Satz, nur einige Meter vor ihr zum Stehen zu kommen. Sein Atem geht sanft, aus den großen Nasenlöchern bläst zarter Dampf.

Kraftvoll schüttelt er seinen Kopf auf dem langen, schuppenbepanzerten Hals, als ob er die Bilder seiner Reise abschütteln wollte, um ganz hier ankommen zu können. Das Mondlicht glitzert in tausend Farben auf seinem silbern kristallinen Schuppenkleid. Minutenlang stehen sie und sehen sich in die Augen. Alte Freunde, geliebte Geschwister.

Viele Zeitalter waren sie gemeinsam ihrem Auftrag gefolgt. Unvorstellbar lange waren sie nun getrennt. Hatten sie sich vergessen? Wie konnte das alles geschehen? Tränen füllen ihre Augen.

Sie macht einige Schritte auf den Drachen zu, er neigt sanft den Kopf und sie legt zärtlich ihre Stirn an die seine. Wie in einem großen Strudel verbinden sich ihre Gedanken und sie werden eins. Eins mit allem. Es gibt nichts zu sagen. Drachen sprechen nicht viel. Er tritt einen Schritt zur Seite, dreht ihr die Flanke zu und senkt den Kopf. Sie versteht und steigt auf. Dann nimmt er Anlauf und lässt sich über die Felskante nach unten gleiten, taucht in das Tal hinab, um kurz darauf an der nördlichen Bergkette wieder aufzusteigen.

Unter ihnen werden Berge, Täler, Wälder immer kleiner, glitzern Seen im Mondlicht und leuchten die Lichter der Städte. Eine Ewigkeit fliegen sie in stiller Verbundenheit. Sie schmiegt sich an seinen Hals und erahnt, ja, sie fühlt es in sich, wie er voller Gram über das verlorene Paradies, über die verlorenen Freunde, in den Tiefen der Erde seine stille Wache hielt, ihre wertvollen Schätze hütend, um noch Schlimmeres zu verhindern. Tiefes Bedauern, Trauer und brennender alter Schmerz erfassen ihr ganzes Gemüt. Wie konnte das geschehen?

Es ist bereits hell als sie erwacht. „Du liebe Güte, es ist schon fast acht!" Sie wollte doch heute mal früh aufstehen, um rechtzeitig auf dem Felsen zu sein. Aufgewühlt von ihrem Traum liegt sie noch eine Weile und schaut aus dem Fenster auf den Hausberg. Was war das für eine Szene? Drachen? Sie hat sich nie damit beschäftigt und diese in die Schublade der Märchen und Fantasy-Romane gelegt. Beide Genres waren nicht so ganz ihre Welt.

Die nahe Turmuhr schlägt acht. Immer noch ein bisschen benommen, steigt sie aus dem Bett und packt zähneputzend den Rucksack.

Als sie eine knappe Stunde später auf den Parkplatz des kleinen Dorfes fährt, sind noch genügend freie Plätze zu haben. Sie wählt eine Lücke direkt am Parkschein-Automaten. Während sie das Fahrrad aus dem Kofferraum befreien will, hört sie ein freundliches „Griaß di" hinter sich. Es ist der ältere Mann. Sie grüßt freundlich zurück.

„Und", meint er, „magst heut wieder zum Fels hinauf?"

„Ja", sagt Vik, während sie sich mit der störrischen Vorderachse des Bikes abmüht, die sich ständig in die falsche Richtung dreht. Der Mann kommt näher und greift nach dem Hinterrad, während sie die Lenkstange befreit, die sich inzwischen irgendwie in der Decke verwurstelt hat. Gemeinsam heben sie das Rad heraus.

„Danke", sagt sie, und legt ihr Mountainbike auf die Seite, um die Heckklappe zu schließen.

Er schaut besorgt nach oben: „Bleib heut nicht zu lang oben. Es kommt ein Wetter."

„Ja", sagt sie und als sie gerade erklären will, dass sie das weiß und darum auch so früh hier ist, meint er zögernd:

„Ähm, es ist dort droben nicht alles, wie es sein sollte."

Er streicht sich verlegen über den, in vielen Sommern gebräunten, von einem Netz tiefer Furchen durchzogenen Nacken und scheint nach Worten zu suchen. Vik ist hellwach. Alles in ihr ist auf Empfang gestellt.

„Wie meinen Sie das?"

„Ja", beginnt er, „Es spürt sich ein bissl so an wie ein Junggesellenhaushalt. Droben am Berg wie unten im Tal. Bei uns, meinem Buben und mir. Und wenn die Mutter fehlt, die Frau, dann fehlt's an allem. Dann ist die Ordnung nicht da. Da können wir machen, was wir wollen. Die Blumen fehlen am Tisch. Der Duft. Die Liebe." Er schweigt.

Sie schaut betroffen zum Haus hinüber und während sie noch überlegt, wie sie dem alten Mann ein paar aufmunternde Worte schenken kann und sich fragt, was mit seiner Frau geschehen ist, wandert ihr Blick an den Säulen des Carports entlang. Er ist auffallend kunstvoll, ja feinsinnig, gearbeitet. Jede Säule hat ein anderes, filigranes Flechtwerk aus Holz. Die Muster erinnern sie an keltische Ornamente.

Unvermittelt schaut sie ihn an und fragt: „Was ist mit Ihrer Frau?"

„Sie ist gestorben. Ein dummer Unfall, eine kurze Zeit des Bangens und Hoffens, und dann waren wir allein."

„Oh!", sagt Vik betroffen.

„Ja, das ist jetzt schon ein halbes Leben her. Die Martha hat vor einigen Jahren ins Oberland geheiratet und hat zwei liebe Kinder. Der Andi ist als junger Bursche schon Bergführer geworden und führt überall auf der Welt Touristen, nur nicht hier. Wir sehen ihn selten. Der Peter lebt wieder bei mir. Er hat nach ein paar Enttäuschungen lieber sein Holz geheiratet", sagt er, und lächelt ein bisschen besorgt.

Vik nickt zum Carport hinüber. „Ist das von Ihm?"

„Ja", antwortet der Mann, hält ihr die Hand hin und sagt: „Ich bin der Hannes."

Vik lacht, reicht ihm die Hand und erklärt: „Ich bin Vik, eigentlich Viktoria, aber alle nennen mich Vik."

„Gut. Vik, jetzt will ich dich nicht länger mit meinen Geschichten aufhalten. Du hast ja eine Verabredung. Auf bald!" Er hebt die Hand zum Gruß, wendet sich seinem Haus zu und steigt den Weg hinauf.

Eine Verabredung … woher weiß er denn das nun wieder? Aber so langsam wundert sie nichts mehr.

Während sie das steile Fahrsträßchen entlang strampelt, denkt Vik an ihre Eltern. Sie ist in einer Goldschmiedewerkstatt groß geworden. Wenn ein Stein beim Fassen kaputt ging oder ein Kettchen riss, kam es in ein kleines Kästchen. Als sie ganz klein war, durfte sie diese Schatzkiste manchmal zu sich auf den Boden stellen und damit in eine andere Welt versinken. Gerne hat sie die Steinchen bewundert und sie nach Farben oder Formen sortiert. Die Namen der Edelsteine jedoch konnte sie sich auch später, als sie beim Verkauf half, nie merken. Irgendwie hat sie das nicht wirklich interessiert. Erst vor einigen Jahren hatte ihre Mutter einmal erzählt, wie sie ihren Beruf liebt. Einen Beruf, in dem sie das spröde, harte Material Metall mit ihrem Geschick, ihrer Kraft nach ihrem Willen formen und herrlichsten Edelsteinen einen gebührenden Rahmen geben darf. Jetzt, wo Vik erwachsen ist, kann sie das irgendwie nachvollziehen und es lässt ihre begabte Mutter in noch bunteren Facetten strahlen. Sie selbst wäre einfach zu ungeduldig für diesen Beruf. Irgendetwas irritiert sie aber doch an dieser Aussage. Plötzlich, sie ist schon bei der steilen Stelle unterhalb des Gasthauses angelangt, kreuzen wieder diese Gedanken von gestern ihr Gemüt. Etwas mit seinem Willen prägen … darf man das? Auch, wenn es nur Metall oder Stein ist? Woher weiß ich denn, ob mein Wille dem Metall auch gefällt? Vik muss auf einmal eine Verschnaufpause machen. Ihr bleibt die Kraft weg. Waren das vielleicht die Gedanken? Es fühlte sich so an, als ob sie sich eben mit diesem Denken von ihrem Willen, den Berg hinaufzukommen, abgeschnitten hat. Sie trinkt einen großen Schluck Wasser und versucht die Gedanken von eben abzuschütteln. „Weiter geht's!" Sie will doch keine Zeit verplempern. So früh ist es nun auch wieder nicht und sie hat ja schließlich eine Verabredung.

Als sie an der Fahrrad-Parkplatz-Lärche ankommt, liegt direkt zu ihren Füßen ein großer, blauvioletter Zirbenzapfen. Woher der wohl kommt? Sie schaut sich um, kann aber keine Zirbelkiefer ausfindig machen. Eigenartig. Vielleicht hat ein Vogel ihn hier verloren? Sie steckt ihn vorsichtig in das Seitenfach ihres Rucksacks, dorthin, wo sie vor ein paar Tagen auch den Stein gelegt hatte.

In diesem Moment hört sie Stimmen aus der nahen Almhütte. Zwei Männer treten vor die Tür und verabschieden sich auf eine Weise, als wären sie eben handelseinig geworden. Einer von ihnen, ein blonder, athletischer Mann, trägt einen Stuhl aus dem Haus. Als er sie entdeckt, steuert er fast ohne zu zögern direkt auf sie zu.

„Griaß di!"

„Hallo", erwidert sie.

„Da kommst mit dem Bike aber nicht mehr weit", meint er amüsiert, schwenkt den Kopf Richtung Karspitze und schaut sie belustigt an.

„Nein", antwortet sie brav, ist aber eigentlich genervt über diesen doofen Kommentar. „Ich hab es ja eh schon geparkt."

„Ah, … ja, und wo geht's hin?" Er schaut zum Himmel und meint: „Lange würd ich nicht bleiben."

„Nein, hab ich auch nicht vor."

„Das ist aber keine Antwort auf meine Frage", grinst er und seine dunklen Augen blitzen sie herausfordernd an.

Für einen Moment verliert sie den Boden unter den Füßen. Für einen Augenblick weiß sie nicht mehr wo sie ist und schon gar nicht, wo sie hinwill. Aber zum Glück macht sich ihr Mund selbstständig und antwortet souverän: „Oben zum roten Fels. Ich will ein paar Pflanzen fotografieren."

„Ah!", meint er, „Fotografin?"

„Nein, eher Hobby."

„Tja, dann … will ich dich mal nicht weiter aufhalten." Er blickt sie etwas unschlüssig an.

„Ja, dann noch einen schönen Tag!", meint sie geschäftig und bedauert etwas, dass er sie nicht länger aufhalten will.

„Pfiat di!", ruft er ihr zu, während er den Stuhl lässig schwingend davonträgt.

Schon hat sie sich dem Almpfad zugewendet und ruft noch über die Schulter: „Ja, ciao!"

Als Vik auf dem roten Felsen steht und wie in ihrem Traum heute Nacht zur Pyramide der Karspitze hinüberschaut, erkennt sie hohe Wolkentürme, die sich drohend im Westen aufbauen. Plötzlich nimmt sie neben sich einen Schatten wahr. Oder ist es eine Bewegung? Sie dreht sich um, kann aber mit bloßen Augen nichts erkennen.

„Arahal?", fragt sie erfreut.

„Ja. Schau, du kannst mich schon fast sehen. Viel ist passiert."

„Ja", sagt Vik und wird erst jetzt gewahr, was in den wenigen Tagen, in denen sie obendrein noch gearbeitet hat, in ihr geschehen ist.

„Arahal", sagt sie mit Nachdruck, „da ist noch einiges, was ich nicht verstehe mit den Steinen. Und jetzt habe ich schon wieder nur wenig Zeit." Sie schaut auf die Wolken.

„Ja Viktoria, ich weiß. Das macht nichts. Setz dich. Wir haben noch etwas Zeit. Wir sind dem Wetter nicht so ausgeliefert, wie du glaubst. Wenn dein Zweifel dir die Kraft nehmen kann auf den Berg zu kommen, kann dein Glaube Berge versetzen. Auch, wenn diese aus Wolken sind. Lasse den Willen in dir zu, heute trockenen Fußes nach Hause zu kommen, bitte darum, dass es so sein darf und glaube daran, dass es so sein wird. Dann kann es geschehen, wenn es dem einen Willen entspricht."

Vik schaut zu den Wolkentürmen hinüber und versucht angestrengt, als würde sie eine Antenne auf den Kanal des Willens ausrichten, zu denken: „Ich werde heute trockenen Fußes nach Hause kommen."

Dann denkt sie wieder „Wollen! Da ist es schon wieder. Habe ich denn überhaupt einen Willen? Darf ich denn einen haben? Und was kann mein Wille alles anstellen? Das habe ich ja dann wohl immer auch zu verantworten, oder? Aber so ganz willenlos möchte ich nun auch nicht sein."

Vik hört Arahals verständnisvolles Lachen. „Oh, ich merke dein Stein hat dir einiges erzählen wollen, aber es ist, als wäre deine Antenne geknickt und du hast ein ziemlich verwirrendes Rauschen empfangen. Lass mich dir übersetzen: Zum Willen gibt es nämlich einiges zu berichten. Im Stein liegt nicht nur der Same der Ordnung, sondern auch der Same des Willens. Dieser Wille ist eine Urkraft. Sie kann im Guten, aber auch sehr zerstörerisch wirken. Vielleicht erinnerst du dich an einen Wutanfall, bei dir oder einem anderen Menschen, der seinen Willen durchsetzen wollte. Dann hast du eine Ahnung von seiner großen Kraft.

Der Wille ist die Kraft, die alles, was hier auf Erden entstanden ist, bewirkt hat. Ohne einen Willen wärest du nicht hier und würdest nicht mit mir an diesem besonderen Ort sitzen. Denn du hast es so gewollt. Und ein unermesslich viel höheres Wesen hat uns beide gewollt und all das, was dich hier in unglaublicher Schönheit wohlwollend umgibt.

Um dem Willen Ausdruck zu geben, braucht der König aber auch das Schwert, und dieses ist aus Erz geschmiedet. Die meisten Dinge, die du, nicht nur im kriegerischen Sinne, benötigst, um deinen Willen umzusetzen, sind aus dem Mineralreich gefertigt. Wenn du eine Reise machst oder jemanden besuchst, nutzt du Auto, Flugzeug, Schiff oder Eisenbahn. Selbst zum Kochen eines guten Gerichtes brauchst du einen Metalltopf und ein Messer. Und dir fallen sicher noch ganz viele Sachen ein, die du nur tun kannst, weil das Mineralreich sich dafür hingebungsvoll zur Verfügung stellt. Denke an deinen Computer und das Silizium."

Vik überlegt. „Ja, das stimmt irgendwie."

Sie macht eine Pause. Etwas in ihr sperrt sich immer noch. „Der Wille kommt mir so ...", sie sucht nach dem richtigen Wort, findet es aber nicht und sagt spontan: „... brutal vor."

„Brutal?", wiederholt Arahal.

„Ja", sagt Vik irritiert. „Ach ... äh ... das ist vielleicht ein zu hartes Wort."

„Nein, nein, Vik, es ist immer brutal, wenn man etwas mit Gewalt nach seinem Willen auf Biegen und Brechen durchsetzen will. Das meinst du doch, oder?"

„Ja, so meinte ich das. Und wann weiß ich denn, ob ich nun meinen Willen stur jemandem aufdrücke, oder dieser Wille gebraucht wird, um etwas Neues und Gutes entstehen zu lassen?"

„Verwechsle nicht den Willen mit dem Eigenwillen", antwortet Arahal und spürt, dass sie damit derzeit keinen

Trost spenden kann. „Ach, Vik, ich glaube, ich erzähle dir noch ein bisschen etwas über die Steine und dann schauen wir uns doch mal den Zapfen an, der da ganz nervös in deinem Rucksack wartet, denn der hat bereits die Antwort parat."

Vik kramt in der Seitentasche und legt sich den Zapfen auf den Schoß. Nachdem der Stein ihr schon so viel erzählen konnte, ist sie jetzt sehr gespannt, was diese Zirbenfrucht für sie bereit hält.

„Ja, ja", sagt Arahal, „bald erfährst du mehr. Glaube aber nicht, dass du die Sache mit dem Willen jetzt gleich lösen kannst. Manche Erkenntnis fällt dir in den Schoß, manche sprießt aus einem Samen, beginnt Früchte zu tragen, die reifen, während du dich gar nicht so sehr darum kümmerst, manche Erkenntnis muss erlangt werden und um einige Erkenntnisse wirst du ringen.

Jetzt möchte ich dich aber noch auf ein ganz besonderes Wesen des Mineralreichs aufmerksam machen. Es ist euch Menschen ganz offensichtlich sehr wichtig. Viele Kriege wurden seinetwillen geführt. Es wurde genutzt, ja sogar missbraucht, um zu bestechen, Macht zu demonstrieren, Zuneigung zu kaufen. Es ist schon immer ein Prüfstein gewesen, an dem sich der wahre Charakter eines Menschen zeigte, und es …"

„Gold!", unterbricht Vik ganz aufgeregt.

Arahal lacht auf. „Du musst es ja kennen, Goldschmiedetöchterchen. Ja, es geht um Gold. Es ist ein Wesen mit sehr hohem Bewusstsein innerhalb des Mineralreichs. Wie einige andere hohe Wesen kommt es nicht von hier. Es ist nicht von dieser Erde. Es ist der Gruß eines sterbenden Sternes. Das Höchste und Reinste, was dieses Bewusstsein der Welt schenken kann, ehe es seinen Körper verlässt. Und doch ist es ein Prüfstein auf dieser Erde."

Vik ist ganz still. Sie erinnert sich an das Gold in der Werkstatt ihrer Eltern und daran, dass sie es schon immer gerne berührt hat. Ja, fast könnte sie sagen: Sie hat eine liebevolle Beziehung zu diesem Metall. Aber sie hatte nie über den wahren Grund nachgedacht. Da ist sie mitten in Gold aufgewachsen und hat das alles nicht gewusst!

Im nächsten Augenblick wird ihr dadurch klar, dass das, was Arahal gerade erklärt hat, bedeutet, dass es innerhalb der Reiche, also auch bei den Steinen, verschiedene Entwicklungsstufen gibt. Darüber hatte sie nie nachgedacht. Na ja, eine Schnecke und ein Elefant – beides sind ja Tiere, oder? Nicht, dass sie damit die Schnecke schmälern wollte, aber sie sind doch sehr unterschiedlich und wie aus zwei verschiedenen Welten.

„Zu den Tieren kommen wir später", sagt Arahal munter, „aber, ja, es gibt große Spannweiten innerhalb der Reiche. Wirklich."

Im Augenwinkel nimmt Vik etwas wahr. Es fühlt sich an, als ob ein großer, schlanker, älterer Herr sich zu ihnen gesellt. Sie sieht ihn vor ihrem geistigen Auge. Auf seinem Kopf blitzt eine Krone aus geflochtenem Gold. Er ist sehr gepflegt, fast hat sie das Gefühl, einen warmen, edlen Duft wie von Sandelholz riechen zu können.

„Vater!", sagt Arahal begeistert.

„Seid gegrüßt!", antwortet Legorn.

„Guten Tag!", grüßt Vik schüchtern. Sie sieht vor ihrem inneren Auge, wie er sich zu ihnen setzt. Nun kann sie auch Arahal erkennen. Diese ist zierlich, ungefähr halb so groß wie sie selbst und trägt ein langes, tannengrünes Gewand. In ihrem Haar glitzert ein Kranz, der aus geflochtenem Glas zu sein scheint.

„Oh!", ruft Arahal. „Du siehst uns! Das war Vater. Er kann so etwas hervorrufen."

„Ah!", stammelt Vik. Es macht ihr den Anschein, als ob das hier nun eine gesellige Runde würde, die sie nicht so schnell auflösen könnte, ohne unangebracht unhöflich zu sein.

Prüfend schaut sie auf die Wolken im Westen. Diese haben sich, seit dem sie hier ist, kaum bewegt. Nun kramt sie aber doch im Rucksack und wirft einen Blick auf das Display ihres Handys. Mittlerweile ist es fast drei Uhr nachmittags. Wenn die Wolken bleiben, wo sie sind, hat sie noch eine gute Weile Zeit. Sie entspannt sich.

„Vater, wir sprachen gerade von den verschiedenen Entwicklungsstufen innerhalb der Naturreiche."

„Ja", meint Legorn, „darum bin ich jetzt auch gekommen. Denn einige Sachen, liebe Viktoria, sind mir sehr wichtig dir mitzuteilen. Viele Geschichten erzählen sich die Menschen seit Urzeiten, von einer ganz besonderen Strafe, die schlimmer ist, als der Tod. Es ist die Strafe der Versteinerung, nachdem Hochmut das Herz vergiftet hat. Und auch hier in dieser Gegend erzählt man sich eine solche Sage."

„Oh Vater! Ja, erzähle uns eine Geschichte!", freut sich Arahal.

Vik fühlt Legorns fragenden Blick auf sich ruhen, prüft kurz die Wolken und antwortet artig: „Ja, sehr gerne, Herr Legorn."

„Es ist mir eine Ehre, Frau Viktoria", meint dieser förmlich und fährt mit etwas pathetischer Stimme fort:

„In uralten Zeiten, als noch Riesen auf der Erde lebten, hauste hoch in den Bergen über dem großen Tal eine stolze, mächtige Riesenkönigin. Im ganzen Land wurde sie wegen ihres Hochmuts und ihrer Hartherzigkeit gefürchtet. Herrliche Wälder, saftige Weiden und reiche Felder zierten ihr Reich. Edle Erze und kostbare Gesteine lagen in den Bergen und ihr Reichtum war grenzenlos. Ihr kristallenes Schloss mit seinen unzähligen prunkvollen Räumen glitzerte weit ins Tal hinab. Es war umgeben von prachtvollen Gärten, in denen die schönsten Rosen blühten, die es je zu sehen gab.

Die Riesin hatte einen Sohn, den sie über alle Maßen verwöhnte. Der Riesenknabe spielte gern in der Nähe des Palastes. Einmal geschah es, dass der Knabe auf einem Steckenpferd reiten wollte. Zu diesem Zweck brach er einen jungen Tannenbaum am Rande eines moosigen Sumpfes ab. Wie er da an der Tanne herumzerrte, gab das Erdreich nach, und der Junge plumpste in den schwarzen, moorigen Schlamm. Zwar konnte er sich aus dem unfreiwilligen Moorbad wieder herauskämpfen, jedoch war er über und über mit dem stinkenden Morast bedeckt. Heulend lief er zur Mutter. Die Riesin beruhigte das Kind und befahl ihren Dienern, den Knaben zu entkleiden und zu baden. Damit aber nicht eine Spur von dem Morast an ihm haften bleibe, sollten sie ihn noch mit Milch und aufgeweichtem Weißbrot am ganzen Körper waschen und abreiben.

Kaum hatten die Diener begonnen, die göttlichen Gaben Milch und Brot zu ihrem schmutzigen Werk zu missbrauchen, als sich plötzlich der Himmel verfinsterte und ein gewaltiges Erdbeben die Berge erschütterte. Mit donnerndem Krachen stürzte der kristallene Palast ein. Und, wie vom Himmel herabgeschleudert, tosten riesige Muren und Steinlawinen die Berghänge hinunter. Sie brachen in die Wälder, verschlangen die satten Almen und die blühenden Gärten, und machten die üppige Landschaft zur kargen Steinwüste. Das Reich der Riesin war vernichtet. Sie selbst aber erstarrte zur schaurigen Felsengestalt, die ihren versteinerten Sohn in den Armen hält und wie ein Mahnmal des Hochmuts weit über das Tal zu sehen ist."

Einen Moment herrscht nachdenkliches Schweigen, dann beginnt Arahal zögernd: „Du, sag mal Vater, war es nicht auch so, dass diese Riesin vorher einer Bettlerin mit harten Worten das Brot verwehrt und ihr stattdessen einen Stein zugeworfen hatte?"

„Oh, ja, stimmt ... ach, deine Mutter konnte das einfach besser erzählen. Du hast viel von ihr gelernt, Arahal!"

Vik merkt ein komisches Gefühl in sich aufsteigen. Nun hört sie heute schon zum zweiten Mal, dass die Mutter nicht mehr da ist. Aber wo ist Arahals Mutter? Können diese Wesen denn einfach sterben?

„Nein, das können wir nicht, Viktoria", sagt Legorn, „nicht so wie Menschen jedenfalls, aber es gibt andere Dinge, die uns zustoßen können."

„Ah!", meint Vik nur knapp, und eine dunkle Ahnung nimmt in ihr Raum, dass sie deshalb hierher gerufen wurde. Dieser Gedanke will ihr gar nicht gefallen und sie versucht ihn beiseite zu schieben.

Um sich abzulenken, prüft sie die Wolkenberge im Westen und erkennt, dass diese sich in unsympathischem Tempo zu nähern wagen und sich dabei immer höher und dunkler auftürmen.

Als könnte sie Viks Gedanken gar nicht lesen, meint Arahal quicklebendig und fast ein bisschen oberflächlich: „Danke, lieber Vater für diese alte Geschichte aus unserem Tal. Ja, in vielen Sagen und Geschichten der Menschen kommt die Strafe vor, in Stein gebannt zu werden, wenn vorher Hochmut herrschte. Warum ist diese Strafe so gefürchtet? Mehr als der Tod? Wenn du doch in den letzten Tagen erfahren hast, wie fantastisch und auch mit Bewusstsein ausgestattet das Mineralreich ist?" Ohne eine Antwort abzuwarten, belehrt sie weiter: „Hm. Ja, das ist so, weil es doch einen tiefen Fall auf der Leiter der Entwicklung bedeutet. Gewiss ist im Stein alles bereits enthalten, was sich später auf der Erde entfalten kann – aber als Same. Und der Same ist nun einmal noch kein Baum. Auch ein voll entfalteter Baum möchte nicht mehr nur ein Same sein. Nicht wahr?"

„Nein", sagt Vik abwesend. „Äh, ja." Ihre Gedanken kreisen um den Drachen und das Bild, welches sie von ihm bekam, als sie im Flug den Kopf an seinen Hals schmiegte. Eine Ewigkeit hatte er im Stein gewacht. Was war geschehen? Wo war Arahals Mutter? Was hatte das alles mit ihr, mit Vik, zu tun? Und dann diese Riesin! Sie hatte sich als Riesin gefühlt in diesem Traum. Wieder schaut sie zu den dunklen Wolken, die sich nun immer schneller der Pyramide nähern. Sie hört schon ein dumpfes Grollen.

„Hoffentlich geht der Regen im Nachbartal nieder", denkt sie, steht auf und betrachtet den Pyramidenberg.

„Ich weiß", hört sie Legorns ruhige, wohlklingende Stimme sagen, „es ist für euch Menschen nicht so einfach zu begreifen, dass es sich bei den Steinen wirklich um bewusste Wesen handelt. Die Menschen in alten Tagen wussten noch darum. Es gab Ritualsteine, Opfersteine und Altarsteine." Er weist auf die Karspitze. „Die Form eines Berges ist viel weniger das Ergebnis des Zufalls, als Ausdruck des Charakters seines großen Berggeistes, der ihm innewohnt."

Vik schaut ihn irritiert an. Im Erdkundeunterricht hatte sie aber deutlich anderes gelernt. „Hm, Legorn, was für ein Geist wohnt dann in diesem Berg, der Karspitze?"

„Nicht nur einer …", sagt er geheimnisvoll. „Nun, ich denke, du solltest den Heimweg antreten."

„Ja!", sagt Vik entschieden, aber auch ein wenig enttäuscht, dass sie jetzt nichts mehr über den Zirbenzapfen erfahren durfte.

Sie schiebt ihn wieder in das Seitenfach, schultert schwungvoll ihren Rucksack, verabschiedet sich bereits im Gehen von den beiden Elben, ist mit ein paar Sätzen auf dem schmalen Felspfad und beginnt geschickt zu springen und zu rennen. Es macht ihr richtig Freude zu beobachten, wie ihr Körper elastisch jeden Schritt abfängt und eigentlich ganz von selbst weiß, was zu tun ist. Sie denkt nicht über die Schritte nach. Es springt und geht durch sie wie in einem temperamentvollen Tanz mit dem Berg. Ein wunderbares Gefühl ist das. Sie ist vollkommen eins mit dem Berg.

„Vater!", ruft Arahal streng, „mit der Geschichte der Riesin hast du sie ja völlig durcheinander gebracht!"

„Och! Nein, das glaube ich nicht", antwortet Legorn gut gelaunt.

Arahal ist irritiert. Seit dem die alten Geister in der Pyramide einer nach dem anderen eigenwillig werden und die Kraft an diesem Ort stetig schwächer wird, hat ihre Mutter immer weniger Lebenskraft. Tatenlos muss ihr Vater zusehen, wie sie schwindet und sein Reich von Jahr zu Jahr schrumpft. Immer häufiger hat er Zwist und Unruhe unter seinen Untertanen zu besänftigen. Vor kurzem hat diese Situation ihren Vater noch so belastet, dass er allen Mut verloren hatte und nun trällert er fröhlich vor sich hin.

„Vater, was ist los? Glaubst du, Vik schafft es?", fragt sie hoffnungsvoll.

„Alleine nicht, meine Liebe, alleine nicht", flötet er und schaut sie dabei sehr zufrieden an. „Es scheint mir irgendwie, als hätten sich nun doch noch andere eingemischt." Und während er das sagt, schaut er zum ersten Mal seit langer Zeit zuversichtlich zur Pyramide.

„Wie meinst du das?", fragt Arahal irritiert und fast ein bisschen begriffsstutzig.

Legorn schaut sie vielsagend an. „Sie beginnt zu begreifen, wer sie ist und offensichtlich hat ja auch jemand anderes sie noch entdeckt."

Als Vik unten an der Lärche ankommt, steht dort am Ende des Fahrsträßchens ein rotes Auto. Sie erkennt es augenblicklich wieder. „Nein!", denkt sie, „das kann doch nicht möglich sein: Hannes!"

Er steigt aus, grüßt knapp, geht um das Auto herum, öffnet die Heckklappe und greift nach ihrem Rad. „Da bist du ja endlich, mach schnell, wir haben nicht viel Zeit!"

Jetzt erst bemerkt sie, dass es über ihnen vollkommen dunkel geworden ist. Das Grollen klingt gar nicht mal so bedrohlich, darum war ihr vor lauter Bergwalzertanz nicht aufgefallen, wie sich das Unwetter um sie herum aufbaute. Schon sitzt sie neben Hannes im Auto. Sie schauen sich kurz an, dann startet er den Motor und sie poltern die rohe Piste hinab. Es ist ein schon etwas älterer, japanischer Kleinwagen – eigentlich nicht das Fahrzeug, mit dem man solche mit tiefen Rinnen durchfurchten Straßen fährt. Einige Male setzt das Auto auch krachend auf. Schweigend lassen sie sich dem Dorf entgegenrütteln.

„Weißt", sagt Hannes, während er gerade eine tiefe Rinne umfährt, „ich hab die Wolken eine Weile beobachtet. Sie blieben an Ort und Stelle und ich dachte, du schaffst es, sie aufzuhalten. Ich wollte mich auch nicht einmischen. Du hattest mich nicht darum gebeten. Du hast ja einen freien Willen. Dann habe ich mich etwas abgelenkt und den Komposthaufen umgegraben. Mit einem Mal fühlte ich mich ganz schwach. Da hab ich auf die Wolken geschaut und ins Tal hinauf und wusste, was zu tun ist. Du darfst um Hilfe bitten Vik! Du bist doch nicht allein!"

Er wirft ihr einen kurzen Blick aus seinen hellwachen, dunklen Augen zu und muss sich dann wieder auf die Straße konzentrieren.

„Danke", ist alles, was Vik einfällt. „Danke, Hannes."

Dann schweigen sie wieder.

Als sie an dem kleinen Waldkapellchen vorbeifahren, das kurz vor dem Ort steht, platzt es aus ihr heraus: „Hannes, du hast gesagt, ich habe einen freien Willen. Habe ich den denn? Und darf ich den immer anwenden? Ich meine, wenn ich meinen Willen einsetze, um Wolken abzuhalten, dann verhindere ich doch, dass es irgendwo regnet und die Natur braucht das vielleicht. Nur, weil ich trocken nach Hause kommen will Regen abhalten – das darf ich doch nicht, oder? Woher weiß ich, wann ich mich einmischen darf und wann nicht? Und wann ich das sogar soll?"

Sie rollen auf den Parkplatz. Hannes steigt mit einer Drehung aus dem Wagen und öffnet den Kofferraum. Erste dicke Tropfen zerplatzen auf dem Asphalt. Vik rennt zum Auto und reißt die Heckklappe auf. Gemeinsam und als würden sie das täglich so tun, hieven sie das Fahrrad ins Auto. Um sie herum fallen kirschgroße Tropfen vom Himmel.

Hannes sieht sie an und legt die rechte Hand auf sein Herz. „Daherinnen, da weißt du, was zu tun ist. Da musst den Willen prüfen. Dann wird er zum Wunsch. Zum Herzenswunsch." Vik kann nicht anders. Sie geht ganz nahe zu ihm und umarmt ihn.

„Geh!", sagt er gerührt. „Pfiat di", lacht sie. Dann steigen sie schnell in ihre Autos.

Als sie unten auf die Passstraße abbiegt, hört sie erste Hagelkörner auf dem Autodach springen. Sie kann überhaupt nichts mehr sehen, lässt das Auto auf eine Haltebucht vor dem kleinen Supermarkt rollen und stellt den Motor ab. Weiterfahren ist völlig ausgeschlossen. Als würde ein Riese ganze Tonnen von kleinen, weißen Eisbröckchen ausschütten, treibt es in Wellen über die Straße. Inzwischen ist die ganze Fläche vor ihr weiß. Eigentlich wollte sie so viel nachdenken, doch jetzt sitzt sie gedankenlos hinter ihrem Lenkrad und beobachtet die an- und abschwellenden Wogen des Hagels auf der Straße. Dann zieht sie entschlossen ihr Smartphone aus dem Rucksack und schaut in der Wetter-App nach, wie es morgen, am Sonntag werden soll.

„Puh!", meint sie. Fast 30° C, jedoch kein Gewitterwolken-Piktogramm für diesen Tag, sondern nur ein kleines Wölkchen. Da beschließt sie, morgen früh wieder herzukommen. Sie will einfach wissen, was der Zirbenzapfen mit dem Willen zu tun hat.

Weil sie ja jetzt Zeit hat, zupft sie ihn aus ihrem Rucksack und betrachtet die mit gegenläufigen Spiralen gezierte Frucht. Sie verströmt einen angenehm würzigen

Geruch. Hier in der Gegend machen die Leute einen Zirbenschnaps. Sie hatte einmal einen angeboten bekommen und danach beschlossen, dass sie auch weiterhin sehr gut ohne dieses Getränk auskommt. Da so viele Zirbenschnaps-Freunde bei der „Ernte" auf den Bäumen rumgekraxelt sind und dabei den Baumbestand geschädigt hatten, ist es mittlerweile verboten, die Zapfen zu pflücken.

Überhaupt ist um die Zirbe in den letzten Jahren ein regelrechter Hype entstanden. Es gibt Zirbenkissen, Zirbenkugeln, Zirbenbetten, Zirbenschalen und, und, und. In jedem Souvenirladen in der Stadt kann man irgendeinen Zirbenkrimskrams kaufen.

Vik mag den Geruch. Alois, ihr Tischler, versorgt sie immer wieder mit ganzen Säcken Zirbenspänen, die sie dann in ihrem Bekanntenkreis verteilen darf. Für ihn ist es ja nur Tischlerei-Abfall. Sie bewahrt die Späne in einer Schale neben ihrem Bett auf, um ab und zu die Nase tief hineinzustecken und einen erfrischenden Atemzug einzusaugen. Vik verehrt diese wunderbaren, knorrigen, alten Bergkiefern, die Wind und Wetter auf fast 2000 Metern Höhe trotzen. Wenn sie so einen Baum am Wegesrand trifft, hat sie jedes Mal das Gefühl, einem ganz besonderen, weisen Geist zu begegnen. Manchmal stellt sie sich still neben einen solchen Baum, wie neben einen lieben Freund und schaut gemeinsam mit ihm ins Tal.

Irgendjemand hat anscheinend eine Studie gemacht und herausgefunden, dass der Duft des Holzes den Puls senkt, beruhigend wirkt und einen gesunden, tiefen Schlaf fördert. Seitdem sind Zirbenbetten und Zirbenschlafzimmer im Trend und der Preis des Holzes innerhalb von wenigen Jahren um ein Mehrfaches gestiegen. Früher war dies ein gutes, günstiges, heimisches Holz und in jedem Bauernhaus gab es eine „Zirbenstub'n". Eine! Und die wurde von Generation zu Generation vererbt.

Warum nimmt so vieles, was der Mensch heute tut, solche maßlosen Züge an? Letzten Endes geht es doch immer ums Geld. Sie stutzt einen Moment. Geld war früher aus Gold, einem realen Gegenwert aus dem Mineralreich. Jetzt ist es ja meistens aus Papier und oft sogar nur noch virtuell. Es existiert eigentlich gar nicht mehr physisch. Könnte es sein, dass die Ordnung des Mineralreichs auf den Umgang des Menschen mit Geld wirken konnte, so lange wirklich nur mit Gold und Silber bezahlt wurde? Und es dies jetzt nicht mehr tun kann? Sie kennt sich mit der Geschichte des Geldes nicht so gut aus, wenn sie aber daran denkt, was in den letzten Jahrzehnten weltweit mit dem Geld und den Finanzmärkten geschehen ist, findet sie das Wort Ordnung eigentlich nicht passend. Das Geld wurde auch vom Gold entkoppelt. Ob das eine Ursache ist? Warum eigentlich vom Gold und nicht von irgendeinem anderen Mineral? Silber ist doch auch schön. Sagen und Legenden drehen sich aber meistens um Goldschätze. Und die Alchemisten wollten immer nur Gold herstellen. Sie wollten gewöhnlichen Stein in Gold umwandeln. Es scheint offenbar wirklich noch einen anderen Wert zu haben. Einen, den man nicht mit Worten beschreiben konnte. Dieses edelste Metall war dem König bestimmt und dem höchsten Priester.

Dem, der die größte Macht und Weisheit haben wollte. Das höchste Bewusstsein? Wie eine Sonne?

Der Regen lässt langsam nach und die Hagelkörner sind bereits durchsichtig geworden, als sie wieder den Motor startet und zurück in die Stadt fährt. Die Musik im Autoradio unterstreicht das stimmungsvolle Schauspiel der Natur. Über dem großen Tal wird es schon wieder hell und zwischen den Wolkenfetzen sind bereits kleine blaue Löcher sichtbar, die einen angenehmen Sommerabend ankündigen.

Rachmaninovs Klavierkonzert Nr. 2 wird jäh von einem eingehenden Anruf unterbrochen. Es ist Vera, ihre Freundin und Steuerberaterin, die gerade in der Stadt ist und einen seltenen Fall von Zeit hat. Sie verabreden sich auf eine Pizza bei ihrem Lieblingsitaliener.

„Ja, das sehe ich auch so: Geld und Ordnung haben viel miteinander zu tun ...", sagt Vera, als Vik ihre Gedanken über die Münzen mit ihr teilt. „... Allerdings habe ich nie darüber nachgedacht, dass es mit dem Gold zu tun haben könnte. Also das kann ich wirklich nicht sagen, weißt du?"

Und nach einer nachdenklichen Pause fährt sie fort: „Ich glaube, dass derzeit so viele Regeln und Gesetze und Ausnahmeregeln und ständige Änderungen dieser Regeln auf uns Steuerberater einprasseln, das hat System. Das darf ich eigentlich nicht laut sagen und ich kann es ja auch gar nicht beweisen, aber es fühlt sich für mich einfach so an. Es ist inzwischen eine so große Herausforderung geworden, für meine Kunden da noch die richtige Lösung zu finden und ja nichts falsch zu machen, dass ich manchmal den ganzen Kram hinschmeißen will. Echt!" Sie seufzt und schaut Vik traurig an.

„Wieso glaubst du, das hat System?", fragt Vik in fast tröstendem Tonfall, denn sie mag Vera wirklich gerne und ist betroffen über deren emotionalen Ausbruch. Sie ist eine Vollblutsteuerberaterin und lebt ihren Beruf mit ganzem Herzen. Vik fühlt sich von ihr so gut verstanden und beraten und hat immer das Gefühl, dass alles in der rechten Ordnung ist, wenn ihre Unterlagen von Vera zurückkommen.

„Weißt du", antwortet Vera, „das klingt jetzt vielleicht komisch, aber ich habe in über zwanzig Jahren in diesem Beruf beobachtet, dass immer, wenn die Sache mit dem Geld an irgendeiner auch noch so kleinen Stelle in Unordnung gerät und das nicht gleich bereinigt wird, ganz schnell der Teufel seinen Fuß in der Tür hat."

Sie müssen beide über diese Formulierung ein bisschen lachen. Dann wird Vera aber schnell wieder ganz nüchtern. „Ja, aber im Ernst, ich meine das schon so. Geld ist doch immer etwas, das eine Beziehung herstellt. Zwischen Anbieter und Verkäufer, Dienstgeber und Dienstnehmer, Bürger und Staat. Immer wird etwas entlohnt und das soll für beide Seiten nachvollziehbar und fair sein. Sobald da irgendwie Unordnung oder nennen wir es Unübersichtlichkeit, für einen der Partner hineingerät, ist das Tor zur Hölle schon offen. Da entstehen Misstrauen, Missgunst, Neid, Geiz, Habgier, Betrug und dann fangen sie an zu streiten und es kommen Hass, Erpressung und Mord und Totschlag aufs Programm."

Wieder müssen sie lachen. Vera ist heute sehr pathetisch. So kennt Vik sie gar nicht.

„Na ja, ist doch so. Ich bin manchmal wirklich fassungslos, wie schnell sich eigentlich liebenswürdige Menschen in Monster verwandeln. Nur des Geldes wegen. Aber das Geld ist nicht schuld. Die Unordnung, Vik, die ist schuld. Solange alles für beide Seiten übersichtlich und in Ordnung bleibt, braucht es nicht mal einen Vertrag. Da reicht ein Handschlag."

Vik denkt ein bisschen nach und wiederholt ihre Frage von eben: „Warum glaubst du, dass die ständigen Steuergesetzesänderungen System haben? Das ergibt für mich gar keinen Sinn."

„Ja, weißt du …", meint Vera leise, schüttelt den Kopf und schaut eine ganze Weile wie abwesend an Vik vorbei auf die Straße. Vik wartet ruhig, nippt an ihrem Rotwein und beobachtet den Kellner, der geschäftig zwischen den eng stehenden, weiß gedeckten Tischen hin- und herläuft.

„Das klingt jetzt fast wie Stammtischphilosophie …", meint Vera plötzlich, „aber wenn nicht mal mehr die Politiker eigentlich einen Überblick über den Geldfluss haben, wir kleinen Steuerberater sowieso nicht und eigentlich keiner mehr, dann sind doch alle Tore für Betrug, Abzocke, Ausbeutung, ach und was noch alles offen. Das ist Anarchie. Na ja, und wenn zwei sich streiten freut sich der Dritte. Am Ende sitzen da ein paar und nutzen diese undurchsichtige Situation eiskalt aus."

Vik, die solche dunklen Zukunftsaussichten gar nicht mag, versucht das Gespräch irgendwie in eine positive Richtung zu wenden und fragt: „Glaubst du, wir können das ändern?"

Vera seufzt und meint: „Das sollten wir zumindest versuchen, oder? Also ich versuche es täglich ... halt im Kleinen, aber immerhin. Wenn die Menschen in ihren Geschäftssachen Transparenz und Ordnung haben und sich nicht mit ihren Geschäftspartnern über irgendeine Unsauberkeit in die Wolle kriegen, ist das ja schon etwas. Und du weißt: Ich kann da auch mal streng sein, wenn ich merke, dass ein Klient irgendwie schlampig wird. Das bin ich aber nicht nur, weil ich Unordnung einfach nicht mag, sondern weil ich es gut mit euch meine. Haltet Ordnung in diesen Sachen, dann können sich alle gut vertragen. Das ist wichtig. Das ist doch das Wichtigste, dass wir liebevoll miteinander sind und sein können. Auch im Geschäft."

Jetzt lächelt sie ganz mütterlich und wechselt dann wieder in ihre normale Stimmungslage. Das weitere Gespräch entwickelt sich angenehm, weil sie bei dem Wort liebevoll auf ihren Mann, ihre Tochter und den bevorstehenden Urlaub zu sprechen kommen.

DIE VERFESTIGUNG

Der Anblick war ernüchternd. Als unsere Schar den kleinen Planeten erreichte, fanden wir einen völlig ungebändigten Körper vor. Die Feuer brachen an vielen Stellen aus dem Inneren und trafen mit Gewalt auf die Wasser der Oberfläche. Derzeit war Leben in einem festen Körper auf diesem Planeten vollkommen unmöglich.

Aus der Ferne betrachtet hatte ich gedacht, ich könne helfen, ohne mich dabei selbst verändern zu müssen. Nun aber ahnte ich, dass es wohl nicht ausreichen würde, mich einfach nur wohlmeinend zu dem jungen Wesen hinunterzubeugen und ihm gut zuzureden. Ich musste werden wie dieses Wesen, um es wirklich unterstützen zu können. Ich musste hinunter, musste eintauchen in seine Aura, musste mir „die Hände schmutzig" machen. Und ich war entschlossen dies zu tun. Aus Liebe und weil die Vision eines blühenden Planeten voller Kreativität und einem liebevollen Miteinander unzähliger Arten so deutlich war, dass sie die derzeitige Realität völlig überblendete. Für mich gab es keine Alternative, so stark wurde in mir der Wunsch diesem jungen, lieben Planeten beizustehen. Einige unserer Freunde sahen das anders. Sie beschlossen ihre Hilfe anderweitig zu leisten und die Dimension nicht zu wechseln. Ihre Dracheneier gingen nie auf. Ich aber blieb bei meinem Entschluss. Ich tauchte hinab auf den Planeten.

Als die größten Unruhen und Ausbrüche gebändigt waren, konnten wir die Drachen schlüpfen lassen. An einer Stelle, an der die Erde aufgerissen war und ihre tiefen Feuer heiße Ströme glühenden Gesteins hervor spuckten, kniete ich nieder. Sanft legte ich das Ei mit dem geliebten Wesen auf einen Felsvorsprung. Trotzdem ich einen Erdenkörper angenommen hatte, konnte das Feuer mir nichts anhaben. Mein Körper hatte sich aus den Gasen der Atmosphäre geformt, war transparent und flexibel. Ich hockte mich neben das Ei und wartete. Von der Stelle, an der ich meine Wache hielt, konnte ich Djatil beobachten, der ebenso wie ich, sein Ei behütete. Als er mir einen liebevollen Blick zuwarf, durchflutete mich augenblicklich eine heiße Woge inniger Zuneigung für meinen Freund.

Seit unsere Schar hier in dieser Dimension war, hatten sich die Beziehungen untereinander langsam verändert. Sie hatten sich, ebenso wie unsere Körper, verfestigt, waren greifbarer geworden und es entwickelten sich besondere Vorlieben zwischen einigen unter uns. Wir erlebten gleichzeitig mit der körperlichen Manifestation, eine Verfestigung der Liebe. Sie verlor ihre Leichtigkeit und Bedingungslosigkeit und begann sich an Wesen und Orte zu heften.

So waren Djatil und ich uns durch die gemeinsame Arbeit noch näher gekommen und untrennbar miteinander verbunden. Stets wusste jeder von uns, wo der andere war und immer beschlossen wir, unsere Aufgaben gemeinsam zu erledigen. Für mich schien es lebensnotwendig, an seiner Seite zu sein und auch er suchte durchgehend meine Nähe. Ein Leben ohne ihn war für mich unvorstellbar.

DIE PFLANZE

„An diesem Zirbenzapfen kannst Du erkennen, was das Pflanzenreich mit der Ordnung macht, die im Mineralreich noch eher unbewusst und wie ein Same vorhanden ist. Erkennst du es?", fragt Arahal, als Vik am Sonntagvormittag bei strahlendem Sonnenschein erwartungsfroh neben ihr auf dem warmen, roten Felsen sitzt.

„Schau doch! Es spielt damit. Ja, das Pflanzenreich ist von unglaublicher Anmut. Es ist lieblich und kreativ und wagt es ganz selbstverständlich, mit der Ordnung zu spielen. Wenn du deinen Zapfen einmal in den Händen drehst, wirst du erkennen, dass dort eine unbefangene Geometrie vorherrscht. In eleganten Wirbeln drehen sich mehrere Spiralen in unterschiedlichen Windungen von links nach rechts und von rechts nach links. Alle Zapfen haben dieses Muster und dennoch gleicht keiner dem anderen."

Vik betrachtet die Frucht ganz fasziniert. Sie hatte diese Wunderwerke der Natur schon immer als schön empfunden, jetzt aber hat sie wirklich das Gefühl, ein ganz besonderes, seltenes und wertvolles Kunstwerk in Händen zu halten. Sie ist zu tiefst gerührt. Ihr treten Tränen in die Augen. Dieser Zapfen wird ihr zum Heiligsten. Es ist ihr, als hätte Gott mit diesem Zirbenzapfen den Schlüssel zu seinem innersten Tempel in ihre Hände gelegt, um sein tiefstes Geheimnis darin zu offenbaren.

Arahal schweigt minutenlang. Es kommt ihr vor, als hätten sie den Tempel der Venus betreten. Still sitzen die beiden weiblichen Wesen auf dem Felsen, andächtig vereint durch ihr Geschlecht.

Dann berichtet die Bergelbin mit sanfter Stimme weiter: „Diese ausgewogenen Proportionen der Pflanzen haben nicht nur für Menschenaugen ein hohes Maß an Harmonie und Schönheit. Harmonie und Schönheit sind eine ganz hervorstechende Eigenschaft des Pflanzenreichs, die sich in einer unglaublichen Farbenpracht und Formenvielfalt äußert und in ihrer Anmut kaum übertroffen werden kann. Dies alles holt sich die Pflanze aus dem Licht der Sonne, dem Wasser und dem Mineralreich. Ist das nicht ein Wunder? Jede Pflanze scheint doch mit dem Bauplan des Kosmos zu spielen. Während es im Mineralreich noch eher blind geschieht, habe ich das Gefühl, dass hier Liebe, Intelligenz und Leichtigkeit ganz anders am Werk sind. Als ob die Pflanzen der Schöpfung noch eins obendrauf setzen wollten."

Vik schaut sich um. Überall in den Rinnen und Furchen des Felsens haben sich winzige Kräuter, Polster und Moose angesiedelt. Einige blühen farbenprächtig, andere zart und bescheiden. Aber tatsächlich hat sich jedes Kräutchen für eine andere Ordnung entschieden. Viele haben fünf Blütenblätter, andere acht, wieder andere spielen mit der Drei. Ein jedes interpretiert die Gesetze des Schöpfers anders und obendrein scheint es, als ob an jeder Blattachse eine Entscheidung getroffen wird. So fehlen manchmal einfach Blättchen, eines ist kleiner, ein anderes leicht asymmetrisch, oder es experimentiert mit einer anderen Anordnung. Genau diese Brechung der Symmetrie macht die Pflanzen aber so berührend, so liebenswert, so schön, so perfekt. Vik ist ganz erfüllt von Bewunderung und kann gar nicht aufhören, diese kleinen bunten Wesen zu betrachten. Sie sehen sie so artig an, als stünden sie Schlange, um nun auch einmal entdeckt und bewundert zu werden. Plötzlich wird Vik gewahr, dass sie tatsächlich umgeben ist von süßen kleinen Elfen. Jetzt kann sie diese Wesen fühlen. Es kribbelt und gluckst in ihrem Bauch. Sie muss ganz ausgelassen lachen.

„Arahal!", ruft sie, „wie ist das schön!"

Vik schwimmt auf einer Woge der Glückseligkeit im Silberglockenklang.

Inzwischen ist es Mittag geworden und die Sonne brennt stechend auf den roten Felsen, der diese Hitze dankbar aufnimmt. Vik ist es allerdings jetzt doch von allen Seiten her ein bisschen zu heiß. Sie schaut sich nach einem schattigen Platz um und wird unten vor dem Felsen an dem kleinen Bächlein fündig. Ein großer Steinblock bietet ihr einen kühlen Mittagsplatz. Auf dem Weg, den sie von hier aus gut übersehen kann, wandert eine kleine Gruppe. Den hüpfenden Zwergen in ihrer Mitte nach zu schließen, dürfte es eine Familie sein. Faul lehnt sie sich an den Stein, streckt die Beine aus und schließt ein bisschen die Augen. Die letzten Tage waren doch anstrengend. Jetzt ist sie nun schon den zweiten Tag in Folge hier hinauf gestrampelt und gekraxelt. Sie ist zwar sehr gerne in den Bergen, aber doch keine Extremsportlerin. Die Familie hat inzwischen den kleinen Bach erreicht und geht grüßend an ihr vorbei.

Die begeisterten Zurufe der Kinder, als diese auf dem Felsen hochklettern, hört sie noch, dann döst sie ein.

Von dem hohen Felsen aus, wirkt das steil eingeschnittene Tal, wie mit weicher Watte ausgelegt. Viele hundert Meter trennen sie von den Bewohnern im Tal. An ihrer Seite steht er. Der, den sie am meisten unter allen liebt. Ein Titan. Er ist stets an ihrer Seite, vereint mit ihr in ihrer Aufgabe, hier, auf diesem jungen, ursprünglichen Planeten. Feuer und Wasser waren noch ungezähmt, als sie kamen, nun sind allmählich stabilere Verhältnisse eingekehrt. Ihr Auftrag ist erfüllt. Ein Lebensraum für Pflanze, Tier und Mensch ist erschaffen, nach dem Plan des großen Schöpfers aller Welten. Nun ist es Zeit für sie zu gehen. Es soll eine Abschiedszeremonie werden. An ihrer Seite stehen Drachen und sie fühlt Dank und Liebe zu diesen Wesen, aber auch Schmerz, denn sie soll sie nun verlassen.

Doch dann beginnen einige der Titanen aufzubegehren. Sie haben einen anderen Plan. Ihren eigenen. Und sie meinen, es sei der Bessere. Einer von denen, die so vergiftet sprechen: Er. Sie steht wie gelähmt, fassungslos sucht sie seine Augen, versucht ihn umzustimmen, doch er schaut sie hart, kalt und entschieden an.

Sie will es nicht wahrhaben. Sie wird ihn nicht aufgeben, sie wird bei ihm bleiben. Sie wird nicht aufhören ihn zu lieben. Er wird wieder aufwachen, ihre Liebe wird ihn wieder zurückholen, alles wird wieder gut!

Dann tut sich der Boden unter ihnen auf. Er stürzt. Viele stürzen. Andere verlassen den Planeten. Sie aber entscheidet zu bleiben. Ihr Herz ist leer. Verzweifelt. Einsam. Ihr Körper wird fester, schwerer, kleiner, sie vergisst, warum sie hier ist, sie vergisst ihren Drachenfreund, sie vergisst alles. Um sie herum wird es dunkel. Sie ist blind. So taumelt sie durch die Zeitalter, immer auf der Suche, nicht wissend wonach. Gottverlassen, heimatlos, ohne Hoffnung.

Als Vik die Augen öffnet, sieht sie die Familie den Weg wieder ins Tal hinuntersteigen. Lange kann sie nicht geschlafen haben. Höchstens eine halbe Stunde. Sie kramt das Smartphone aus dem Rucksack. 13.34 Uhr. Im Westen zeigen sich ein paar Wölkchen, aber nichts, was zur Eile ruft. Was sind das für komische Szenen? Vik träumt phasenweise sehr realistisch und intensiv, in letzter Zeit ist es zwar seltener geworden, die Träume kommen ihr jedoch fast wie Filme vor. Dieses Gefühl im Traum verwirrt sie. Vik lebt alleine. Es gab zwar ein paar Versuche von Lebensgemeinschaften, das ging aber nie lange gut. Meistens hatte sie das beendet. Immer hat sie Männer als unzuverlässig empfunden und ihnen nicht vertrauen können. Dieses Gefühl aus dem Traum, einfach stehen gelassen zu werden, war ihr so bekannt, dass es sie erschütterte. Denn eigentlich hatte das kein Mann mit ihr je gemacht … „Jedenfalls nicht in diesem Leben." Denkt sie und ist in dem Moment ein bisschen erstaunt über diesen Gedankengang.

Inzwischen hat sie mehr oder weniger fest beschlossen, die Sache mit den Männern einfach nicht mehr zu beachten. Alleine ist es ja auch irgendwie schön, es gibt Freunde und die Natur und sie liebt ihre Arbeit. Das, was sie sich in ihrer Fantasie ausgemalt hat, gibt es wohl nicht.

Aber das, was sie eben in diesem Traum für dieses andere Riesenwesen empfunden hat, überwältigt sie nun. Sie hatte gar nicht gewusst, dass sie so leidenschaftlich fühlen kann. Was hat das nur zu bedeuten? Das waren ja Szenen wie aus irgendeinem Fantasyfilm. Was war das für ein Planet? Und wieder waren da Drachen und Riesen!

Plötzlich hat sie das Bedürfnis ins Tal zu gehen. Sie will eine Freundin anrufen, vielleicht hat die ja Lust spontan einen kleinen Spaziergang zu machen, oder ein Eis essen zu gehen. Irgendetwas völlig Normales soll es bitte sein. Etwas, was alle an einem solchen Sonntag machen. Sie ruft: „Arahal?"

„Ja, Viktoria. Das verstehe ich. Es ist gut, wenn du wieder ins Tal gehst. Ruhe dich ein bisschen aus. Manche Erkenntnis reift, ohne dass man sich ständig damit beschäftigt."

Vik nickt. „Ich sehe zu, dass ich dich nächstes Wochenende wieder besuchen kann."

„Jederzeit. Bis bald Viktoria!"

Während sie ihren Rucksack schnappt, ruft sie: „Bis bald, Arahal, und liebe Grüße an deinen Vater!"

Sie springt wieder ins Tal. Nun kennt sie hier bald jede Wurzel und jeden Stein.

„Siehst du, ich hab dir ja gleich gesagt, dass das zu viel für sie ist!", protestiert Arahal.

„Lass mal, Vik ist stark wie ein Löwe. Sie muss sich ihrer Geschichte stellen. Früher oder später."

„Man hätte es ihr aber auch schonender beibringen können und nicht in einem so schweren Traum. Sie versteht doch gar nicht, um was es geht", entgegnet Arahal.

„Verstehen muss sie das auch gar nicht. Fühlen muss sie es. Ohne die Gefühle durchlebt zu haben, kann sie hier gar nichts ausrichten und eine lieb gemeinte Belehrung würde sie allenfalls konsumieren, aber begreifen würde sie nichts. Sie muss es erleben. Dann kann sie mitfühlen, was hier geschehen ist. Ich weiß, das tut weh. Schonen dürfen wir sie aber nicht."

„Du hast sicher Recht. Es tut mir nur so leid", sagt sie und schaut besorgt ihrer so liebgewonnenen Menschenfreundin hinterher.

Als sie unten am Parkplatz ankommt, blickt Vik hinauf zu Hannes' Haus. Zum ersten Mal, seit dem sie hierherkommt, scheint der Sohn zu Hause zu sein. In dem Carport parkt ein neuer und sehr gepflegter, grasgrüner Pickup. Auf der Heckklappe steht in sachlicher, violetter Schrift: „Der Holzwurm". Sie muss schmunzeln und es fühlt sich so vertraut an, als sie zu diesem Auto, den Balken des Carports und dem gepflegten Holzhaus hinübersieht, dass sie sehr gerne einfach noch ein bisschen hierbleiben möchte. Grundlos herumstehen kann sie da aber nicht.

Wie sieht denn das aus? Also nutzt sie die Zeit und ruft von hier aus ihre Freundin an.

Clara geht gleich ans Telefon, die Windgeräusche auf Claras Seite verunmöglichen ein normales Gespräch und sie schreien sich abgehackte Wortfetzen zu. Clara ist am Baggersee, ja, sie hat Lust, dann noch etwas mit Vik zu unternehmen, aber eher am Abend. Also irgendwo in einem Straßencafé sitzen. Gerne. So um sieben. Ich hol dich dann ab. Ja, passt. Bis dann. Schade. Sie hätte gerne etwas länger mit ihr gesprochen, um einfach noch ein Weilchen hier sein zu dürfen. Na gut. Sollte nicht sein. Vielleicht ist es besser so. Sie steigt ins Auto und muss feststellen, dass das Auto, obwohl sie eben alle Türen offen gelassen hat, immer noch ein Brutkasten ist. Schnell lässt sie die Scheiben hinunter und rollt vom Parkplatz.

Die Stadt ist überfüllt mit flanierenden Touristen und Einheimischen. Solche lauen Abende sind hier gar nicht so häufig. Vik hat auch schon Sommer erlebt, in denen es nicht eine einzige warme Nacht gab. Darum ist aber leider nicht daran zu denken, einen Tisch für sich allein zu bekommen. Sie fragen ein Pärchen, ob sie sich dazu setzen können.

„Jetzt erzähl!", fordert Clara sie auf, als sie bestellt haben.

„Oh, da gibt's nicht viel zu erzählen. Ich arbeite gerade an einigen Projekten, geh in die Berge."

„Hey", unterbricht Clara, „da gibt's doch wen. Oder?"

„Wie? Was meinst du … einen Mann?"

Claras Augen funkeln neugierig und dabei entwaffnend lieb. Vik mag sie einfach. Nie kommt nur irgendein Wort über Ihre Lippen, das jemanden beurteilt, nie auch nur eine negative Botschaft. Alle um sie herum sind halt so, wie sie sind und alles ist so, wie es ist und alles wird schon irgendwie gut. Wenn es mal nicht so ist, wie es ihr vielleicht angenehm wäre, meint sie nur: „Weißt eh!", und lacht. Sie lebt auch allein. Ihr Freund, ein Spanier, kommt nur manchmal, bleibt dann aber länger. Clara ist Werbetexterin und selbstständig, was eine Menge gemeinsamen Gesprächsstoff nährt.

„Naa", verneint Vik jetzt lang gedehnt auf Claras Frage.

„Schade." Clara schaut ein bisschen enttäuscht, zuckt dann mit den Schultern, sie schauen sich an und lachen. „Du hattest dich so lange nicht gemeldet und da dachte ich, entweder hat sie viel zu tun oder … na ja. Aber hast viel zu tun, oder?"

Clara ist heute Balsam für die Seele. Der Abend geht so dahin, sie tauschen sich nur kurz über die üblichen Herausforderungen mit Kunden aus, kommen dann zu Körperpflegemitteln und dem neuen Brotstand auf dem Markt, bleiben ein bisschen bei Bäckern, Vollkornprodukten und Backtipps hängen und schwenken dann zum Thema Wohnung. Sie geben sich gegenseitig ein paar nützliche Tipps, lachen viel und Clara sagt ganz oft: „Weißt eh!"

Sie sind eigentlich schon beim Verabschieden, als Clara eine Postkarte aus der Tasche zupft.

„Magst unterschreiben? Das ist für Mama, sie wird 70 und die mag dich doch so."

„Klar, gerne" und während sie einen Kugelschreiber aus der Tasche kramt, betrachtet Vik das Motiv auf der Karte.

„Ein Engel?", fragt sie verwundert, weil sie ein solches Motiv bei Clara gar nicht vermutet hätte.

„Ja, ich wollte nicht in die Stadt und bin zu dem kleinen Esoterikladen in unserer Straße gegangen. Die haben ja auch Karten." Sie grinst verschmitzt und während Vik unterschreibt, berichtet sie: „Ich war zum ersten Mal drinnen und habe mich dann ein bisschen umgesehen. Ich weiß gar nicht mehr, wie wir darauf kamen, aber irgendwann erzählte mir die Inhaberin, sie sei ein inkarnierter Engel! ..." Clara zieht die Augenbrauen hoch und es folgt ein amüsiertes „Weißt eh!"

Vik lacht zwar, fragt sich aber im selben Augenblick woher diese Frau das über sich weiß, und weshalb wohl ein Engel auf die idiotische Idee kommen könnte, als Mensch einen Esoterikladen in einem abgelegenen Stadtviertel einer unbedeutenden Kleinstadt zu unterhalten. Dann könnte ja eigentlich auch ein drachenreitender Titan beschließen, sich als kleine Innenarchitektin in einer unbedeutenden Kleinstadt niederzulassen, um sich mit unentschiedenen Kunden herumzuärgern. Dieser Gedanke kommt ihr so absurd vor, dass sie noch mehr lachen muss, und die beiden Freundinnen fallen sich zur Verabschiedung ausgelassen in die Arme.

Als Vik nach Hause geht, ist sie erfüllt von der Sonne des Tages, dem Lachen mit Clara und der ruhig-belebten Stimmung eines lauen Juniabends im Straßencafé.

Zu Hause fällt ihr der Zirbenzapfen wieder ein. Gleich packt sie ihn aus dem Rucksack und geht zur Kommode in ihrem Arbeitszimmer. Dort steht ein Silbertablett, auf dem die aktuellsten Fundsachen oder besondere Schätze aus den Bergen landen und immer mal wieder ausgetauscht werden. Jetzt liegt dort eine kleine weiße Feder, die sie letztes Jahr auf dem Weg kurz unterhalb eines Gipfels aufgesammelt, ein Bergkristall, den sie als Kind gefunden hat, ein kleiner runder Latschenzapfen und der Glimmerschiefer von letzter Woche. Es war ihr immer schon wichtig, dass die Dinge, die in ihrer Obhut sind, ihren Platz haben.

Ohnehin steht nicht viel herum bei ihr. Neben dem Silbertablett gibt es noch eine Kerze auf der Kommode und ein kleines Pflänzchen. Auf den breiten Fensterbänken und den niedrigen Regalen in ihrer Wohnung hat sie alles so arrangiert, dass jede Fläche eigentlich aussieht wie ein Altar. Es gibt fast überall ein solches Tablett oder eine Schale, eine Kerze und irgendeine Pflanze oder Vase. Als sie den Zapfen auf das Tablett legt und die Kerze dann ein bisschen nach links schiebt, weil sie meint, dass der neue Gegenstand mehr Platz braucht, erinnert sie sich an Matthias. Einer der Männer, mit denen ihr ein Lebensgemeinschaftsversuch missglückt war. Er hat sich gerne über sie lustig gemacht, besonders über ihren Ordnungssinn und die Arrangements der Gegenstände auf jeder waagerechten Fläche. Einmal wollte er mit ihr wetten: „Wenn ich hier einen Gegenstand nur ein bisschen verrücke oder tausche, merkst du das gleich, wenn du in den Raum kommst, und richtest es wieder so her, wie es vorher war." Sie hatte sich auf so eine komische Wette nicht eingelassen. Dieser „Tick" war ihr bei ihrer Arbeit auf jeden Fall schon mehrmals sehr hilfreich gewesen, denn sie hat bereits einige Ausstellungen gestaltet und Hunderte von Gegenständen auf Podesten und in Vitrinen arrangiert. Es waren und sind für sie die schönsten Aufträge. Die Gegenstände wissen ja eigentlich wo sie hinwollen, man muss sie nur dort hinlegen.

Einmal hatte sie sich in einer großen Ausstellungshalle auf einem Messegelände einschließen lassen. Die ganze Nacht verbrachte sie mit unzähligen Exponaten in der Halle und am Morgen, als die anderen Helfer wieder kamen, stand alles an seinem Platz. Jetzt kommt ihr das zum ersten Mal vor, als würde sie mit den Gegenständen ein bisschen so umgehen wie eine Tempelwächterin mit heiligem Gerät. Durch diesen etwas romantischen Gedanken in eine erhabene Stimmung versetzt, nimmt sie den Zirbenzapfen ehrfürchtig in die Hand und erinnert sich, was Hannes am ersten Abend sagte, als er zu ihr ans Auto kam: „Die Ordnung, die der Fels dir schenkt, ist eine Ordnung, die du nur geschehen lassen kannst. Warte. Habe Geduld und vertraue. Alles sortiert sich ganz von selbst ins rechte Fach." Mit den Gegenständen gelingt ihr das ja eigentlich bereits. In ihrem Leben aber ist es mit einigen Dingen offensichtlich noch gar nicht gelungen.

Das Telefon läutet. Die Uhr des Displays zeigt 22:13 Uhr. „Manni!", schnaubt sie, als sie den Namen unter der Uhrzeit leuchten sieht. Einen Augenblick zögert sie. Das Handy steckt am Ladekabel, sie hatte nur vergessen es auf Flugmodus zu schalten. Dann zupft sie kurz entschlossen den kleinen Stecker ab, streicht über das Display, drückt auf das Lautsprechersymbol und sagt: „Manni?"

„Ja, griaß di!", klingt es ihr kernig entgegen.

„Hi", antwortet Vik trocken. Es entsteht ein kurzes Schweigen.

„Na, du U-Boot …was machst' denn so?", fährt er im gleichen Tonfall fort, als müsse er eine ganze Almhütte voller Urlauber in Stimmung bringen. Vik kennt diesen Tonfall. Die meisten Männer hier haben den auf Lager. Um ihn besser ertragen zu können, nennt sie ihn für sich den Skilehrer-Touristinnenbespaßer-Modus. Inzwischen hat sie dagegen eine dicke Hornhaut und lässt sich davon nicht mehr so oft beirren. In gleichgültig sachlichem Ton fragt sie nach: „U-Boot? Was meinst du damit?"

„Na, du meldest dich ja gar nicht mehr."

Eine leichte Unsicherheit schimmert schon durch die Worte. Vik ist zwar ein bisschen amüsiert, er tut ihr aber auch leid. Es ist offensichtlich der gebräuchlichste Kommunikationsmodus, den die Männer hier erlernt haben. Er ist nicht nur völlig unzeitgemäß, sondern verunmöglicht meist den natürlichen Übergang zu einem normalen, freundschaftlichen Gespräch. Vik ist eigentlich immer froh, wenn sie diese holprige Phase so wenig peinlich wie möglich überstanden hat. Es wäre zwar eigentlich nicht ihr Problem, Fremdschämen ist aber ebenso qualvoll. Manni auf jeden Fall, tut sich besonders schwer mit dem Übergang und bleibt dann oft, der Einfachheit halber, das ganze Gespräch über polterig.

Sie haben sich vor ein paar Jahren bei dem runden Geburtstag eines ihrer Kunden kennengelernt. Da sie weder zur Familie noch zum engsten Freundeskreis gehörten, hatten sie sich an einem Sammeltisch für unzuordenbare Einzelgäste eingefunden. Der Abend war dann aber doch ganz nett, weil sich diese kleine Leidensgemeinschaft eisern vorgenommen hatte, trotzdem Spaß zu haben.

Manni ist ein glatzköpfiger Sportsmann mit freundlichen blauen Augen. Sie kamen ins Gespräch, es stellte sich bald heraus, dass sie gerne Bergsport machten und fast Nachbarn waren und so verabredeten sie gemeinsame Touren. Dabei merkten sie, dass sie wirklich gut zusammen in der Natur sein konnten. Dass Manni studiert hat, merkte man ihm nicht im Geringsten an. Sein Wortschatz war nicht außerordentlich umfangreich und mit den Begriffen „bärig" und „ma, brutal" war für ihn jede emotionale Angelegenheit hinlänglich beschrieben. Zum Glück redete er meist nicht so viel, zumindest beim Gehen, und sie konnten gut gemeinsam schweigend sitzen.

Obwohl er total anders war als Vik und sie außer Bergsport keine Gemeinsamkeiten hatten, begannen sie dann doch irgendwann, sich mal auf einen Kaffee zu treffen und ganze Tage gemeinsam zu verbringen. Manche seiner Äußerungen waren für sie befremdlich, derb und unter der Gürtellinie. Dann aber hatte er immer wieder Dinge gesagt, die sie aufhorchen und ahnen ließen, dass sich unter der rauen Schale ein weiser, hell strahlender Kern befände. Es begann eine komische Phase, in der mal sie, mal er Interesse an einer Vertiefung der Beziehung zeigte. Diese Phasen liefen aber nie synchron. Auch jetzt merkt sie wieder, dass sie im Gespräch begonnen hat, nach Lichtspuren zu suchen und sich wie eine Schatzsucherin gebärdet. Dachte sie tatsächlich, sie könne ihn aus seinem Sumpf ziehen? Wer war sie denn, dass sie irgend jemanden irgendwo hinbewegen durfte? Als ihr das allmählich immer klarer geworden war, hatte sie die Sache mit Manni so langsam auf sich beruhen lassen. Sie machten noch ein paar gemeinsame Skitouren, dann wurden die Verabredungen allgemeiner: „Ja, machen wir mal wieder was zusammen ... Melde dich, wenn du mal Zeit hast ... Sehen wir uns bald mal wieder ...", und irgendwann riefen sie sich dann gar nicht mehr an.

Nun hat sie schon seit über einem Jahr nichts mehr von ihm gehört. Auch dieses Gespräch verläuft wie all ihre letzten Gespräche: „Was gibt's Neues? Eigentlich nix. Habe jetzt einen neuen Chef, ein paar gute Touren gemacht, und du so?", und endet ganz bald mit einem höflichen: „Ja, dann auf bald mal wieder."

Sie stöpselt das Handy wieder an und streicht jetzt auf Flugmodus.

„Manni!" Warum der ausgerechnet heute anruft? Belustigt schüttelt sie den Kopf, gibt dem Zirbenzapfen noch einen zärtlichen Stups und geht ins Bad.

Als sie mit der Zahnbürste im Mund durch die Wohnung läuft, um den Rucksack auszupacken, beginnen die Worte aus dem Traum von heute Mittag in ihrem Kopf zu hämmern: „Sie will es nicht wahrhaben. Sie wird ihn nicht aufgeben, sie wird bei ihm bleiben. Sie wird nicht aufhören ihn zu lieben. Er wird wieder aufwachen, ihre Liebe wird ihn wieder zurückholen, alles wird wieder gut."

Plötzlich bleibt sie stehen. „Ja, aber …" Sie hatte sich schon gefragt, was dieser Traum mit ihr zu tun hat. Jetzt ist ihr plötzlich alles klar. Ihr traumatisierter Vater, ihre kriegsgeschädigten Großväter, alle, ja, ausnahmslos alle Männer, mit denen sie irgendwie näher zu tun hatte – immer hatte sie gedacht, sie müsse sie „aus dem Sumpf" ziehen, retten, zum Leben erwecken. Ist sie nicht selbst eine Tote? War nicht ihr Herz mit in den Abgrund gestürzt? Mit Ihm? Taumelte nicht sie Leben um Leben in Dunkelheit? Und sie wollte irgendwen, irgendwo herausziehen? Lächerlich!

Sie ist so dankbar, dass sie jetzt keiner sieht. Zahnpasta tropft auf den Boden, die Tränen rinnen. Sie schämt sich. Sie schämt sich so! Nun beugt sie sich nach vorne, sackt auf die Knie und krümmt sich. Ein ganzer Film läuft vor ihren Augen ab. Das ganze Leben, viele Leben, und sie sieht eine endlose Kette trostloser Enttäuschungen auf der Suche nach sich selbst, während das Herz im Abgrund liegt. Sie kniet auf dem Boden und schluchzt. Es fühlt sich an, als würde sie innerlich zerreißen. Ein Meer von Tränen ergießt sich. Wie die Wogen der Hagelkörner auf der Straße kommt es in Schüben über sie und bricht in Wellen aus ihr heraus.

Aber so wie der Hagel ebbt auch ihr inneres Unwetter schließlich ab. Langsam steht sie vom Boden auf, trägt die Zahnbürste ins Bad und macht sich erschöpft bettfertig. Noch einmal geht sie zum Zirbenzapfen. Sie beginnt zu bitten, ratlos, an wen oder an was sie sich wenden soll, hört sie sich plötzlich sagen: „Heilige Mutter Gottes!" Sie bittet einfach nur um Hilfe, um Erlösung und ist ganz der Wunsch und der Wille geworden, dieses Drama zu verlassen. Frei zu sein. Leicht zu sein. Heil zu sein. Frau zu sein.

Erst am Mittwoch hat sie endlich wieder Zeit für einen Abendspaziergang. Sie braucht frische Luft und muss ein bisschen raus aus der Stadt. Wider ihre Gewohnheit entscheidet sie sich für die Route durch den kleinen Botanischen Garten, um dann weiter hinauf in den Wald zu steigen. Das Tor des Botanischen Gartens steht um diese Zeit noch offen, der Eintritt ist frei. Statt aber den üblichen Weg zu nehmen, biegt sie einfach rechts ab. Dort sind die hochalpinen Steingärten liebevoll angelegt. Sie nimmt einen kleinen Steg über den Teich und betrachtet die vielen unterschiedlichen Pflänzchen.

Einige von ihnen hat sie auch auf dem roten Felsen gesehen. Hier aber ist noch eine ganz andere Vielfalt ausgestellt. Fasziniert betrachtet sie die streng geometrischen Figuren dieser Steingewächse. Sie sind fast so klar wie bei den Mineralien. Ob das etwas mit dem Entwicklungsstand zu tun hat? Sie leben ja auch noch ganz dicht am Stein und mit dem Stein. Sie existieren eigentlich noch vollkommen in seiner Ordnung. Vielleicht ist ihr Steinsein dann noch nicht so lange her? Dann überlegt sie, ob es wohl einen Unterschied gibt, welches Mineral sie aufnehmen und in welcher Ordnung, in welcher Taktung sie leben. Kann das Einfluss auf ihre Form haben? Wenn es so ist, wie Legorn sagt, dass ein Berg sich dem Wesen seines Geistes anpasst und nicht zufällig so aussieht, dann könnte das doch durchaus auch hier so sein. Sie ist sich aber noch nicht sicher, ob sie diese Sache so ganz verstanden hat und glauben will. Ob die Pflanzen eine andere Form annehmen, wenn sie in Lebensgemeinschaft mit einem Stein sind, der kubische Kristalle bildet oder einem, der Tetraeder bildet? Oder sich bei einem Stein wohler fühlen als bei anderen? Ja, das ist sicher so. Das weiß sie noch aus dem Garten ihrer Großeltern. Manche Pflanzen gedeihen besser auf humusreichen Böden, manche auf lehmigen und manchen reicht ein Stein.

Als sie entscheidet, wieder weiterzugehen, versperrt ihr ein Jasminbusch, schwer beladen mit vollen, weißen Blüten, den Weg. Gerade jetzt, am Abend, verströmt er einen Duft, der Vik vollkommen betört. Sie erinnert sich an den Garten ihrer Kindheit, das Parfum ihrer Mutter, an eine Seife, die sie einmal in einem Urlaubshotel benutzt hat. Innerhalb von Sekunden sind all diese Bilder, Gefühle, Stimmungen, sind alle Menschen, die damit zu tun haben, in ihr. Sie schaut den Jasminbusch an und flüstert: „Du alte Zauberin."

Augenblicklich umfängt der Busch sie mit einem erhebenden, bezaubernden Gefühl. Da erkennt sie, dass das Pflanzenreich ihr soeben ein Geheimnis enthüllt hat. Der Duft! Natürlich riechen manche Mineralien. Bei Tieren und Menschen ist das meistens gar nicht so wunderbar, mit ihrem Geruch erleichtern sie ihrem Gegenüber jedoch die Entscheidung: Partner, Freund, Feind oder Beute. Pflanzen aber entführen uns regelrecht mit ihrem Duft. Er kann würzig, herb, blumig, frisch, süß und so vieles mehr sein. Der Duft kann anregen, betören, entspannen oder aufhellen. Er zaubert Bilder und Erinnerungen in Sekundenschnelle in unser Gehirn und wirkt so heilsam. Ja, wie die Mineralien sind auch Pflanzen wahre Heiler – mildtätig und hingebungsvoll.

Eine weitere Gabe der Pflanzen fällt ihr ein: Sie sind anziehend, ja richtiggehend magnetisch. Mit ihrem verführerischen Duft, ihrer farbenprächtigen Schönheit, und der verlockenden Süße, Schärfe oder Würze ihrer Früchte locken die Pflanzen andere Lebewesen an. Von der Biene über das Reh bis zum Menschen – alle werden von bestimmten Pflanzen besonders angezogen, um sich daran zu erfreuen und zu nähren. Dabei geben die Pflanzen nicht nur Nährstoffe weiter, sondern auch ihre sonnige, lebensfrohe, liebevolle Kraft. „So wie du, lieber Jasminbusch", flüstert sie zwischen die Blüten und nimmt einen letzten betörenden Atemzug.

Am Waldrand wendet sie sich um und schaut auf die Stadt hinunter. Hoch oben stehen rosa beleuchtete Lämmerwölkchen am Himmel. Das gegenüberliegende Tal präsentiert stolz seine höchsten Gipfel, die immer noch weiß strahlen. Dennoch erkennt man, dass der Schnee sich täglich auf kleinere Fleckchen und Tüpfelchen zurückzieht. An manchen Stellen sieht es so aus, als hätte jemand kleine Perlen auf den Bergen verloren.

Noch heben sich die frisch begrünten Lärchen zwischen den immergrünen dunklen Tannen und Fichten übermütig hervor. Vik freut sich jedes Jahr, wenn im Frühjahr das Grün die Hänge hinaufkriecht und sich täglich ein paar

Höhenmeter mehr erarbeitet. Im Flachland bekommt man das so nie mit. Da müsste man vielleicht mit dem Flugzeug vom Süden in den hohen Norden fliegen, um dieses Bild zu sehen. Auch jetzt, Mitte Juni, ist das Frühlingshellgrün noch damit beschäftigt, die Hänge oberhalb der Baumgrenze aufzufrischen.

Und dann die verschiedenen Grüntöne! Eigentlich gibt es kein Grün, das der Natur nicht steht. Wie oft hat sie schon versucht, ein passendes Grün für eine Wand herauszusuchen. Damit ist sie bisher immer gescheitert. Selbst wenn sie ein Blatt neben den Farbeimer legte, auf der Wand wirkte es dann doch immer leblos und komisch. Es sind die vielen Tausend Abstufungen, die es braucht, damit es schön und heilsam ist. Ein Ton aus einer Symphonie ersetzt ja auch nicht das gesamte Werk.

Sie lässt noch einmal den Blick über das Tal schweifen. Gerade ist ein Flugzeug im Landeanflug und beinahe auf ihrer Höhe. Als sie zur Landebahn hinüberschaut, die eine graue Schneise ins Grün geschlagen hat, denkt sie: „Überall dort, wo der Mensch nicht eingreift, wo kein Gewässer ist und das Klima es zulässt, ist es grün." Eigentlich ist das Pflanzenreich das einzige der Naturreiche, welches das Gesicht unseres Planeten so prägt, ja färbt. Es hat nicht nur hier im Tal, sondern überall auf der Erde einen üppigen, grünen Teppich ausgebreitet. Die übergreifende Farbe des Pflanzenreichs ist Grün und das hat doch sicher eine Bedeutung. Sie kramt in ihrer Erinnerung: Während des Studiums hat sie mal ein Buch über Farbpsychologie gelesen und sich gemerkt, dass Grün die Farbe des Herzens ist, dass es das Herz öffnet, beruhigt, entspannt. Es ist die Farbe der Hoffnung, des Werdens und Vergehens, der immerwährenden Zyklen des Lebens. Sie erinnert sich aber auch, dass Grün irgendetwas mit der Venus zu tun hat. Es wird ihr wohl zugeordnet. Und Rot dem Mars. Ach ja und Grün ist auch die Farbe des Herzchakras. Das hat eine Freundin ihr berichtet, die eine Energieheiler-Ausbildung gemacht hatte und in der ersten Zeit jedem, ob er wollte oder nicht, ihr Wissen aufdrückte. Vik fand das damals ganz interessant und war ihr eine geduldige und dankbare Zuhörerin gewesen.

Sie weiß gar nicht so viel über Venus. „Wozu gibt's denn das Internet?", denkt sie und sitzt schon im Gras, um ihr Smartphone aus der Tasche zu holen. Das Stichwort „Venus" im Suchmaschinenfenster fördert einiges zutage:

Venus war bei den alten Römern die Göttin der Liebe, des erotischen Verlangens und der Schönheit. Hm. Und es gab viele Tempel zu Ehren der Venus.

Dann findet Vik noch etwas über die Bewegung der Planeten: Venus zieht anscheinend eine Pentagramm förmige Bahn um die Erde. Der fünfzackige Stern gilt als Schutzzeichen. Mit dieser Form ihrer Bahn kann sie also die Erde schützen. Nur an einer kleinen Stelle ist das Pentagramm nicht geschlossen. Man sagt, dass durch diese Lücke das Böse hereinkommen kann. Davor darf Venus die Erde nicht schützen, denn auf der Erde gibt es den freien Willen.

Vik schaut nachdenklich ins Tal. Die ersten Lichter gehen an. Ja, das mit dem freien Willen. Wir müssen ständig entscheiden zwischen Licht und Schatten. Gut und Böse.

Wäre das Böse nicht, könnten wir dann entscheiden? Sie erinnert sich an Hannes' Worte, als er ihr nicht mit den Wolken helfen durfte, weil sie ja einen freien Willen habe. Also darf Venus nicht eingreifen oder besser, nicht vor allem schützen. Ein Auge wird sie wohl aber schon auf uns haben, in etwa so, wie eine gute Mutter. Sie will uns beschützen, soweit sie kann. „So wie Hannes sich dann in das Auto gesetzt und auf mich gewartet hat. Auch da hätte ich ja ablehnen können. Selbst dann noch! Jederzeit und bis zuletzt können wir entscheiden", wird ihr bewusst.

Dann ist vielleicht doch nicht alles geplant und wir dürfen schon entscheiden? Vielleicht hat der Schöpfer hier so etwas wie einen Garten, in dem jedes Kraut im Rahmen gewisser Gesetzmäßigkeiten seinen Weg einschlagen kann. An jeder Blattachse darf entschieden werden. Eine Eiche entscheidet sicher aber nicht an Blattachse 1485, jetzt plötzlich einen Kaktus zu mimen. Dieses Programm steht ihr gar nicht zur Verfügung. Es ist überhaupt keine Option. Die Schöpfung soll also offensichtlich, innerhalb einer gewissen Ordnung, neues wagen, scheitern, wieder aufstehen, lernen, anderes ausprobieren.

Einmal hat ihr Cousin versucht, ihr den Computer zu erklären und den Binärcode. Er sagte, es sei wie ein Weg durch ein Labyrinth. An jeder Biegung muss eine Entscheidung getroffen werden: Ja, Nein, Nein, Nein, Ja, Ja, Nein, Ja. Ist das im Leben auch so? An jeder Wegbiegung dürfen wir entscheiden. Jede Entscheidung führt zu einem Ergebnis und wir können jederzeit anders entscheiden. Oder sogar umkehren? Umkehren!

Als sie am Sonntagabend da, neben ihrer Zahnbürste auf dem Boden kauerte und weinte, hatte sie das Gefühl eine Wand vor sich zu haben. Ausweglos. In den letzten Tagen hat sie dieses Thema einfach nicht mehr angefasst. Sie fühlt sich diesbezüglich ausgeweint und leer. Da ist einfach kein Gedanke, wie es weitergehen kann. Nur eines weiß sie entschieden: so wie bisher nicht!

Es wird dunkel und sie hat einem Kunden versprochen, bis morgen noch ein paar Farbvorschläge für die Wand seines Geschäfts zu machen. Bis eben hatte sie noch keine Idee, was sie ihm vorschlagen könnte. Jetzt, beim Hinabsteigen, sieht sie plötzlich so eine Art Muster vor sich. Aus verschiedenen Grüntönen! Sie grinst still vor sich hin. Es gibt immer einen Weg. Immer!

Die Wasser des Himmels scheinen plötzlich auf die Erde zu stürzen. Eine Katastrophe unvorstellbaren Ausmaßes rollt über den Planeten. Sie alle hier, in dem großen Schiff, hatten es kommen sehen. Auch sie hat die Verschwörung im großen Tempel erahnt und das Allerschlimmste befürchtet. Einige wollten Gott spielen und hatten zu große Kräfte entfacht. Die Folgen waren verheerend. Der Planet begehrte auf und drohte, alles Leben wütend abzuschütteln. Nun ist sie mit an Bord, auf dem Weg nach Osten zu den höchsten Bergen, die den Wassern standhalten würden. Doch da ist ein Mann an ihrer Seite. Er gehört hier nicht hin. Hat sie ihn hier hineingeschmuggelt? Der Beschluss jedenfalls ist

gefasst: Er muss von Bord. Sie folgt ihm, springt ins Wasser, taucht in die Tiefe, dann wird es dunkel.

Gleich darauf ist es wieder hell. Die Luft ist erfüllt vom Klappern, Schnarren, Schreien und Rufen der Urwaldvögel. Im Westen senkt sich die Sonne über den dunklen, wolkigen Teppich des undurchdringlichen, geheimnisvollen Waldes. Von hier aus kann sie die Häuser der großen Stadt sehen und die gesamte Tempelanlage überblicken. Sie steht auf einer Stufe der kleinen Pyramide. Da steigt ein Mann zu ihr herauf. Sie fühlt sich zu ihm hingezogen. Gehören sie zusammen? Wenig später stehen sie gemeinsam in einem großen, hell erleuchteten Raum. Viele ihrer geliebten Freunde sind anwesend. Ihr Auftrag ist erledigt, es ist Zeit zu gehen. Die Vorbereitungen für die große Reise werden getroffen, aber der Mann darf nicht mit. Wieder entscheidet sie zu bleiben. Ihr Auftrag ist wohl noch nicht beendet. Sie wird schwach, taumelt, Dunkelheit umhüllt sie.

3:45 Uhr ist es, als Vik erwacht. Mitten in der Nacht. Schon wieder so ein Traum. Ihr Magen erinnert eher an einen Stein. Sie fühlt sich einfach nur klein und dumm und schämt sich. Irgendetwas muss sie offensichtlich völlig falsch verstanden haben. Nur was? Sie fühlt sich in den Traum zurück und hat den Eindruck, dass diese Szenen nicht jetzt und nicht in der Zukunft spielten, sondern dass das, was sie geträumt hat, schon sehr lange her ist. Es handelt zu einer Zeit, die nicht in den Geschichtsbüchern dokumentiert ist. Jetzt erinnert sie sich daran, dass Ihre Großmutter ihr einmal ein Buch über Atlantis nahegelegt hatte. Beim Lesen war ihr immer unwohler geworden. Viks gesamtes Weltbild wankte und als sie das Buch fertig gelesen hatte, war sie über Wochen mit lähmenden Ängsten vor einem Weltuntergang beschäftigt. Damals war sie nur froh, als es dann endlich vorüber war und hatte sich nicht weiter mit Atlantis befasst. Nun dämmert ihr, dass der Panikzustand nicht zufällig in diese Zeit fiel, sondern vielleicht doch etwas mit ihrer eigenen Geschichte zu tun haben könnte.

Um den Magen etwas zu beruhigen, steht sie auf, dehnt sich ein wenig, geht in die Küche und tritt dann mit einem Glas Wasser ans Fenster.

Im Vollmondlicht leuchten die Margeriten auf der Wiese des Nachbargartens in überirdischem Weiß. Sie betrachtet den Himmel. Die Lämmerwölkchen haben von Westen her Verstärkung bekommen. Das Wetter soll heute passabel werden. Es ist zwar erst Freitag, aber da der Geschäftsinhaber gestern gleich begeistert über die Schwammtechnik-Wand in Grüntönen war und der Geselle des Tischlers nun glücklich aus den Flitterwochen zurück ist, könnte sie durchaus wieder ins Tal fahren. Am Samstag drohen Gewitter und für Sonntag hat sie Bekannten versprochen, bei der Taufe ihrer kleinen Tochter zu helfen. Tief atmet sie die frische Nachtluft ein. Nun fühlt sich ihr Magen schon wieder ein bisschen besser an.

Neben der Passstraße hat ein neuer Supermarkt eröffnet. Ohne lange nachzudenken, biegt sie auf den Kunden-Parkplatz ein. Irgendetwas will sie Hannes dafür geben, dass er sie letzte Woche vor dem Unwetter bewahrt hat, und überhaupt möchte sie ihm etwas Gutes tun. Eigentlich ist sie nicht so für diese Schenkerei, aber jetzt hat sie spontan den Wunsch. Als sie in den kühlen, freundlichen Supermarkt tritt, hat sie noch keine Idee, was es sein könnte. Sie läuft an den Regalen auf und ab, ihr will aber einfach überhaupt nichts gefallen. Also geht sie nach einiger Zeit unverrichteter Dinge wieder hinaus. Draußen duftet es würzig nach Gras, denn neben dem Parkplatz mäht ein Mann gerade seine Wiese. Einen Moment genießt sie die warme Sonne und den Heuduft. Weil der Landwirt so spät im Jahr mäht, ist diese Wiese über und über mit bunten, vielfältigen Blumen bedeckt.

„Ah! Jetzt weiß ich, was ich Hannes mitbringe", fällt ihr plötzlich ein. Sie geht zum Bauern, der eben anscheinend eine Pause macht und fragt ihn, ob sie ein paar Blumen haben darf. „Ja, freilich", meint der lachend, „nimm dir nur". Er bückt sich und drückt ihr eine abgeschnittene Margerite in die Hand. Während er irgendetwas an seinem Traktor werkelt, sammelt sie aus einer Fülle von Blumen die allerschönsten ein. Früher hat sie gerne Blumen gepflückt, seit ein paar Jahren tut sie sich jedoch schwer, Pflanzen zu brechen, weil es ihr fast weh tut. Es geht einfach nicht mehr. Da ist so etwas wie eine Sperre. Daher ist sie jetzt dankbar, dass diese Blumen ja schon „gepflückt" wurden und vielleicht freut es sie sogar, noch ein Menschenherz zu berühren. In den Mägen einer Kuh verschwinden und dann als Kuhfladen enden, können sie ja immer noch.

Vik lacht hell auf, als sie das Sträßchen zum Parkplatz hinaufkommt und am oberen Ende Hannes mit der Sense am Wegrand arbeiten sieht. Wie hätte es auch anders sein können! Sie fährt an ihm vorbei, parkt nur wenige Meter entfernt das Auto, steigt aus und geht mit dem Geldbeutel in der Hand nur knapp grüßend zum Parkscheinautomaten.

Erst auf dem Rückweg tritt sie auf ihn zu. Erfreut unterbricht er seine Arbeit. Auf seiner braun gebrannten Stirn stehen Schweißperlen und ein kleines Blättchen klebt verwegen an seiner stoppeligen Wange. Dieser Makel wird aber von seinen jetzt ganz schwarz wirkenden, fröhlich funkelnden Augen überstrahlt. Er freut sich sichtbar, sie zu sehen. Eine Woge der Freundschaft erfasst sie und sie strahlen sich eine ganze Weile so an, bis er das Schweigen bricht: „Und? Geht's heut wieder hinauf?"

„Ja, schon", sagt sie und während sie es ausspricht, merkt sie, dass sie heute eigentlich gar keine Lust hat. Oben sein schon, aber es ist schwül und doch ein langer Weg. Offensichtlich hört Hannes, was sie denkt. Da ist er nicht viel anders als Arahal. „Na ja. Du musst ja nicht. Die Berggeister sind schon lange vor uns an diesem Ort gewesen und die sind auch noch hier, wenn wir schon lange nicht mehr sind."

„Ja", atmet Vik aus und merkt, dass sie tatsächlich mit einem großen Faultier im Gepäck angereist kam.

Hannes stellt die Sense zur Seite und lädt sie ein: „Ich hab einen frischen Hollersaft gemacht." Dann legt er den Kopf ein bisschen schief.

„Oh! Wirklich? Den würde ich gerne probieren."

„Na, dann komm."

Gerade wollen sie zum Haus hinaufgehen, da fallen ihr die Blumen ein. Sie springt zurück zum Auto und läuft ihm mit dem Strauß hinterher. Als er sich zu ihr umdreht und die Wiesenpracht sieht, bleibt er stehen und wirft verlegen den Kopf zurück.

„Geh!", stößt er hervor.

„Die sind für dich!", sagt Vik ein bisschen sehr keck, denn, weil sie ebenso wie er verlegen ist, spielt sie ein wenig Kind. Dieses Programm ist fast immer abrufbar. Mit einer bühnenreifen Geste nimmt Hannes die Blumen entgegen, betrachtet sie lange und sagt dann „Ma! Wo hast du die denn her?" Und während sie langsam die Stufen zum Gartentor hinaufgehen, erzählt sie ihm die Geschichte.

In der Küche mischt Hannes den Holunderblüten-Sirup mit Wasser in einem Tonkrug und Vik versorgt die Blumen in einer schönen, schnörkellosen Glasvase. Dann bekommt sie eine Führung durch das Haus. Es ist wirklich ein Männerhaushalt, im wohlmeinenden Sinne. Alles wirkt ordentlich, funktional und ehrlich. Es duftet edel nach altem Holz und, na ja, auch ein bisschen nach Benzin. Wahrscheinlich kommt das von der Kettensäge, die da in der Diele steht. Die Fenster zum Garten sind offen und das hell erleuchtete saftige Grün der Stauden und Gräser spült sanfte, helle Frühsommerfülle in den schlichten Wohnraum. Ein großer, grauer Kachelofen mit umlaufender Sitzbank dominiert den Raum. In der anderen Zimmerecke, dort, wo zwei Fenster sich im Winkel begegnen, steht, umgeben von vier Stühlen, ein schöner, einfacher Holztisch. Sie stellt den Wiesenstrauß darauf und Hannes freut sich: „Ahh, so ist's recht!"

Jetzt kann sie sich weiter umsehen und entdeckt als einziges weiteres Möbel eine kleine, weiß lackierte Kommode, auf der eine große bunte Bauernkeramikschale, randvoll gefüllt mit Walnüssen, thront. Sie steht und saugt diese Atmosphäre ein. Ist sie Teil eines alten Gemäldes? Ist das ein Traum? Dieses Licht! Der einfache, helle Holzboden, der Geruch. Was braucht denn der Mensch mehr! Es ist doch alles so einfach!

Sie stehen eine Weile in der Stube und genießen die Ruhe. Vik hat Zweifel, ob sie wirklich gerade auf der Erde ist. Dieser Raum – er könnte überall sein.

„'s ist ein bisschen kahl hier. Meine Frau, die Elisabeth, die hatte immer einen Strauß auf dem Tisch und Gardinen und ... es war alles ein paar Grad wärmer." Er blickt zu Boden.

„Hast du sie sehr geliebt?", fragt Vik. „Ach ... ja, schon. Weißt, ich hab damals nicht so viel darüber nachgedacht. Ich hatte mein Holz, die Kundschaft, die Mitarbeiter und zu Hause lief alles geordnet und gepflegt. Sie war eine gute Frau. Nie hat sie geklagt oder etwas getan, was mir nicht passte. Wir lebten gut und ohne große Reibungen miteinander. Die Kinder waren unser gemeinsames Glück."

„Hm", macht Vik, „klingt aber nicht nach einer leidenschaftlichen Beziehung".

Hannes schaut sie ein bisschen müde an. „Nein. Aber das muss es ja auch nicht immer sein." Nach einer kleinen

Pause fährt er fort: „In all den Jahren, in denen ich jetzt alleine lebe, bin ich für mich zu dem Schluss gekommen, dass dies wahrscheinlich schon geplant war. Alles, meine ich. Wir können doch immer nur dieses eine Leben sehen. Ich weiß nicht, was ich früher angestellt habe, aber ich habe in diesem Leben erkennen dürfen, was ich alles falsch interpretiert hatte." Er korrigiert sich: „Nicht alles. Da gibt es bestimmt noch einiges, was ich jetzt noch gar nicht weiß."

Vik schaut ihn interessiert an und setzt sich auf die Tischkante. „Du glaubst an vergangene Leben?"

Während Hannes sich an den Kachelofen lehnt, antwortet er: „Das weiß ich ehrlich gesagt nicht, Vik, aber es gibt etwas, sagen wir mal, Erlebnisse und Erinnerungen, die ich irgendwo aus einer großen Bibliothek abrufen kann und die mir manche komischen Vorstellungen, die ich hier so habe, verständlich machen. Ob das Erfahrungen sind, die ich irgendwann einmal gemacht habe oder nur solche, die mir symbolisch erklären, um was es eigentlich geht – ich weiß es nicht."

„Hm, ja", sagt Vik nachdenklich, „so erlebe ich das auch. Es sind manchmal archetypische Bilder. Gar nicht so real."

„Wirklich?", Hannes schaut sie an. „Also bei mir ist das immer ziemlich real. Manchmal ahne ich aber auch nur, dass ich an einem Ort schon mal war und habe dann gleich ein Bild von der Zeit und meinem Platz in der Gesellschaft. Genauso geht es mir auch manchmal mit anderen Menschen. Die sehe ich dann sogar in ihrer früheren Erscheinung vor mir."

„Echt?" Vik ist fasziniert und neugierig „Wir kennen uns, oder?"

Ein feines Lächeln zieht über Hannes Gesicht. „Das Gefühl habe ich auch."

„Was meinst Du, woher?", fragt Vik und hat schon eine Idee: „Ich sehe ein Kloster in den Bergen, aber dort war es warm. Italien?"

„Hm, könnte auch Frankreich gewesen sein. Du warst jedenfalls nicht von dort. Ich war ein Einheimischer", ergänzt Hannes und Vik fällt wieder ein: „Ja, stimmt, ich hatte etwas mit einem Buch zu erledigen. Ihr hattet eine gut sortierte Bibliothek und da wollte ich einige Schriften kopieren oder so."

„Kann das was mit Pflanzen zu tun gehabt haben?", fragt Hannes und fährt ohne Pause fort: „Ich sehe uns nämlich im Kräutergarten gehen und wir tauschen uns aus. Ein schönes Gespräch. Für uns beide sehr beglückend. Ich glaube, wir waren gute Freunde und …"

„Oh, ja!", fällt ihm Vik ins Wort, „du warst der Mönch, der das Herbarium pflegte und kanntest dich wunderbar mit Heilkräutern aus." Sie deutet auf den Holunderblütensaft. „Ein paar Sachen hast du anscheinend nicht vergessen." Sie müssen beide lachen.

„Ja, so ist das mit diesen Erinnerungen, die kann man sogar teilen. Das habe ich bisher noch nicht erlebt."

„Nein, ich auch nicht", sagt Vik nachdenklich. „Dann kommen wir beide an das gleiche Informationsfeld?"

„Ach, weißt du, ich tue mich so schwer diese Dinge in Worte zu fassen. Ja, wahrscheinlich ist das so. Ein Feld, ein

Informationsstrang, eine Leitung … irgendetwas jedenfalls, das meinem Gehirn Informationen liefert."

Vik schaut ihn interessiert an „Du glaubst also nicht, dass wir das alles in unserem Gehirnkästchen haben?"

„Naa", lacht er ablehnend auf, „das is a Blödsinn … manche glauben das wahrscheinlich. Ich aber nicht. Gar nicht."

Hannes hält immer noch den Krug mit dem Hollersaft in der Hand und Vik die beiden Gläser. „Setzen wir uns ein bissl hinaus", sagt Hannes sanft.

Sie folgt ihm, aber zu ihrer Überraschung ist der Weg nicht sehr weit. Einen Tisch und Stühle für den Garten haben sie offensichtlich nicht. Hannes kramt umständlich zwei verblasste Kissen aus dem Regal in der Diele. Darüber hat wohl irgendein Werkzeug gelegen, dass jetzt auf den Boden poltert.

„Ach!", stöhnt Hannes. Vik springt ihm zur Hilfe, nimmt ihm die Kissen ab und er kann den Schraubenzieher wieder auf seinen Platz legen. Sie steht eine Weile unschlüssig mit den Kissen vor der Tür und fragt sich, wo sie jetzt hingehen. Da deutet er entschuldigend auf die gemauerte Treppeneinfassung. „Das ist unser Sitzbankl."

„Ah", sagt Vik, legt fröhlich auf jede Seite ein Kissen und setzt sich auf die dem Garten zugewandte Mauer.

„Einen schönen Kräutergarten hat sich der werte Herbariums-Mönch da angelegt!", neckt sie. Hannes lacht, wird dann aber ernst. „Ja, jetzt sieht er so aus, wie ich es eher mag. Elisabeth hatte ihn anders angelegt. Da gab es auch Tisch und Bank und man konnte mehr draußen sitzen. Wegen der Kinder halt und der Familie. Er war ein bisschen vorzeigbarer, unser Garten, nicht so wild und natürlich wie er jetzt ausschaut."

„Das klingt gar nicht so traurig, wenn du von ihr sprichst."

Hannes sieht sie lange an und überlegt offensichtlich, was er erzählt. Dann scheint er zu einem Schluss gekommen zu sein. „Ich war traurig Vik, sehr traurig. Als sie nicht mehr da war, stand ich mit den Kindern allein da. Die Familie hat geholfen, wo sie konnte, mein Vater ist wieder mehr in die Werkstatt gekommen und hat sich um die Mitarbeiter gekümmert und meine Mutter hat die Kinder ab und zu genommen und im Haushalt geholfen. Trotzdem war ich mit vielem überfordert. Die Kinder hatten ja auch einen schweren Verlust erlitten und für sie war alles anders. Vor allem der kleine Peter konnte diese Situation nicht gut annehmen. Es war eine schwere Zeit.

Erst viel später habe ich gemerkt, dass ich damals mit einem Bein in der anderen Welt gestanden habe, dort wo meine Frau hingegangen war. Da war eine tiefe Sehnsucht ihr zu folgen und wieder mit ihr zusammen zu sein."

„Dann hast du sie doch sehr geliebt."

Hannes schweigt. „Damals dachte ich das, ja, und natürlich habe ich sie geliebt. Aber sie hat sich eben anders entschieden."

„Wie meinst du das?"

„Als ich damals, am Tag des Unfalls neben ihr im Krankenhaus wachte, war ich mir plötzlich nicht sicher, ob es ein Unfall war, oder ob sie … oder ob sie … na ja, eine Entscheidung getroffen hatte. Es stellte sich heraus, dass es wohl eindeutig ein Unfall war. Es ist auf dem Hof meines Schwagers passiert und meine Schwester war dabei gewesen. Erst einige Jahre später wurde mir klar, dass es in den meisten Fällen eine eigene, vielleicht sogar bewusste Entscheidung ist, wenn jemand den Körper verlässt. Entweder, weil alles erledigt ist und es nichts mehr zu tun gibt, oder die Sache vermasselt scheint und ein Neuanfang besser wäre."

Vik schaut ihn lange sehr nachdenklich an. „Und was meinst du, war es bei deiner Frau?"

„Vielleicht beides? Ich glaube aber, wir hatten von vorneherein, irgendwo in einer anderen Welt, besprochen, dass sie bestimmte Erfahrungen machen will und ich bestimmte Sachen lernen will. Dazu gehörte für mich wohl, in eine Lebenssituation zu geraten, in der ich erleben musste, wie es ist, als Mann auch eine Frau zu sein. Also das, was eine Frau ausmacht, auch zu lernen. Das Weiche, das Liebe, das Tröstende, das … Ja, da waren mir unsere Kinder gute Lehrmeister. Da musste ich das alles sein und alles können." Er seufzt, „ich habe Frauen davor ehrlich gesagt nicht wertgeschätzt. Jetzt wo ich Frau sein musste, habe ich erst verstanden, was das ist und dass ich es zu guter Letzt doch nicht so gut kann, wie eine Frau. Das hätte ich sonst nie, also nie begriffen. Nie."

Vik schweigt eine Weile sehr berührt. So hatte sie das Leben einfach noch nie gesehen. Es gefällt ihr aber viel besser so, weil es so gnädig, ja liebevoll und sinnvoll zu sein scheint. „Nachdem du das erkannt hast, hast du sie sicher noch mehr geliebt, oder?"

Hannes lächelt geheimnisvoll. „Das lässt dir keine Ruhe, he? Nein, nicht mehr, sondern sogar auf eine Weise weniger, aber ja, auf eine andere Weise auch wieder mehr. Da hast du recht. Ich konnte sie gehen lassen und hinnehmen, dass unser gemeinsamer Plan aufgegangen war und wir die Zusammenarbeit für dieses Leben beendet hatten. Ich habe mein Bein wieder aus der anderen Welt zu mir genommen, um zu einhundert Prozent hier bei meinen Kindern, dem Garten, der Werkstatt sein zu können. Dann konnte ich mein Leben wieder ganz und gar annehmen und habe sogar noch einmal eine Frau getroffen, bald aber entschieden, dass es nicht die Richtige ist. Sie hätte mich wohl davon abgehalten, diese Sache mit dem weiblich Sein, oder wie soll ich das nennen, in mir zu vertiefen und damit zu experimentieren … na ja, und es war auch nicht so viel Liebe da. Das kommt noch dazu."

Einen Moment schweigen sie, dann fährt er langsam und vorsichtig fort: „Weißt, darüber habe ich noch mit niemandem gesprochen: ich glaube, sie ist wieder bei uns. Die kleine Tochter von der Martha. Irgendwie habe ich da den Verdacht … und der Verdacht ist ein sehr schöner." Vik schaut ihn an und beide schweben für einen Moment in dem heiligen Raum dieses stillen Geheimnisses.

Es entsteht eine lange Pause. Hannes füllt sie, indem er den Hollersaft in die Becher gießt. Nun haben sie die angenehm kühlen Gefäße in der Hand und wissen nicht mehr so recht was tun. Vik betrachtet den Garten und entdeckt hell-violette Iris im hohen Gras. Hier oben ist alles ein bisschen später dran, denkt sie und ist schon wieder im Garten ihrer Kindheit. Das scheint mit diesem Haus zu tun zu haben.

„Im Garten meiner Großeltern gab es auch Iris", sagt sie mit Blick auf die Blumen.

„So?", fragt Hannes interessiert.

„Ja, wo kommst du denn her? … von da bist du ja nicht."

„Nein", sagt sie und lacht freundlich „von hier aus gesehen bin ich im hohen Norden geboren …, aber wo ich herkomme …" Sie schaut ihn etwas ratlos an.

„Ja mei, das wissen wir doch alle nicht, oder? … ahnen können wir es allenfalls."

Vik seufzt „Ja, da hast du Recht. Und wo wir hingehören …"

„Da, wo wir gerade sind, Vik. Da gehören wir hin."

„Wie meinst du das?"

„Du gehörst jetzt gerade hier hin. Auf die Treppenmauer des alten Pfurtscheller Hannes. Weil dein Herz schwer ist und er dir vielleicht helfen kann." Mit etwas tieferer Stimme ergänzt er: „Wenn du das willst."

Sie streicht sich eine Strähne aus der Stirn. Soll sie jetzt etwas erzählen? Von den Träumen? Oder etwa von Manni und den ganzen anderen missglückten Begegnungen? Sie versteht doch gar nichts und ihr ist das auch wirklich peinlich. Hat sie sich das nicht alles selbst eingebrockt? Irgendwann. Als es noch Drachen gab. Das ist so absurd. Sie muss mit dem Kopf schütteln. Nein. Das kann sie niemandem erzählen. Das sind doch nur Träume und das muss gar nichts heißen. Gar nichts. Nur das, was sie in den letzten Jahren hier in ihrem Leben aufgeführt hat, dafür muss sie gerade stehen und das war alles andere als genial. Ihre Schulfreundinnen haben alle schon Kinder. Gut, einige sind bereits wieder geschieden, aber sie pickt immer noch wie ein blindes Huhn im Sandhaufen herum und weiß nicht mal, was sie sucht.

„Wofür schämst du dich denn so?", fragt Hannes. Das fragt er zwar auf Verdacht, aber er ist sich ziemlich sicher. Er hat ja Kinder großgezogen und weiß, wie es um jemanden herum aussieht, der sich schämt.

Vik schaut in den Garten hinaus. Hinter dem Wald ragt die stufige, schroffe Pyramide der Kreuzspitze heraus. Auf einigen Absätzen liegt noch Schnee. Sie kann das Gefühl nicht benennen, das sie in diesem komischen Traum hatte, als dieser Mann die Pyramide zu ihr hochkletterte.

„Manchmal", sagt Hannes langsam und schaut nun auch auf die Kreuzspitze, „trifft man die falsche Entscheidung."

Vik sieht ihn erstaunt an. Er erwidert ihren Blick. Dann schaut sie zu Boden und seufzt „Ja." Die richtigen Worte ringen in ihr und sie weiß nicht, welches sie zuerst aussprechen soll. Dann platzt es aus ihr heraus wie ein Wolkenbruch: „Was, wenn man merkt, dass man die falsche Entscheidung getroffen hat, was, wenn diese Entscheidung schwerste Folgen hatte, was, wenn diese Entscheidung …", sie sieht dem Drachen direkt in die Augen, „… wenn diese Entscheidung einem anderen Wesen Leid bereitet hat, wenn es eine unvorstellbar lange Zeit her ist, so lange, dass ich bisher dachte, dass es da noch gar keine Menschen gab. Ich verstehe irgendwie nur Bahnhof und dafür schäme ich mich."

Hilfe suchend sieht sie ihn an. Hannes erwidert ihren Blick, dann schaut er in die Ferne. Er streicht sich über sein Kinn und sie kann seine raue Hand auf dem Dreitagebart kratzen hören. Nun schaut er sie direkt an. „Kannst du dir das denn vergeben?"

Vik ist irritiert. „Vergeben? Ich? Mir?"

„Ja." Sie schweigen wieder.

Vik fühlt sich so dumm. „Ich weiß ja nicht einmal, was ich falsch gemacht habe. Wie soll ich mir da vergeben?"

„Hm", meint Hannes. „Musst du das denn so genau wissen?"

Sie schnaubt durch die Nasenlöcher „Ja, schon. Ich will ja nicht den gleichen Fehler wieder machen."

„Ja", sagt Hannes, um eine andere Lösung verlegen, „dann erzähl doch mal, was du glaubst, entschieden zu haben."

Vik überlegt. Wie kann sie das am besten so abstrakt wie möglich halten, ohne von Riesen und Drachen zu berichten?

„Also, ich denke, ich habe mich dafür entschieden, bei jemandem zu bleiben, der mich aber gar nicht mehr wollte, weil ich dachte, ich könnte ihn retten, und dabei habe ich nicht daran gedacht, dass ich eigentlich ...", sie stutzt, „..., dass ich eigentlich ja einen Auftrag hatte." Und dann stöhnt sie laut auf.

„Hannes!" Sie blickt ihn erschüttert an „Ich glaube, ich hatte Freunde hier und eine Mission und ich hab das immer wieder vermasselt, weil ich irgendeinen Mann wichtiger fand. Wichtiger als alles ... wichtiger als meinen inneren Auftrag, wichtiger als … Gott! Ich glaube, damit habe ich mich gegen ihn gewandt, gegen seine Ordnung. Oh Mann!" Jetzt versteht sie plötzlich warum Arahal immer von Ordnung spricht. Sie kommt sich noch dümmer vor und nun verschwimmt der Garten mit Hannes und der Treppe zu einem Tränenmeer. Sie schluchzt. Ach wie peinlich, das wollte sie hier wirklich nicht, aber sie kann es nicht zurückhalten. Und wieder ergießen sich Bäche aus ihr, begleitet von lautem Schluchzen. Hannes sitzt ganz still und lässt das „Wetter" vorüberziehen. Sie spürt seine mitfühlende Präsenz, aber er lässt alles geschehen, ohne sich auch nur mit einer Regung einzumischen. Als er meint, sie für einen kurzen Moment alleine lassen zu können, geht er ruhig ins Haus, holt eine Küchenrolle und hält sie ihr schweigend hin. Da muss sie lachen.

„Danke", sagt sie, wischt sich die diversen Wässer aus dem Gesicht und schnäuzt fest und geräuschvoll in das raue Tuch. Jetzt ist es eh egal, denkt sie.

„So. Nun ist's besser, he?", sagt er und schaut sie mit seinen warmen, klugen Augen an.

„Ja." Sie weiß zwar noch nicht genau was, aber: Ja, es fühlt sich besser an. Sie trinkt den duftigen, süßen Hollersaft fast in einem Zug aus. „Ist der gut!", ruft sie.

Hannes lacht stolz. „Ja, das ist mein Geheimrezept!", sagt er schelmisch. „Magst noch? 's ist noch was da."

Sie hält ihm keck den Becher hin und er füllt nach.

„Sag, Hannes, du hast mir letzte Woche im Regen erklärt, dass nur mein Herz es prüfen kann. Also auch eine Entscheidung. Oder?"

„Ja, das habe ich so gemeint. Auch eine Entscheidung."

„Aber", fügt sie unsicher hinzu, „damals, egal, wann das war, da habe ich doch auch nach dem Herzen entschieden. Ich habe diesen …, also dieses …, also … IHN. Ich habe ihn geliebt und ich glaube, nie habe ich jemanden mehr geliebt. Das meine ich zumindest", fügt sie unsicher hinzu.

Hannes prüft sie ungläubig. „Mehr als dich? Mehr als … mehr als deinen Vater, unseren Vater?"

Sie ist verwirrt. Hannes fährt sachte fort: „Es gibt Liebe und es gibt … Liebe. Unsere Sprache ist arm. Sie macht keinen Unterschied. Aber da gibt es einen. Die eine Liebe, die bleibt immer gleich, die andere, …", er holt tief Luft, „… die kann in Brand geraten."

„Oh", sagt sie, „ja, das könnte geschehen sein." Sie sinnt einen Moment nach.

„Woher, zum Kuckuck, soll ich denn wissen, welche Liebe das dann ist?" Als es ausgesprochen ist, muss sie über sich selbst lachen, und Hannes lacht mit.

„Na, zum Kuckuck! Ich glaube, du hast jetzt ein paar Zeitalter geübt", sagt er ausgelassen.

„Traust du mir das jetzt zu?", fragt sie ihn.

„Wenn es dir hilft: Ja. Aber du. Du musst es dir doch zutrauen."

„Ja, Hannes, es hilft mir. Ich bin so verunsichert. Ich traue mir eigentlich gar nicht viel zu."

„Na, dann sage ich dir jetzt was: Hier im Tal traut man dir erheblich mehr zu, als dir wahrscheinlich lieb ist."

„Hannes! Wer ist ‚man'? Meinst du die Elbenfürsten oben am Stein?"

„Ja, auch", sagt er tonlos.

„Was heißt: ‚ja, auch'?"

„Jaa, vielleicht sollte ich darüber nicht mit dir sprechen."

„Doch, bitte Hannes!" Sie beugt sich zu ihm vor.

Hannes aber rückt nicht damit heraus, sondern kehrt zurück zum Ausgangspunkt: „Kannst du dir vergeben, dass du kein perfektes Wesen bist und Fehler machst? Kannst du dich so lieb haben? Kannst du dich lieben, so wie du bist?" Hannes schaut sie klar und fast streng an.

Vik lehnt sich enttäuscht wieder zurück. Sie schaut lange auf eine Fuge an der Treppe, aus der kleine Vergissmeinnicht wachsen. „Rührend", denkt sie, „die machen das einfach. Die fragen nicht, welche Art von Liebe das ist und welche Art von Wille und sie fragen auch nicht, ob sie hier wachsen dürfen. Sie tun es einfach."

Dann sagt sie leise und sie fühlt sich dabei kleiner als ein Vergissmeinnicht: „Hannes, ich weiß nicht, wie das geht."

Hannes lacht leise. „Geh, Vik! Einen Stein kannst du zärtlich lieben, weil du in ihm den Sternenglanz und die Macht unseres Vaters erkennst, einen Zirbenzapfen, weil unsere Mutter durch ihn mit dir spricht, in einem üppig blühenden Strauch erkennst du das Tor zum Himmel und in deinem Traum bist du eins mit einem prachtvollen Drachen, einem heiligen Wächter unserer geliebten Mutter Erde. Geh, Vik! Du weißt nicht, wie das geht? Freilich weißt du das."

Vik schaut Hannes prüfend an. „Sag mal", beginnt sie gedehnt, „woher weißt du das alles, Hannes? Das mit dem Zirbenzapfen und … ach, du weißt was ich meine …"

Hannes grinst verschmitzt. „Das fragst du mich? Woher wusstest du denn, dass ich zu meiner Schwester fahren wollte, he?"

„Erwischt!", sagt sie und klopft ihm schwungvoll auf sein Knie.

Die Sonne verschwindet gerade hinter dem Hausberg. Sie hat noch so viele Fragen, aber sie wird jetzt doch bald wieder gehen.

„Sag mal, weißt du, wie das Wetter morgen wird?"

Er wiegt den Kopf hin und her und antwortet: „Wenn du vorhast, morgen hinaufzufahren, steh früh auf. Ich bin morgen bei meiner Tochter eingeladen. Das jüngste Enkerl wird vier. Also kann ich dich dann nicht hinunterführen." Er zwinkert.

„Danke, Hannes", sagt sie, als sie aufsteht. „Danke für alles!"

„Nichts zu danken, Vik."

Als sie das Gartentor hinter sich schließt, ruft er ihr nach: „Vik! Du darfst um alles bitten. Du solltest sogar bitten. Dann kann es geschehen, so wie es geschehen soll. So wie es für dich richtig ist. So wie es für alle richtig ist. Du trägst immer noch so schwer an der Verantwortung. Das musst du nicht. Da droben," und er zeigt zum Himmel, „da gibt es welche, die warten nur darauf, dass du bittest."

Sie schaut ihn ungläubig an. „Wirklich?"

„Ja", sagt er lachend und breitet die Arme aus. „Es ist so leicht! Glaube einfach fest und vertraue, dass alles gut wird. Es ist doch so einfach!"

Sie bleibt noch einen Moment unschlüssig am Tor stehen, dann sagt sie: „Danke".

„Ja", sagt Hannes. „Danke sagen, ist auch wichtig, nicht mir, meine ich, sondern denen." Und er zeigt wieder nach oben. Diese Geste fließt in ein freundliches Winken über und er wendet sich dem Hauseingang zu.

DIE ENTSCHEIDUNG

Rohana, mein Drachenmädchen, wurde größer und machtvoller, sie begann die Feuer zu beherrschen und war zu einem mächtigen, prachtvollen Tier herangewachsen. Ihr Herz schien aus purem Gold zu sein. Wie ihre Mutter am anderen Ende der Galaxie war sie gut, weise, treu und verantwortungsvoll. Gemeinsam taten wir unsere Arbeit. Sie begleitete mich auf Schritt und Tritt, war sehr gelehrig und auf ihre stille Weise auch humorvoll. So erlebten wir viele beglückende Momente an einem gedeihenden, grünen Ort.

Nach getaner Arbeit verließen meine Freunde allmählich in Gruppen den Planeten, um zurückzukehren und versuchten mich zu überreden, mit ihnen zu kommen. Rohana war nun erwachsen und ich hätte gehen können. Aber die Vorstellung, meinen alten Platz am Himmel einzunehmen und Djatil nicht neben mir zu wissen, hielt mich hier fest. Wo er sich aufhielt, war meine Heimat. Nun war dies eben hier. Ich entschied zu bleiben.

Mit meiner Entscheidung war ich nicht alleine. Meine Leidensgenossen und ich taten uns zusammen, um zu warten. Dieser Planet war für uns alle eine große Herausforderung geworden. Nicht nur, dass alles fester wurde, gab es hier auch Kräfte, die uns schwer prüften. Einige unserer Brüder hatten diesen Verlockungen vollkommen nachgegeben. Unter ihnen war auch Djatil.

Sie hatten Freude an ihren Kräften bekommen, fühlten sich wie Götter und genossen ihre Wirkung auf die hiesigen Lebewesen. Ihren Auftrag an dem Planeten definierten sie neu und weiteten ihn nun auch auf dessen Bewohner aus. Sie ließen sich von ihnen als Götter verehren und mischten sich in die Geschicke ein, denn sie waren zu der Überzeugung gekommen, auch die Entwicklung auf dem Planeten müsse weiterhin begleitet werden.

Da der Mensch ihnen mit der Zeit immer weniger folgte, sie jedoch den Gesetzen des freien Willens gehorchen mussten, versuchten sie ihre Vorstellungen auf andere Weise durchzusetzen. Aus dem Verborgenen manipulierten sie mit ihren Kräften das Informationsnetz des Planeten. Ihre Drachen begleiteten sie. So bereiteten sie eine Zeit vor, in der ihre Sterne wieder günstiger stünden und die Welt nach ihren Idealen gelingen sollte.

Wir kannten ihren Plan und den Lauf der Zeiten und wollten genau dann präsent sein. Auch ahnten wir, dass es in diesem dunkelsten Moment einen großen Gnadenakt geben könnte, in dem der Schöpfer aller Welten ein Machtwort sprach und in dem sich alles hier zum Guten wenden würde. Dann hofften wir, unsere verirrten Brüder umstimmen und gemeinsam wieder zurückkehren zu können.

Um größeres Unheil zu verhindern, verteilten wir uns über den ganzen Planeten um dessen Informationsnetz zu schützen. So versuchten wir, zu verhindern, dass die „Anderen" dieses erblühende Werk gefährdeten.

Eine kleine ebenmäßige Pyramide in der Bergkette eines jungen Gebirges auf der nördlichen Hemisphäre war für mich und einige meiner Brüder unsere Heimat und Sendestation geworden.

Auf dem Felsplateau in Sichtweite des Berges traf ich Rohana immer, wenn es unsere Aufgaben zuließen. Dort fühlten wir uns am wohlsten, dort fand ich stets Kraft und Trost und dort sah ich Rohana auch zum letzten Mal.

Zu spät hatte ich bemerkt, dass Djatils Entscheidung mich getroffen hatte, wie ein Giftpfeil der langsam seine tödliche Essenz absondert. Mehr und mehr nahm das Begehren in mir Raum ein, ihn vor der Zeit wiederzugewinnen, ihn zu überzeugen. Ich wollte ihn suchen, verließ alles, was mir noch lieb und heilig war und begann meine Wanderschaft durch die Zeit.

DAS TIER

Heute hat sie es tatsächlich geschafft, um 6:00 Uhr aufzustehen. Als sie um kurz nach sieben auf den Parkplatz
fährt, steht Hannes' Auto noch da. „Der Holzwurm" ist
anscheinend nie da, bisher jedenfalls hat sie nur einmal
sein Auto dort gesehen. Es ist noch herrlich kühl und sie
freut sich richtig auf die Bewegung. Ihr Körper und ihr
ganzes Gemüt fühlen sich wunderbar frisch und leicht an.

Es ist ein Morgen wie nach einem abendlichen Sommer-
gewitter. War es denn nicht auch so? „Ein Gemütsgewitter
ist auch ein Gewitter", denkt sie und freut sich, dass kaum
mehr ein Gedanke an all die komischen Träume und Emo-
tionen in ihr wachzurufen ist. Warum hatte sie es sich
selbst nur so kompliziert gemacht? Da hatte sie vor einer
unbewussten Klagemauer gestanden und jahraus, jahrein
nur auf diese Wand geschaut. Es kommt ihr fast so vor, als
wäre sie auch noch stolz darauf gewesen. Oder hatte sie
sich einfach damit gefallen, zu klagen und „so eine Arme"
zu sein? Vielleicht hatte sie diese Mauer ja sogar lieb ge-
wonnen, denn worüber soll man sonst jammern und sich
bemitleiden lassen. Das hat doch durchaus Charme, oder?
Gestern aber hatte der Schmerz jeglichen anderen Vor-
teil überwältigt und die Mauer zum Einsturz gebracht
und nun war sie weg. Und das alles so einfach: Um Hilfe
bitten, heulen, Scherbenhaufen in den Bach schmeißen
und gut. „Du darfst um Hilfe bitten." Obwohl ihr das nie
eingefallen wäre, ist es jetzt das Selbstverständlichste der

Welt. Einfach bitten. Das ist doch die Lösung! Das will sie jetzt wirklich mal ausprobieren. Also bittet sie um eine gute Fahrt und, dass es schön schnell geht. Tatsächlich kommt sie ganz mühelos zu ihrem „Fahrradparkplatz".

Über den Almweg, oberhalb der Lärche, traben gerade ein paar Kühe. Sie beobachtet das gutmütige Almvieh mit den großen und so unendlich sanften Augen. Als Vik an ihnen vorübergeht, bringen sie es tatsächlich fertig, sie gleichzeitig neugierig und gleichgültig anzuschauen. Wie geht denn sowas? Wie sie diese Tiere berühren! Schon als Kind hat sie die Nähe dieser sanften, guten Riesen gesucht. Immer wenn sie eine Kuh sieht, meint sie: „Die heißt sicher Viktoria!" Eigentlich komisch. Hunde mag sie doch auch, da ist sie aber noch nie auf diesen Gedanken gekommen. Mit Kühen aber ist irgendetwas anders. Mit denen fühlt sie sich eigenartigerweise verwandt.

Als sie weitergeht, sagt sie munter: „Viktoria stammt nicht vom Affen ab, sondern von der Kuh und davor von einem fast durchsichtigen Riesen!" Ihr alter Biolehrer würde Krämpfe bekommen, wenn er jetzt ihre Gedanken lesen könnte. Sie schwenkt wieder zu den Kühen, denn diese hier tragen alle ihre stolzen Hörner. Inzwischen lassen viele Bauern den wunderbaren Tieren ihre Hörner und sägen sie nicht mehr ab. Sie weiß zwar gar nicht, was es damit auf sich hat, aber es hat doch alles seinen Sinn und die Tiere werden die Hörner schon für irgendetwas benötigen.

Als sie leichten Fußes am Felsen ankommt, wird sie bereits von Arahal und Legorn erwartet. „Da bist du ja,

Viktoria", sagt Arahal mit ihrer singenden Mädchenstimme. „Frau Viktoria", begrüßt Legorn sie förmlich und ein bisschen steif. Vik verneigt sich. „Ich grüße Euch", sagt sie feierlich.

In diesem Augenblick zerschneidet das Kreischen einer Kreissäge die Luft. „Das muss unten beim Gasthaus sein", denkt sie genervt. „Oh, Mann! Muss das am Samstag sein? Es sind zwar noch keine Urlauber im Tal, aber die Kühe und ich haben doch auch ein Recht auf Ruhe."

Schon sägt das zweite Kreischen ihr durchs Gemüt. Sie setzt sich kurz hin und denkt nach, was zu tun ist. Bitten! Ja, gute Idee: „Ich bitte darum, dass diese Kreissäge bald still ist." Nein, dann könnte sie ja kaputtgehen und das will sie nun nicht. „Ich bitte, dass die Leute da die Kreissäge heute gar nicht brauchen!" Hm. Dann könnte es auch sein, dass irgendein Hindernis auftaucht, zum Beispiel Material fehlt oder so. Oder sich sogar jemand verletzt. Nein, nein, das will sie nicht. Das mit dem „einfach Bitten", das ist gar nicht so einfach. Sie überlegt. Unterdessen sägt die Kreissäge fleißig weiter.

„Ach", denkt sie, „ich bitte einfach, dass die Arbeit dort unten so richtig gut vorangeht, besser als sie es geplant haben, und mich das überhaupt nicht mehr stört."

Jetzt schweigt die Kreissäge und sie hört ein dumpfes Hämmern. „Schon besser", denkt sie und wendet sich wieder den beiden Elben zu.

Die haben inzwischen ihren Spaß mit Vik.

„Eh, macht ihr Euch lustig über mich?"

„Nein, nein", quiekt Arahal. „Haha."

Heute ist es irgendwie anders hier oben, denkt Vik. Aktiver, dynamischer, ja: streitlustiger. „Das hast du ganz richtig wahrgenommen, Viktoria. Die letzten Tage hast du die Hallen des Venustempels durchschritten, nun stehen wir vor den Toren des Marstempels", erklärt Legorn.

„Ach", sagt Vik und erinnert sich an die letzte Woche. Die Pflanzen, der Jasminbusch, der Blumenstrauß für Hannes, der Hollersaft, das Grün, aber auch das mit der Liebe und der Vergebung, und überhaupt mit ihrem Frausein und ihrer Beziehung zu Männern, und sogar der laue Abend mit Clara und dem wärmenden, pragmatischen Frauengespräch. Ja, und genau: Ausgerechnet in dem Moment, als sie den Zapfen auf dem Tablett arrangierte, meldete sich Manni nach so langer Zeit. Und dieser unsinnig scheinende Anruf ermöglichte doch erst, dass ihr die ganze Sache, die sich in ihren Träumen zeigte und ihr Leben verbaute, bewusst wurde. Ja, und dann diese Träume. Und das alles bei der sanften Venus!

„Oh!", stöhnt sie, „was kommt dann jetzt bei Mars?" Sie schaut drein, als hätte sie in eine Zitrone gebissen.

Legorn antwortet ihr beruhigend: „So sanft wie du meinst, ist Venus gar nicht und vielleicht erzähle ich dir erst einmal ein bisschen etwas über Mars, bevor du dir Sorgen machst. Dann siehst du alles vielleicht ganz anders. Fürchten musst du dich davor jedenfalls nicht. Da gibt es keinen Grund."

„Wirklich nicht?"

„Nein", sagt er, „Mars ist zwar der Kriegsgott, aber er ist schließlich ein Gott und kein Dämon. Seine hervorstechende Qualität ist seine reinigende Kraft. Er zerstört alles, was uns hindert auf dem Weg zurück zu unserem Ursprung. Illusionen, Gedankenkonstrukte und, das fürchten die Menschen wohl am meisten: das Anhaften an allem Materiellen und Weltlichen. Die Identifikation mit Titeln, Gütern, Orden und das Festhalten an Beziehungen."

Das letzte Wort lässt sie aufhorchen. „An Beziehungen?"

„Ja. Oft begeben sich Menschen in Abhängigkeiten, glauben, ohne bestimmte Menschen nicht sein zu können, halten daran fest und merken gar nicht, wie alles stagniert."

„Hm", macht Vik.

Bevor sie diesen Gedankenfaden weiterspinnen kann, unterbricht Arahal: „So, jetzt aber zu den Tieren!"

„Ja, gerne!", freut sich Vik.

Arahal beginnt: „Jetzt kennst du das ja schon: Ich liebe die Ordnung und verfolge das Spiel der Naturreiche mit ihr. Viele Reptilien wie Schildkröten und Insekten zeigen diese Ordnung stolz in den Formen ihres Kleides. Das mag noch an Bereiche des Steinreiches erinnern und das ist auch richtig, denn Panzer, Hörner, Zähne und Knochen sind ja mineralisch. Einige Insekten leben in geometrischen Formen und Hierarchien zusammen, wie z. B. Bienen, Wespen und da fällt dir sicher noch viel ein. Manche Bauwerke, vom Spinnennetz und dem Schneckenhaus bis zu den Waben der Bienen, zeigen ihre tiefe Verbindung mit einer höheren Ordnung. Bei Säugetieren nimmt die Ordnung dann schon eine andere Form an. In den sozialen Strukturen der Familien, Rudel und Herden herrscht eine unsichtbare aber doch strenge Hierarchie. Hier wird vom Individuum bereits mehr gefordert. Rangkämpfe, Unterordnung und sozialer Beitrag müssen geleistet werden, um sich in diese lebenserhaltende Struktur einzufügen. Das Zusammenleben und Einhalten der Regeln wird dem einzelnen Tier viel bewusster als in einem Schwarm. Du siehst, auch dort gibt es wieder verschiedene Schulklassen in der Lebensschule.

Eine Gruppe von Tieren hat sich eine besondere Anforderung im Umgang mit Ordnung ausgesucht. Es sind die Tiere, die in der Nähe des Menschen existieren und sogar mit ihm zusammenleben. Hier gilt es Regeln zu beachten, die oft nicht der Natur des Tieres entsprechen, die nun aber für das Tier lebenserhaltend geworden sind. Zum Beispiel sind das Fütterungszeiten und sogar strenge Trainingsregeln wie beim Turnierpferd oder Blindenhund."

Vik ist in Gedanken wieder bei den geliebten Kühen, die da so sanft und gemächlich in ihren Stall und wieder auf die Alm bimmeln. Sie traben dorthin, wo es Essen oder Schutz gibt. Nicht nur, wenn ihnen danach ist, sondern auch zu den Zeiten, die der Bauer vorgibt. Sie hat sich schon oft gefragt, ob Tiere wohl eine innere Uhr haben, oder woher sie wissen können, was wann zu tun ist.

Legorn antwortet ihr: „Tiere", sagt er, „haben noch keine eigene Seele. Sie haben meist Gruppenseelen. Das heißt, sie werden von einem höheren Geistwesen gelenkt, oder vielleicht sollte ich es anders formulieren: Sie sind wie ein Radio, das sich auf einen ganz bestimmten Sender eingestellt hat. Eben genau den, des für sie zuständigen

Geistwesens. Im Kindergarten der Tier-Evolution lenkt dieses Wesen fast jeden Schritt. Je weiter sie in der Entwicklung sind, umso mehr dürfen sie beweisen, dass sie eigenständig handeln können. Ja, und manche Tiere werden dann schon darin geübt, ihre Instinkte zu überwinden. Wie zum Beispiel der Blindenhund. Der kann nicht einfach über die Straße laufen, wenn da ein läufiges Hundemädchen entlang wedelt. Sogar ein saftiges Stück Wurst wird er liegen lassen, um seinen Herren nicht zu irritieren. Manche Tiere haben sich weit in den Bereich von Gefühlen und individuellen Beziehungen vorgewagt und einige können damit schon sehr routiniert umgehen. Sie tragen fast menschliche Züge."

„Oh, ja", denkt sie und erinnert sich an Minka und Chica und Sheila, die Hunde in ihrer Familie. Dass diese keine Individualseele haben sollten, scheint ihr fast ausgeschlossen, so unterschiedliche Charaktere waren sie. Jede dieser Hundedamen war auf ihre sehr spezielle Art liebenswürdig und auch ganz schön schrullig. Sheila war eine Prinzessin. Die weiße, schlanke Windhundmischlingsdame ging gern früh zu Bett. Ab 22.00 Uhr war sie nicht mehr aus ihrem Körbchen zu bewegen. Das war der schwarzen Dorfstraßenmischung Minka total egal, sie war einfach zu jeder Zeit gut aufgelegt, mochte aber nicht viel fressen und wenn überhaupt nur dann, wenn sie es wollte. Da war sie sehr eigen. Am liebsten ein Silbergäbelchen Katzenfutter per Hand gefüttert. Chica, ein Rottweilermädchen, war super sportlich und spuckte jedem jungen Mann im Park ihren glitschigen Ball vor die Füße, um ihn zum Werfen aufzufordern. Frauen, das hatte sie schnell begriffen, warfen nicht so weit. Eine Weile denkt sie an diese lieben Tiere und ihr wird ein bisschen schwer ums Herz. Also auch die haben eine Gruppenseele?

„Wie ist das mit diesen Sendern?", fällt Vik ein.

„Eigentlich ganz einfach", sagt Legorn. „So wie mit diesem Gerät, mit dem du dir fast jede Information aus der Luft holen kannst. Du willst jemanden sprechen? Dann wählst du eine bestimmte Zahlenkombination und sprichst mit ihm. Das ist nicht anders. Nur, dass in diesem Falle das Tier das Empfangsgerät ist oder du, wenn du mit uns sprichst."

„Ja", sagt Vik etwas kleinlaut, „bei mir sind die Antennen oft ziemlich verbogen. Aber …", sie lacht ein bisschen, weil sie an die ersten Mobiltelefone denken muss, „auf den ersten Handys konnte ich auch noch keinen Wetterbericht nachschauen oder damit Bilder versenden."

„Ja", meint Legorn nüchtern, „es ist noch kein Meister vom Himmel gefallen. So sagt ihr doch, oder? "

„Ja", antwortet Vik, „so, sagen wir."

„Du wolltest noch etwas über die Kühe wissen", platzt Arahal heraus.

„Gerne."

„Die Gruppenseele der Kühe ist unser Meister Erde selbst. Darum sind Kühe den Indern so heilig, denn die wissen das schon sehr lange. "

„Wirklich?", ruft Vik überrascht.

„Ja, Kühe sind ganz mit der Erde verbunden und haben ihre Antenne auf diesen Kanal ausgerichtet."

Vik ist überwältigt. Das erklärt einiges, denkt sie. Nun kommt ihr wieder der Drache in den Sinn. Wie hatte Hannes ihn genannt? Den „heiligen Wächter unserer geliebten Mutter Erde?" Ist das der Grund, warum sie sich mit den Kühen so verbunden fühlt? Weil sie dadurch auf geheimnisvolle Weise mit ihrem Drachen verbunden ist?

Da fällt ihr etwas ein. „Sag mal, Arahal, ich habe im Internet gelesen, dass es eine Sage gibt, die hier oben am Himmelsee spielt. Da soll eine Seeschlange einen Schatz bewachen und ein Hirte, der den Schatz rauben wollte, wurde von dieser Seeschlange in die Tiefe gezogen."

Es antwortet niemand und sie kann die beiden auch nicht mehr sehen.

„Arahal?" Vik hat plötzlich das Gefühl, allein zu sein. „Herr Legorn?"

Das ist ja merkwürdig. Sie sind wie vom Erdboden verschluckt.

Seltsamerweise ist sie gar nicht verunsichert, sondern hat das Gefühl, einer heißen Spur folgen zu müssen. Sie steht auf und blickt sich suchend nach dem Weg zum See um, denn sie war noch nie dort. Es müssten nur zwei- oder dreihundert Höhenmeter sein. Unterhalb eines Feldes aus großen Felsbrocken sieht sie eine Wegspur, die direkt zu diesen Blöcken führt. Ein prüfender Blick auf den Himmel zeigt nichts Auffälliges. Er ist hauptsächlich blau mit Gruppen von Schönwetterwölkchen und es ist erst kurz nach zwölf.

Eine halbe Stunde später steht sie an dem traumhaft gelegenen Himmelsee. Eigentlich ist es nicht ein See, sondern eine Gruppe von mehreren kleinen Seen, die dicht aneinandergereiht ein kleines, felsdurchsetztes Plateau in einen Spiegel des Himmels verwandeln. Die vielen kleinen Felsbrocken, die in den Seechen und an ihren Ufern liegen, unterbrechen diesen Spiegel so regelmäßig, dass man meint, es sei ein zusammenhängender See. Dieser Ort verzaubert und schickt sie ohne Vorwarnung in eine Zeit, in der dieser Planet noch ganz jungfräulich war und in einem Zustand, bevor die Menschen kamen. Wenn dieser riesige Sendemast auf dem Hausberg nicht wäre, könnte sie denken, sie wäre in der Urzeit gelandet, und unten im Tal würden ab und zu die langen Hälse einer Brachiosaurus-Familie auftauchen. Aber: Der rot-weiße Sendemast und die Wetterstation auf dem Hausberg erinnern doch daran, dass der Mensch sich die Erde untertan gemacht hat.

Das Wasser der Seen ist so klar und flach, dass es schon viel Fantasie braucht, um an eine Seeschlange zu denken. „Die dürfte nicht all zu groß gewesen sein", amüsiert sich Vik, setzt sich auf einen Felsbrocken am Ufer, zieht die Schuhe aus und patscht ins Wasser. Es ist gar nicht so kalt wie sie dachte. Der Grund ist ganz weich und fedrig. Hu, der Schlamm quillt zwischen den Zehen hoch. Vielleicht ist es doch tiefer, als es aussieht. Da legt sie ihre Füße mal lieber auf einen Stein.

Warum auch immer Arahal und Legorn verschwunden sind, unheimlich ist es hier jedenfalls nicht. Das mit der Schlange, die den Schatz behütet, ist schon besonders eigenartig. War es wirklich eine Schlange? Oder vielleicht doch ein Drache? So ganz abwegig ist das eigentlich nicht. Nessi ist ja auch eine Seeschlange und könnte genauso gut ein Wasserdrache sein. Wer weiß. Sie sollte mal mit Thomas telefonieren, denn der kennt sich damit aus. Bisher hat sie es eigentlich immer für Spinnerei gehalten, wenn er ihr erzählte, dass er gar nicht so selten Drachen in der Landschaft sähe.

Eine ganze Weile sitzt sie und genießt die schöne Aussicht. Neben dem runden Buckel des Hausbergs kann sie von hier aus gleich zwei ebenmäßige Pyramiden sehen: Die kleine, ganz gleichmäßige Karspitze, an deren Hänge man fast ein Lineal anlegen könnte im Norden, und die große, stufige, zerfurchte Kreuzspitze im Westen.

Es fühlt sich für sie so an, als stünde sie auf einem riesigen Altar. Sie sitzt, schaut und protokolliert aufmerksam diesen Ort. Keine andere Regung hat in diesem Moment Raum in ihr. Da ist Ruhe, absolute Ruhe und Konzentration.

Sie mag es nicht mal denken, tut es dann aber trotzdem: „Wie die Ruhe vor dem Sturm." Mit einem Mal wird sie unruhig, steht auf, zieht schnell die Schuhe an und geht dann wieder hinunter zum Felsen.

Von Weitem ahnt sie die zwei Bergelben und ist wirklich beruhigt. Es wäre gar nicht schön gewesen, so ohne Abschied zu gehen. Die beiden kommen ihr fast ein bisschen verlegen vor. „Was ist denn los?", fragt sie.

„Ach, das ist so eine Sache, weißt du?", sagt Legorn und Arahal erklärt: „Wir dürfen ja nicht alles sagen. Noch nicht. Und ehe wir in Verlegenheit geraten, schlüpfen wir dann lieber in eine andere Frequenz. Entschuldigung, wenn dich das vielleicht erschreckt hat."

Vik überlegt: Nein, sie fand es komisch, war aber so auf diese Seeschlangengeschichte eingestellt, dass es sie nicht all zu sehr irritierte. Es entsteht eine Pause, in der Vik über den Grund ihres Verschwindens und der Worte mit der Frequenz nachsinnt, ergebnislos bleibt und entscheidet, sich zu verabschieden. „Ihr Lieben", sagt sie in freundlich-sachlichem Geschäftston. „Ich danke euch und freue mich, wenn ich wiederkommen darf."

„Immer gerne", freut sich Arahal und Legorn begleitet sein förmliches „Frau Viktoria" mit einem Kopfnicken. Vik verneigt sich und beginnt mit dem Abstieg. Unterwegs wünscht sie sich, einen ganz wundervollen Rückweg zu erleben.

„Es tut mir ja so leid", sagt Arahal zerknirscht.

„Was denn?", fragt Legorn gut gelaunt. „Es läuft doch alles wunderbar. Sie ist entschlossen und vollkommen unerschrocken. Perfekt. Heute war sie kristallklar mit ihrem Wunsch sich die Sache anzuschauen und hat sich nicht von unserem Verschwinden verunsichern lassen. Es wird, es wird."

„Ach, Vater, aber ist das denn jetzt nötig?", meint sie mitfühlend.

„Nein. Viktoria kann sich ja in jedem Moment entscheiden, welche Kräfte sie zulässt. Allerdings schätze ich fast, dass sie sich doch vom Hochmut einfangen lässt. Sie ist noch ein bisschen leichtsinnig." Dann lacht er verschmitzt: „Aber alles hat ja auch seine guten Seiten", tröstet er seine Tochter und blickt erwartungsvoll ins Tal.

Es ist ungefähr drei Uhr, als Vik mit ihrem Mountainbike an der Zufahrt des Gasthauses vorbeirollt. Da erst denkt sie wieder an die Kreissäge. Sie kann sich gar nicht erinnern, ob diese sich überhaupt noch einmal gemeldet hat. Auch den Hammer hat sie nicht mehr gehört. Komisch. Oder eigentlich gar nicht? Als sie das steile Stück unterhalb des Gasthauses erreicht, macht sich ein Siegergefühl in ihr breit. Sie hat „richtig" gewünscht und gleich ist es in Erfüllung gegangen. Wenn sie das nur noch ein paar mal übt und ausprobiert, dann ist alles gut. Auf ihre schnelle Auffassungsgabe kann sie sich doch einfach verlassen. Sie lernt sehr schnell. Ihr fallen einige Situationen ein, in denen sie ihrem Namen damit alle Ehre gemacht hat. Sie lässt das Rad ein bisschen rasanter rollen als sonst und fährt als „Viktoria die Siegreiche" gen Tal. An einer etwas steileren Stelle liegen ein paar Brocken, die sich wohl beim letzten Regenguss aus dem Hang gelöst haben müssen. Sie denkt noch: „da solltest du aber nicht drauf fahren", da hat sie den ersten Brocken schon erwischt, oder vielmehr: er sie. Das Vorderrad kommt abrupt zum Stehen, die Lenkgabel schwingt nach links und das Rad wirft sie nach vorne ab wie ein bockiger Gaul. Sie kann gerade noch eine Drehung Richtung Hang machen, um nicht hart auf der Straße aufzuschlagen, aber das linke Knie schrammt doch am Fels entlang. Auch der Ellenbogen stößt gegen einen Stein und der rechte Handballen muss den ganzen Sturz abfangen. Einen Moment bleibt sie auf der Seite liegen. Das Knie schmerzt sofort und der Handballen fühlt sich merkwürdig taub an.

Noch unter Schock setzt sie sich auf und betrachtet die Hand. Eigentlich nichts sichtbar. Es sieht blass aus und ist bereits etwas geschwollen. Zum Glück lässt sich alles ohne größere Schmerzen bewegen. Der Ellenbogen ist glimpflich davongekommen und hat nur ein paar weiße Kratzspuren. Kein Blut zum Glück. Das Knie jedoch blutet großflächig, es muss auf jeden Fall versorgt werden, so kann sie nicht ins Tal fahren.

„Oh Mann!", stöhnt sie, als sie an die Taufe morgen denkt. Da wird sie wohl ein langes Kleid anziehen müssen. Aus ihrem Rucksack kramt sie die Verbandstasche und entdeckt ein Tütchen Bachblüten-Notfallpulver. Das schluckt sie gleich mal hinunter, schaden kann das sicher nicht. Die Pflaster, die sie dabei hat, sind zu klein, es ist eine ziemlich große Fläche. Sie ist zwar nicht durchgehend verletzt, vielleicht eher so wie die Himmelseen, unterbrochen von gesunder Haut, die man jetzt aber nur erahnen kann.

Ungeschickt, weil vollkommen unerfahren, wickelt sie sich einen Gazeverband um das Knie, dann begutachtet sie das Rad. Offensichtlich hat das gar nichts abbekommen. „Glück im Unglück", denkt sie sich und will aufsteigen, muss aber feststellen, dass das keine gute Idee ist, denn es beginnt sich alles zu drehen. Ihr bleibt nichts anderes übrig, als sich an den Straßenrand sacken zu lassen und zu warten, bis der Wackelkontakt vorbei ist. Weil es aber nicht besser wird, legt sie sich mit angezogenen Knien auf den Boden. „Spitze", denkt sie, während sie da am Straßenrand wartet, „und wie lange soll ich hier liegen?"

Nach einer Weile geht es ihr wieder ein bisschen besser und sie versucht aufzustehen, nur um sich dann aber doch lieber gleich wieder zu setzten. Es dauert sicher eine Viertelstunde, bis sie sich soweit gesammelt hat, dass sie es wagen kann, sich auf ihre Beine zu verlassen. Nun scheint es besser zu sein, aber fahren will sie lieber doch nicht. Also stützt sie sich mit der linken Hand, um den inzwischen pochenden rechten Handballen zu schonen, auf das Rad und versucht auf diese Weise irgendwie ins Tal zu steigen. Es ist aber ein ziemliches Gehumpel.

Weit ist sie noch nicht gekommen, als sie hinter sich auf dem Weg ein Fahrzeug rumpeln hört. Sie schiebt das Rad ein bisschen zur Seite, um Platz zu machen und dreht sich nach dem Auto um.

„Der Holzwurm". Als sie den Fahrer erkennt, stöhnt sie auf: „Du liebe Güte!" Vik wird ganz mulmig. Ausgerechnet jetzt! Das Auto wird langsamer und hält neben ihr an.

„Griaß di", sagt der blonde Mann mit fast schwarzen, sanften Augen freundlich aus dem offenen Fenster heraus.

„Servus", grüßt sie schüchtern zurück. Was ist denn los mit ihr? Sie ist doch sonst nicht so. Es ist doch nur der Stuhlträger. Sie gibt sich einen Ruck und geht gleich an die Front. „Dann bist du der Sohn vom Hannes?"

„Ja", sagt er unbeeindruckt, „und du? Bist gestürzt, oder?" Er steigt aus, geht hinter den Wagen und öffnet die Klappe. Mit einem Kopfnicken deutet er auf die Ladefläche. „Schau, da legen wir jetzt dein Rad drauf."

Er kommt ihr entgegen und mit einem Schwung legt er das Rad auf die Holzabfälle und die kleine Kreissäge.

Vik humpelt um den Pickup herum und hievt sich vorsichtig auf den Sitz. „Puh", sagt sie, „sowas blödes".

„Wo musst denn hin?", fragt er.

„Nur zum Parkplatz."

„Ja, dann", meint er und lässt den Wagen an.

Eine Weile rütteln sie stumm die Piste hinunter, dann bricht der Holzwurm das Schweigen: „Wie ist'n das passiert?" Er nickt in Richtung von Viks Knie.

„Da lag so ein Steinbrocken auf der Straße. Ich wollte ihn eigentlich umfahren und stattdessen hab ich genau darauf zugehalten. Zu blöd!", sagt sie.

„Naa", sagt er ablehnend, „ich meine, welche Gedanken hast du gekreuzt?"

„Gekreuzt?", fragt sie und schaut ihn prüfend an. Anders als sein Vater, der ein markantes Profil hat, sind Peters Züge ebenmäßig und sogar sanft. Nur die Augen verraten Hannes' Vaterschaft.

Er schaut konzentriert auf die zerfurchte Waldstraße. „Ma! Der letzte Guss hat die Rinnen noch tiefer gewaschen. Da müssen's bald wieder mal was mach'n."

Nach einer Weile meint er betont hochdeutsch: „Was hast du gedacht, bevor du gestürzt bist?"

„Ach so ..." Sie überlegt. „Keine Ahnung ... oder ...

doch …" Nun fällt es ihr wieder ein. „Tzz …" Sie schüttelt langsam den Kopf.

„Naa, musst's mir nit sag'n."

Sie ist auch wirklich sehr dankbar, dass ihr das erspart bleibt. Er fragt aber trotzdem noch sehr interessiert nach: „Ist das an der steilen Stelle unterhalb des Gasthofs geschehen?"

„Ja", meint sie, „warum?"

„Ach! Ja, da kreuzt was. Ich weiß nicht was, aber …" Er macht eine Pause.

Jetzt wird Vik neugierig: „Wie meinst du das?"

„Ja …" Er scheint die Worte zu suchen und abzuwägen. „Ich sehe da immer sowas wie Bänder, naa, Linien, ah, ich weiß nicht. Jedenfalls ist mir aufgefallen, dass ich an dieser Stelle immer komische Gedanken habe. Schlechte, weißt? Manchmal auch hochmütige. Ganz unterschiedlich, aber nie gut. Und danach, zum Beispiel bei der Kapelle unten, passiert das nicht. Da sind sie wieder weg."

Vik weiß damit nicht so viel anzufangen, es klingt aber nicht falsch. Hatte sie nicht auch einmal einen Schwächeanfall dort gehabt, weil Zweifel ihr die Kraft genommen hatten? Sie fragt Peter: „Und was machst du dagegen?"

Jetzt muss er nicht nach Worten ringen und ist ganz klar. „Na, ich lehne sie ab. Es ist ja nur ein Angebot. Ich muss es ja nicht annehmen."

„Ah", meint Vik irritiert darüber, wie er so klar sein kann über etwas, das ihr völlig neu ist. Jetzt drängt es sie plötzlich, noch zu erfahren, ob die Kreissäge nun ging und sie es nicht mehr gehört hat, oder ob er sie danach nicht benutzen musste. „Sag mal", beginnt sie, „dann bist du also Zimmermann?"

„Tischler", antwortet er. „Tischlereitechniker, genauer gesagt", korrigiert er sich ein bisschen belustigt.

„Ach!", ruft sie, „wirklich? Das ist ja klasse!" Sie denkt an den Ärger, den sie mit Alois wegen seines Flitterwochen-Gesellen hatte. Und dieser Holzwurm hier arbeitet sogar am Samstag!

Jetzt sind ihr die Gedanken über die Kreissäge fast peinlich. „Ich hab die Säge kurz gehört, als ich oben war."

„Ja", meint er, „ich hab sie bei solchen Baustellen immer dabei. Es sollte alles passen, aber das hier sind Restaurierungsarbeiten in der alten Zirbenstub'n, und da weiß man nie. Ich habe eigentlich sogar gedacht, ich brauch sie heut viel mehr, aber dann hat alles wie ein leichtes Puzzle zusammengepasst und ich hab sie nicht mehr gebraucht. Ja, und bin …", er schaut auf die Uhr am Armaturenbrett, „… eine Stunde früher fertig. Genau richtig, um dich von der Straße zu klauben." Er wirft ihr einen triumphierenden Blick zu, da erkennt sie seinen Vater doch deutlich wieder.

Was hatte sie nach einigen Anläufen dann letztendlich gewünscht? „Dass die Arbeit dort unten so richtig gut vorangeht, besser als sie es geplant haben, und mich das überhaupt nicht stört." Jetzt wagt sie es aber nicht mehr, sich darüber zu sehr zu freuen. War es die Freude, die sie zu Fall gebracht hat? Nein, ahnt sie. Es dürfte das Siegergefühl gewesen sein. Der Stolz. Und ihr fällt das Sprichwort ein „Hochmut kommt vor dem Fall." Wie wahr!

„Wie hast du das eben gemeint, als du gefragt hast, welche Gedanken ich gekreuzt habe? Ich denke sie doch."

„Schon", sagt er in beiläufigem Tonfall, „aber du musst sie ja nicht denken. Es ist, wie gesagt, ein Angebot. Manchmal auch eine Verlockung, aber du kannst dich ja entscheiden, ob und welchen Gedanken du annimmst. Zulässt halt. So meinte ich das."

Er sagt das wieder so selbstverständlich, dass sie sich kaum die Blöße geben will, nachzufragen, aber es interessiert sie einfach zu sehr. „Also Gedanken kommen von außen?"

„Ja", sagt er in einem Tonfall, als hätte sie gefragt: „Also wir sitzen in deinem Auto?"

Sie fahren an der Waldkapelle vorbei und Vik wagt nun nicht mehr weiter zu fragen, obwohl sie tausend Fragen hätte.

Am Parkplatz verlädt er ihr Rad schnell und geschickt, danach stehen sie noch eine Weile herum und wissen nicht so recht, was sie sagen sollen.

„Dann sind die Wiesenblumen von dir, eh?"

„Ja."

„Schön! ... mit deinem Knie passt alles?"

Sie schaut an sich herunter und zupft den verrutschten Verband zurecht. „Ja, ich denk schon."

„Ja, wenn du erkannt hast, warum es passiert ist, und das richtig verstanden hast, bist den Schrammen eh dankbar. Sieht mir nicht so aus, als ob du lange auf der Leitung stehst!" Er lacht, senkt den Kopf ein bisschen und schaut sie wie zur Entschuldigung fast von unten an.

„Ja, schau'mer mal", sagt sie in einem Ausatmen.

„Peter", sagt er und gibt ihr die Hand.

„Vik, also Viktoria, aber lieber Vik."

„Viktoria. Schöner Name. Ja, dann auf bald mal. Bist ja öfter beim Papa, oder?"

„Ab und zu … ja. Auf bald!" Sie wenden sich ihren Autos zu. „Ach, und danke übrigens!", ruft Vik ihm nach. Er hebt nur die Hand und steigt ins Auto. Aber statt nach oben in den Carport zu fahren, rollt sein grasgrünes Holzwurmgefährt hinter ihr her. Auch auf der Passstraße ist er noch eine Weile in ihrem Rückspiegel zu sehen, dann biegt er am Ortsende nach rechts ab und verschwindet kurz darauf aus ihrem Blickfeld.

Zu Hause löst Vik vorsichtig den Verband. Da sie in der Wohnung gar kein richtiges Verbandmaterial hat, liegt nun die Erste-Hilfe-Tasche aus dem Auto neben ihr. Die Wunde sieht wirklich nicht so schlimm aus, wie sie dachte. Vorsichtig tupft sie Staub und getrocknetes Blut ab, stellt fest, dass es eigentlich nur ein paar Schrammen sind, und wickelt einen frischen Gazeverband darum. Der Handballen ist inzwischen leicht blau geworden, tut aber erstaunlicherweise überhaupt nicht weh, und am Ellenbogen sieht man gar nichts mehr, nachdem sie ihn gewaschen hat.

Sie ist wirklich glimpflich davon gekommen. So ein bisschen fühlt es sich für sie an, wie eine Verwarnung von einem strengen aber gütigen Lehrer. Es scheint noch nicht mal ein blauer Brief gewesen zu sein.

„Glück gehabt!", denkt sie, als sie in ihrem Bett liegt und nun nimmt sie sich vor, in Zukunft genau aufzupassen, was sie denkt. Mit dem Zulassen und Ablehnen ist es vielleicht einfach so wie mit dem Telefon. Man muss ja nicht abheben. Das Handy hatte Legorn heute ja auch schon als Erklärungshilfe genutzt. Sie nimmt sich vor, zu üben: bitten und danken, annehmen und ablehnen, in den Bach kippen … ach ja, und warten, bis sich dann alles von selbst ordnet. Die Liste wird ja immer länger!

Der prächtige Opernsaal ist bis auf den letzten Platz mit Menschen in edelster Garderobe besetzt. Während die Kulisse das Ägypten der Pharaonen wieder auferstehen lässt, wird das Publikum von dem Klang einer Stimme verzaubert. Von ihrer Stimme. Aus ihrer Kehle schwingen Klänge, die nicht von ihr sein können und nicht von dieser Welt. Sie tönen durch sie hindurch. Überirdisch. Der Raum wird, bis in den letzten Winkel, minutenlang in einem magischen Schwebezustand gehalten, während goldener Klang durch sie hindurch vibriert. Es ist der letzte erhebende Moment in dieser Stadt. Der Feind steht schon vor den Toren. Nur für wenige Momente kann die Dunkelheit, kann die Angst, die sich der Menschenherzen bereits bemächtigt hat, noch einmal weichen. Als sie schweigt, bleibt eine kurze Atempause, ein letzter heiliger Moment. Dann bricht der Beifall los, dann schlagen die dunklen Wogen von Hass, Terror und Vernichtung über dem Kontinent zusammen.

Sie kann rechtzeitig entkommen, aber ihre Welt geht in Trümmer. Nie mehr dringt diese Kraft durch ihre Kehle. Heimweh verschließt sie. Selbst als wieder Frieden einkehrt, trennen sie doch ein großer Ozean und ein eiserner Vorhang von der Goldenen Stadt ihrer Kindheit. Von ihrer Heimat? Dort war sie doch auch nur eine Fremde, eine Geduldete und wäre zu einer Verfolgten, ja, Gemordeten geworden, wäre sie nicht geflohen. Sie aber hält fest daran, dass dieser Ort und nur dieser hier auf Erden ihre Heimat ist.

Ihr Herz kennt nur noch den Schmerz, nicht dort sein zu dürfen. Nichts kann sie mehr erfreuen, nicht mal die Blumen in ihrem parkähnlichen Garten, nicht die blauen Wellen des Ozeans, nicht die Möwen am makellosen Himmel, nicht die herrliche Villa, nicht einmal der Mann an ihrer Seite, der sie und ihre Familie gerettet und ihr in der neuen Welt ein Paradies auf Erden geschaffen hat. Nur für sie ... Nichts kann sie mehr erfreuen. Nichts.

Das Telefon klingelt. Vik schreckt hoch. Es ist schon hell. Schon wieder hat sie den Flugmodus vergessen. Bis sie das Handy aus der Rucksacktasche gekramt hat, sieht sie nur noch die Anruf-in-Abwesenheits-Meldung mit einer ausländischen Nummer. Sie nimmt sich vor, später zurückzurufen. Nach einem Blick auf die Uhr stellt sie erschrocken fest: „Fast zehn!" Um elf will eine neue Kundin vorbeikommen und sie steht hier noch im Nachthemd! Etwas kopflos rennt sie durch die Wohnung, hat dann um elf aber doch alles irgendwie erledigt und es fällt nicht auf, dass sie mit einem Bein noch auf einer Metropolen-Opernbühne steht.

Erst jetzt, während sie die Kaffeetasse der Kundin in die Spülmaschine räumt, kann sie sich den Bildern des heutigen Traumes widmen. Das hat vielleicht irgendetwas mit ihrem Vater zu tun, denn der ist ja in der Goldenen Stadt geboren. Als Kind musste er dort weg. Ob er so gelitten hatte, wie sie es heute Nacht fühlen musste? Er macht eigentlich nie den Anschein, spricht aber auch fast nicht darüber. In seltenen Fällen erzählte er mal guten Freunden davon und dann wusste sie nie, ob sein Tonfall und die traurigen Augen ein Zeugnis der normalen Sentimentalität des Erwachsenen bei manchen Jugenderinnerungen waren, oder ein anderer Schmerz.

Dass es schlimm sein könnte, die Heimat zu verlieren, ist ihr nie in den Sinn gekommen. Sie hat die Stadt ihrer Kindheit nie gemocht. Wenn sie einmal dort ist, fühlt es sich an wie irgendein Ort, in dem sie sich halt ein bisschen besser auskennt als anderswo. Nie wäre sie darauf gekommen, das als Heimat zu bezeichnen. Heimat ist für sie ein völlig veralteter Begriff. Man wird halt irgendwo geboren und lebt irgendwo. Wenn es am Ort der Geburt nicht so klasse ist, zieht man dahin, wo es schöner ist oder dorthin wo man Arbeit bekommt oder ein Mensch lebt, dem man nahe sein will. Ganz einfach. Warum dann trauern? Schließlich wohnt sie ja jetzt auch nicht mehr dort, wo sie geboren wurde und freut sich jeden Tag über den schönen Ort, den sie gefunden hat.

Eigentlich, fällt Vik ein, hat nicht sie diesen Ort gefunden, sondern er sie. Nach dem Studium in London wollte sie ursprünglich auf den Britischen Inseln bleiben. Sie mochte dieses mystische Land der Kelten und Drachen. Dann aber lernte sie im letzten Studienjahr einen Gaststudenten aus den Alpen kennen. Als sie ihn einmal in seiner Heimat besuchte, holte er sie vom Flughafen ab. Sie fuhren das lange große Tal entlang und sie hatte ein Erlebnis, das sie in ihrem ganzen Leben noch nie hatte: In ihr hörte sie eine Stimme sagen: „Nun kommst du endlich nach Hause." Aber wie sie nun mal so war, hatte sie den Satz so interpretiert, dass sie bei diesem Mann zu Hause sein würde. Sie schloss ihr Studium ab, zog zu ihm und zwei Monate später zog sie wieder aus. Wegen ihm war sie jedenfalls nicht gekommen. Das war geklärt. Das Gefühl zu Hause zu sein, blieb aber und wurde jeden Tag inniger.

Sie denkt an ihre Familie und muss belustigt feststellen, dass sie sich mit dieser Lebensphilosophie der freien Heimatwahl offenbar in bester Gesellschaft befindet. Nur einzelne sind am Geburtsort geblieben, aber die meisten Mitglieder ihrer Familie wohnen woanders. Diese Familie hat sich auf drei Kontinente verteilt und ist über einige Knotenpunkte wie Mutter und Schwester, inzwischen auch die Sozialen Netzwerke, irgendwie informiert und verbunden. Ab und zu kommt es zu Treffen mit einzelnen, die sich auf die Reise gemacht haben. Inzwischen ist es eine bunte Nationalitäten-Mischung geworden. Heimat, Nationalität, muss man daran festhalten? Welche Heimat, Nationalität und kulturelle Identität hat denn ein Kind, dessen Mutter eine italienisch-ungarische Mischung ist, der Vater ein in London aufgewachsener Inder und der Geburtsort Vancouver? Bei einer Generation kann man das noch nachvollziehen und eine Kulturidentität suchen, aber irgendwann ist das doch einfach nur noch egal. In ihrer Familie gibt es Kinder, die dreisprachig aufwachsen, weil die unterschiedlichen Muttersprachen der Eltern nicht der Landes- und Schulsprache entsprechen.

Seit vielen Generationen ist diese Familie unterwegs und dadurch sind fast alle immer „Ausländer" oder zumindest „Zugereiste". Heutzutage wird freiwillig umgezogen. In der Vergangenheit war das aber oftmals nicht ganz so gewollt und da gibt es doch einen Unterschied. Es kommt ihr so vor, als würden die Familienmitglieder der heutigen Generation ein vorgegebenes Thema variieren, ja, so langsam in einen spielerischen und leichteren Modus hinüberführen. In etwa so, wie die Pflanzen die strenge Ordnung des Mineralreichs kreativ uminterpretieren und damit langsam befreien.

Dann ist es vielleicht kein Zufall, dass sie in diese komische Familie geboren wurde? Denn diese Heimat-Geschichte bringen interessanterweise beide, Mutter und Vater, mit. Einen Moment bleiben ihre Gedanken bei ihrer Mutter und deren Familie hängen und dann fällt der Groschen: das Haus und der Garten! Das ist doch ihre Heimat gewesen. Ist sie dann nicht auch eine Heimatvertriebene? Trauert sie nicht auch? Ihr wird bewusst, dass sie dieses Grundstück trotzig zu ihrer Heimat erklärt hatte und tief verborgen immer noch um den Verlust trauert.

Der Schmerz aus dem Traum hat sich genau so angefühlt, nur in einer konzentrierteren Dosis. Es kommt ihr so vor, als hätte sie, wie ein junger, noch nicht ganz stubenreiner Hund, die Nase ins Häufchen gehalten bekommen. Wieder schämt sie sich, dass sie so wenig verstanden hat, so blind durch die Gegend laufen konnte, so auf „der Leitung steht".

Bei diesem Ausdruck biegen ihre Gedanken zu Peter ab und sie erinnert sich an den Moment, als sie sich in die Augen gesehen haben. Unvorbereitet trifft sie eine warme Woge. Doch dann kommen wieder andere Gedanken. Hannes Sohn hätte sie sich wirklich anders vorgestellt. Hannes ist so umgänglich und offenherzig und man kann mit ihm so gut reden. Peter wirkt ungehobelt und ungeschickt und poltert im üblichen, tapsigen Stil der hiesigen Männer. „Na ja, er ist aber nicht so peinlich wie Manni", korrigiert sie sich. Und irgendwie hat sie die Sache mit den Datenlinien schon irritiert. Der sieht irgendetwas und offensichtlich kann er das auch interpretieren und damit umgehen. Dann stutzt sie einen Moment und ihr fallen die Bänderornamente am Carport ein. Ist es möglich, dass der ... das passt doch gar nicht zusammen! Dieser einfache „Holzwurm" und diese komplexen und intelligenten Ornamente. Der war doch nie außerhalb seines Fünf-Häuser-Kuhdorfs! Woher kennt der keltische Ornamente? Sie hat sich den Carport genau angesehen und keltische Ornamente in Irland ausführlich studiert. Sie sind zwar ähnlich, aber solche wie am Carport hat sie noch nie gesehen. Vielleicht weiß dieser Mann doch mehr als man meint und vielleicht kann er ihr erklären, was da oben im Tal los ist. Hannes hält sich diesbezüglich ja bedeckt. Von dem kann sie sich keine Hilfe erwarten, außer einem Taxi bei Regen und einer Küchenrolle bei Tränen.

Sie geht zum Computer. Keine Mails und keine dringenden Aufträge. Muss sie heute arbeiten? Eigentlich war sie gestern ganz schön fleißig.

Die Taufe am Sonntag war wirklich schön. Die nicht kirchliche Taufzeremonie und die Feier danach haben auf einer Alm stattgefunden. Es war ein kleines Ritual und danach konnten sich alle Generationen ihren Bedürfnissen entsprechend auf den Wiesen und im Gastgarten verteilen. Viele Kinder tollten durcheinander und die Alten freuten sich über das bunte Treiben ihrer quirligen Nachkommen. Sie hat es genossen, mal ganz in Familienleben eintauchen zu dürfen. So etwas, kennt sie halt nicht von ihrer internationalen Bagage. Die einzige bittere Pille an diesem sonnigen Nachmittag war, dass ihr zum ersten Mal so deutlich bewusst wurde: Sie wird älter und irgendwie könnte der Zug Familie so langsam für sie abfahren.

Da sie eigentlich keine Lust zum Arbeiten hat, gibt sie die Webadresse, die auf Peters Fahrzeug steht, ein. Das hatte sie wirklich nicht erwartet: Die Webseite ist modern, übersichtlich und angenehm. Texte und Bilder sind professionell und ansprechend und es stellt sich heraus, dass er eigentlich mehr Holzbildhauer ist, als Tischler. Zumindest lassen die Bilder darauf schließen. Ohne viel nachzudenken, wählt sie seine Nummer.

„Pfurtscheller!", hebt Peter ab.

„Hallo, hier ist Vik. Die, die du am Samstag von der Straße gesammelt hast."

„Ah …" Peter muss lachen. „Wie geht's deinem Knie?"

„Alles wieder in Ordnung."

„Das ist gut … Was gibt's?"

Oh, das wusste Vik eigentlich auch nicht so genau und es durchfährt sie eine Hitzewelle.

„Ja, genau … Also ich habe deine Webseite gesehen und ich bin ja Innenarchitektin. Deine Sachen gefallen mir."

„Danke", sagt Peter und dann nichts mehr. Gar nichts. Ruhe in der Leitung.

„Ähm", versucht sich Vik zu retten, „machst du diese Holzornamente nur auf Bestellung, oder hast du da welche lagernd?" Vik fühlt sich vollkommen tollpatschig. Eigentlich ist das ein Geschäftsgespräch, aber so dusselig hat sie noch nie formuliert.

„Beides", sagt Peter. „Manchmal fällt mir einfach was ein und dann mache ich das." Jetzt taut er zu ihrer großen Erleichterung ein bisschen auf und beginnt über die Entstehung seiner Werke zu berichten. Er beendet das Gespräch mit einer Einladung: „Magst du sie dir mal ansehen?"

Sie verabreden für Freitagnachmittag ein Treffen in seiner Werkstatt.

Nach dem Gespräch holt sie sich noch eine Tasse Tee aus der Küche und tritt ans Fenster. Wild jagen die Schwalben durch die Luft. Der große, grüne Innenhof ist erfüllt von ihrem Gezwitscher. Eine bleierne Mittagsschwere hängt über der Stadt. Sie hat zwar keine Lust rauszugehen, aber vor dem Computer mag sie jetzt auch nicht sitzen. „Wer hat da eigentlich vorhin angerufen?", fragt sie sich und schon drückt sie auf Rückruf. Die vorher noch unbekannte Nummer wird erst jetzt von ihrem Handy als bestehender Kontakt erkannt und auf dem Display angezeigt. „Thomas?", denkt sie, „den wollte ich doch nach den Drachen fragen." Sie hatte das ganz vergessen. Es tutet vier, fünf Mal, dann ist er dran.

„Hey", sagt er.

„Hi, Thomas! So ein Zufall, dass du heute anrufst. Vor ein paar Tagen habe ich an dich gedacht."

„Ja, du, das funktioniert mit unserer Datenübertragung. Hab schon seit einigen Tagen gedacht, dass ich dich anrufen sollte, war dann aber auf einem Retreat. Da ging was, sag ich dir."

„Echt?"

„Jaha."

„Erwartet er jetzt, dass ich nachfrage, was ging?", fragt sie sich, da antwortet er schon ganz sachlich.

„Ja, schön-schön, Vik. Was gibt's?"

„Äh, du hattest doch angerufen", tut sie entrüstet und weiß doch genau, dass sie ihn „angerufen" hat.

„Ja, ja, aber da stand die Leitung schon 'ne Weile. Du weißt was ich meine."

Sie reden noch ein bisschen, wie es ihnen so geht und was es Neues gibt. Das letzte Mal, dass sie bei ihm war, liegt schließlich schon wieder über ein Jahr zurück und danach haben sie auch nicht gesprochen.

Dann kommt sie zum Punkt: „Du, Thomas?"

„Schieß los!"

„Du bist doch so ein Drachenkenner."

„Na ja, ich mag sie halt. Kennen? Hm … was willst du wissen?"

„Wie siehst du sie?"

„Ich sehe sie manchmal …", er überlegt, „nehme sie wahr, ist glaub ich eher die richtige Beschreibung, wenn ich so durch die Landschaft gehe. Mir ist aufgefallen, dass immer, wenn ich denke: ‚das sieht ja urzeitlich aus', ein Drache in der Nähe ist. Das ist so mein Indikator geworden. Und da ist es echt egal, ob da im Tal ein Atomkraftwerk raucht und alles verbaut ist. Total egal. Das sieht urzeitlich aus."

„Ahaa!" In Vik rührt sich etwas. Hat sie das nicht auch gedacht, als sie da am Himmelsee stand?

„Ich glaube, sie stammen einfach noch aus dieser Zeit. Ja. Sie sind Landschaftswächter. Manche sagen, dass sie die Knotenpunkte der Erdgitterlinien hüten. Also praktisch die Meridiane oder Datenlinien der Erde. Ja, da sitzen sie und hüten den Schatz. Wer Zugang zu diesen Knotenpunkten hat, der kann viel blödes Zeug anstellen, weißt du? Na ja, die Schlösser und Kathedralen und so, die ehemaligen Zentren der Macht, die liegen ja an solchen Punkten. Das wussten die Menschen damals. Aber, tja, wir wissen ja, dass sie das nicht immer zum Besten genutzt haben … Nutzen, sollte ich sagen. Bleiben wir doch in unserer Zeit. Es wird ja immer noch viel Unfug gemacht. Vielleicht sogar mehr. Wissen wir das? Aber da sitzen ja nun die Drachen drauf. Diese armen Kerle haben einen schlechten Ruf und sie zu bekämpfen galt als edle Tat. Ist ja eigentlich logisch, oder? Wenn sie den Mächtigen den Zugang zum Erdinternet verwehren, sind sie halt gleich mal ‚böse'. Verleumdung ist eine der gemeinsten Waffen. Das kennen wir ja. Da brauchst du nur an die Alternativmedizin zu denken. Hexenverbrennung gibt es nicht mehr und Drachen kann man nicht verbrennen, aber Rufmord ist auch ein Mord. Ich meine: ich kann nicht sagen, ob es unter denen nicht auch Brüder der Hölle gibt, weißt du? Aber die gibt es unter uns Menschen ja auch. Das sind aber wahrscheinlich nicht so viele, glaube ich …, hoffe ich."

„Hm, und wenn einige böse sind, was meinst du, warum sind sie es geworden?", fragt Vik.

„Ich weiß nicht, warum sie böse geworden sind. Nicht mal, ob sie böse sind. Für mich fühlen sie sich eigentlich immer gut an. Wenn ich auf so einem Punkt sitze und mich dem öffne und den Drachen von Herz zu Herz grüße, dann bin ich immer ganz eins mit mir. Eins mit Mutter-Erde, eins mit … ja, mit dem Schöpfer." Er macht eine Pause, dann fährt er fort: „Das kann ja so böse nicht sein, oder? Es bringt mich zu mir und Gott zurück und die Bewegung ist doch mal 'ne gute, oder?" Er lacht wie Obelix, als hätte er gerade von der Bewegung hin zu einem saftigen Braten gesprochen. Sie lacht mit.

Er ist einfach klasse. Oft weiß sie ehrlich gesagt nicht so recht, wovon er spricht, und dann verstehen sie sich wieder prächtig. Ihre Leben kommen ihr vor wie zwei

Wege, die sich immer mal wieder berühren. Kreuzen tun sie sich aber nie.

„Sag mal: meinst du, die hat es wirklich gegeben? So mit Körper und Flügeln und so?"

„Also, ich denke schon: Es gibt einfach zu viele Bilder von überall auf der Welt, die sich ähneln. Was ja wirklich typisch für Drachen ist, sind die sechs Gliedmaßen. Wer denkt sich denn sowas aus? Und das rund um den Erdball. Das gibt es doch sonst gar nicht. Also ich bin kein Biologe oder Zoologe, aber … also meistens werden sie mit vier Beinen abgebildet und dann noch die zwei Flügel, gibt sechs."

„Stimmt", denkt Vik. Ihr Traumdrache hat auch vier Beine ausgestreckt, als er da im Landeanflug auf sie zukam. Aber vielleicht kupfert auch einer vom anderen ab. Traumbilder sind ja gerne inspiriert von dem, was man so den ganzen Tag sieht und dazu gehören auch Filme.

„Weißt du Vik, es ist interessant, dass wir jetzt darüber sprechen, denn ich habe in der letzten Zeit so das Gefühl, dass mehr und mehr Drachen aufwachen oder in Kontakt treten. Vor allem hier in den Bergen. Es sind halt doch die höchsten in Europa. Das könnten strategisch wichtige Punkte sein, glaub ich. Also irgendetwas tut sich da. Ich hab halt leider nicht die Gabe, sowas klar zu sehen. Da tappe ich im Dunkeln und ahne nur."

„Ja, nicht nur du", denkt Vik. Es ist eine ziemlich lange Weile still.

„Thomas, kann es sein, dass ab und zu so ein Drache befreit werden will?"

„Poah!", prustet er ratlos. „Das weiß ich nicht." Nach einer Pause meint er: „Ja, Moment ... aber ich hab da mal eine Frau kennengelernt, die hat sowas erzählt. Sie meinte, man könne sie wachrufen. Sie hat das irgendwie mit den Engeln gemacht. Aber da ich damit nix am Hut habe, hab ich ehrlich gesagt nicht so richtig zugehört. Es klang auch irgendwie verworren."

„Also, wenn man so einen Drachen wachruft, dann weiß man doch gar nicht, was man da anrichtet. Ich bastel ja auch nicht einfach so an den Hochspannungsleitungen herum", meint Vik.

„Na eben. Daher die Engel. Macht schon Sinn. Die wissen eher, was geht und was nicht ... denk ich mal."

„Das stimmt. Das macht Sinn", sinniert Vik laut. „Aber ich hab ja nicht ständig ein paar Engel parat."

Thomas lacht. „Na ja, weißt du das? Aber wie dem auch sei, du wirst ja auch nicht ständig einen Drachen befreien." Er lacht fröhlich auf.

Ihr bleibt das Lachen ein bisschen in der Kehle stecken. „Ja, eh nicht", sagt sie abwesend.

Nun ist sie randvoll gefüllt mit Nachdenkstoff und mag das Telefonat bald beenden, doch er will ihr noch etwas von seinem letzten Wochenende erzählen. „Kennst Du das Gebet vom Bruder Klaus?", fragt er. „Wir haben das da in dem Seminar gesungen. Also ich kenne eigentlich nichts, was mich mehr wieder auf Spur bringt, als das."

„Echt?", sagt sie uninteressiert und fragt nicht mal nach, wer dieser Bruder Klaus ist. Aber das muss sie auch überhaupt nicht, denn Thomas ist schon dabei, ihr die Sache zu verkaufen: „Niklaus von Flüe war ein Einsiedler. Er hat seine Ämter niedergelegt und seine Familie verlassen, um ein Leben als Eremit zu führen. Also da gäbe es noch viel mehr zu erzählen. Nun aber zu dem Gebet. Ich schick dir das per Mail, damit du das hast. Du brauchst das sicher. Ich kenn dich doch. Aber ich sag's jetzt auch mal so. Du wirst sehen, das ist der Hammer:

Mein Herr und mein Gott,
nimm alles von mir, was mich hindert zu dir.
Mein Herr und mein Gott,
gib alles mir, was mich führet zu dir.
Mein Herr und mein Gott,
nimm mich mir und gib mich ganz zu eigen dir.“

Es ist eine ganze Weile sehr still in der Leitung, als würde das Gebet darin nachschwingen. Dann sagt Vik leise: „Danke. Danke, Thomas. Das ist wirklich, wirklich …“

Nach dem Telefonat macht sie noch einen Ausflug zum Baggersee. Von ihrem schattigen Platz aus kann sie in Ruhe das lebendige Treiben beobachten. Viele Schüler und Studenten tummeln sich und feiern, dass das Schuljahr bald zu Ende geht. Es gibt wohl nicht mehr so viel zu lernen. Die jungen Männer raufen ab und zu freundschaftlich und kämpfen darum, wer es schafft, wen zuerst ins Wasser zu werfen, bevor der Sieger dann sowieso hinterher fällt. Sie messen ihre Kräfte. Die Mädchen zeigen ihre schönen jungen Körper und flanieren demonstrativ in kleinen Freundinnengrüppchen am Ufer entlang. Ab und zu schreit ein Mädchen schrill auf. Meist ist die Ursache einer der übermütigen Burschen und es hat irgendetwas mit kaltem Wasser zu tun. Sie genießt dieses amüsante, völlig stereotype Schauspiel, das sicher überall auf der Welt und zu allen Zeiten so stattfindet. Wer ist der Stärkste? Wer ist die Schönste?

„Menschen sind doch eigentlich nicht so weit vom Tier entfernt", denkt sie. Wie Legorn ihr erklärt hat, dominiert der Mars das Tierreich. Also die Schreie und die Rauferei könnten schon was mit dem Mars zu tun haben, amüsiert sie sich. Mars bekommt ja oft die Farbe Rot zugeordnet. Rot wie das Blut, wie der Saft, der unsere Menschen- und Tierkörper mit Lebenskraft versorgt. Pflanzensaft dagegen ist Grün. Das sind Komplementärfarben. Wenn man Rot aus dem Regenbogen entfernt, ergibt die Summe der anderen Farben grün und umgekehrt. Beide Farben zusammengemischt ergeben dann logischerweise Weiß. Also ergänzen sie sich und brauchen sich auch, um wieder zum Ursprung zurückzufinden. Jede dieser Farben hat die Qualität, die der anderen fehlt, um wieder ganz zu sein. Ist das bei Mars und Venus auch so? Und bei Mann und Frau? Idealerweise schon, oder?

Sie denkt über die Tiere nach. Das Leben der wilden Tiere wird deutlich durch den Kampf ums Überleben geprägt, fällt ihr auf. Jagd auf Beute, Revier- und Rivalenkämpfe und die unentwegte Angst gefressen zu werden, oder zu verhungern, sind alltäglich. Es geht eigentlich immer nur um Leben und Tod.

Letztes Jahr war sie in einer Jugendherberge und hatte ein Fenster zum Waldrand. Ein Reh äste sich zutraulich Schritt für Schritt aus dem Wald heraus. Es kam dabei ganz nahe ans Fenster. Während es sich futternd voranbewegte, verdrückte es Unmengen an Kräutern, Blättern und Gräsern. Ab und zu blieb es stehen, witterte, schaute und dann ging das Gefuttere weiter. Obwohl es gerade beschäftigt war mit der lebenserhaltenden Grünzeugaufnahme, musste es trotzdem ständig den überraschenden Tod fürchten. Konnte es je entspannen?

Die Erinnerung an dieses Reh gibt ihr einen weiteren Hinweis über eine Qualität, die Tiere ganz besonders ausgeprägt haben. Es ist die Hingabe an das Leben. Dieses Tier tat irgendwie alles mit einer unglaublichen Absolutheit, stellte sie damals, fast neidisch, fest. Ein Tier frisst, wenn es frisst, jagt, wenn es jagt, balzt, wenn es balzt, und es verfolgt die Witterung mit Hingabe und Leidenschaft, bis es seine Beute oder sein Weibchen gefunden hat. Vik denkt wieder an Chica, die Rottweilerhündin, und ihren Ball. Sie kannte kein Ende und war ganz bei der Sache. Ganz bei sich. Absolute Präsenz im Moment. So wie das Reh am Waldrand.

Und noch etwas fällt ihr jetzt ein: Tiere sind trotz Hingabe und Beschäftigung mit dem Überleben oder gerade deshalb, sehr feinsinnig. Sie wittern jede kleinste Veränderung in ihrem Umfeld. Das Reh war, obwohl es völlig mit dem Blätterverinnerlichen beschäftigt war, doch ganz aufmerksam mit der Umgebung verbunden und reagierte, sobald sich etwas rührte. Die Beobachter im Zimmer konnten weder etwas hören noch sehen, das Tier aber hatte andere Antennen. Tiere sind außerordentlich feinfühlig und nehmen Dinge wahr, die wir einfach nicht merken. Mira, Viks Kindheitskatze, lebte alleine beim Wochenendhaus. Immer wenn sie kamen, saß diese Katze auf dem Treppenabsatz und erwartete sie. Da sie nicht in dem Haus lebte und ein sehr großes Revier hatte, musste sie schon eine Weile vorher die Information bekommen haben, dass es an der Zeit war, zum Haus zu tigern und den menschlichen Freunden und Dosenfutterbringern einen gebührenden Empfang zu bereiten. Das wird sicher etwas damit zu tun haben, was Legorn ihr am Samstag von den übergeordneten Gruppenseelen und ihren Sendern erklärt hat.

Während sie sich vorstellt, wie die Tiere sich auf ihren Sender einstellen, entsteht plötzlich vor ihrem inneren Auge ein komplexes Netz an feinen Linien, Bahnen oder Bändern. Es umspannt die ganze Erde und reicht weit hinaus in den Kosmos. Dort laufen wieder neue Linien zusammen. Sie schwingen, sie drehen sich, sie zirkulieren, sie pulsieren, sie transportieren. Es sieht aus, wie die Nervenbahnen und Blutgefäße in einem Körper. Alles ist genau spiegelbildlich oder ist es das gleiche Netz? An einer Grenze gehen die, nur für ihr inneres Auge sichtbaren Linien, in eine sichtbare Form über und ab hier weiß sie nur noch, dass es dort so weitergehen muss, weil sie gelernt hat, dass die Blutgefäße, Faszien und Nervenbahnen ähnliche Netzstrukturen bilden. Sehen kann sie es, auch vor ihrem inneren Auge, derzeit nicht. Warum verbirgt sich das Netz so? In der nächsten Sekunde sieht sie, dass es sich gar nicht verbirgt: Der Baum, unter dem sie liegt, zeigt das Netz, ist das Netz und offenbart ihr auch gleich, wie es sich auf verschiedenen Ebenen immer feiner spinnt. In der Ast und Wurzelstruktur, sowie den Blättern mit ihrem Netzwerk von Versorgungsbahnen, wiederholen sich die gleichen Muster in unterschiedlichen Skalierungen. Alles muss versorgt werden und ist eingebunden. Sie ahnt riesige Datennetze, die auch innerhalb der Erde unsichtbar alles zusammen weben. Jeder kann jede Information stets von überall her abrufen. Die Tiere schließen sich an ihre Datenlinie an und sind informiert darüber, was für sie wichtig ist. „Die Sportmeldungen interessieren sie nicht, der Wetterbericht schon, oder so ähnlich", denkt sie.

Es wird Zeit zu gehen. Jetzt, als sich Wolken vor die Sonne geschoben haben, ist es nicht mehr so warm, darum rollt sie ihre Decke zusammen und schaut gen Himmel. Die Gitternetze sieht sie jetzt nicht mehr, entdeckt aber ein anderes: Direkt über die Wiese des Baggersees läuft nämlich eine Hochspannungsleitung. Auch ein sichtbares Netzwerk. „An dem darf aber nicht jeder rumspielen. Das ist gefährlich", denkt sie und erinnert sich nun wieder an das Gespräch mit Thomas und an das, was er über die Schlösser, Kathedralen und Machtzentren gesagt hat. Wenn man diese Datenleitungen anzapfen kann oder schlimmer noch, mit Informationen füttern, dann hat man doch alles in der Hand. Ja! Und deshalb braucht es machtvolle Wesen, um diese Tore vor leichtfertigem Missbrauch zu schützen. Menschen, darüber ist sie sich vollkommen klar, sind mehrheitlich nicht qualifiziert. Sie braucht nur an die Bilder von Atompilzen und Ölteppichen zu denken, um ganz sicher zu sein, dass dies keine gute Idee wäre. Nee, nee. Da könnte sie nicht ruhig schlafen. Aber woher kann sie denn die Sicherheit nehmen, dass es nicht schon längst Menschen gibt, die da herummanipulieren? Sie hält einen Moment inne. Nein. Sie ist sich sicher, dass es schon geschieht. Ganz sicher. Vielleicht sind welche dabei, die Gutes wollen, hofft sie. Aber sie weiß, dass jene, die Gutes wollen, nicht manipulieren. Eben gerade die nicht. Ihr wird ganz flau im Magen. Dann zeigt sich vor ihrem inneren Auge der Himmelsee und seine Lage als Kanzel zwischen zwei Pyramiden und einem Sendemasten. Jetzt dämmert etwas. Wie hatte Hannes das formuliert? „Da ist etwas nicht, wie es sein sollte." Jetzt ist sie sich dessen ganz gewiss: Der Himmelsee hat was mit einem Drachen zu tun und mit dem stimmt was nicht.

Sie legt den Rucksack auf die Wiese und geht noch einmal auf den Holzsteg. Es ist schon wesentlich ruhiger geworden. Viele packen zusammen, ein paar Grüppchen sitzen bei den Grillplätzen und einige Einzelschwimmer ziehen nach der Arbeit noch ihre Runden im See. Diese unschuldige Szenerie passt gar nicht zu Viks aufgewühlten Gedanken. „Was in einem Bach funktioniert, geht auch in einem See", denkt sie, kippt alles, was nicht zu ihr gehört hinein, und geht erleichtert zu ihrem Fahrrad.

Aus dem Supermarkt in ihrer Wohnstraße kommt Vik ihr Nachbar entgegengeschlendert.

„Das war wohl nix", sagt Alex grinsend, „brauchst gar nicht reinzugehen, die Kasse geht nicht. Stromausfall. Da sind die aufgeschmissen."

„Oh!", meint Vik und überlegt gleich, ob sie Ihre Daten gesichert hat, bevor sie zum Baggersee fuhr. „Ist das nur im Supermarkt?"

Alex zuckt mit den Schultern „Keine Ahnung – anscheinend aber nicht. Schau! Beim Bäcker drüben ist es auch dunkel." Nervös zieht er sein Handy aus der Tasche. „Mist!", sagt er, „der Akku ist fast leer. Na ich hoffe, das dauert nicht zu lange, ich warte noch auf einen Anruf."

„Oh, ja", meint Vik, „Mensch! Heute Abend wollte ich ja noch arbeiten. Aber ohne Strom geht das wohl nicht."

„Ja", denkt Alex laut, während sie gemeinsam nach Hause schlendern, „wir nehmen das alles so selbstverständlich. Der Strom kommt aus der Steckdose, und zwar immer, wenn wir ihn brauchen. Eigentlich sind wir aber total abhängig und merken es gar nicht. Und was ist dann, wenn der Strom ausfällt? Dann können wir nicht mal ein paar Tomaten fürs Abendessen kaufen. Das Wasserbett wird kalt, die Fische ersticken im Aquarium. Manche Türschließanlagen funktionieren dann gar nicht mehr. Dass die Glotze Abends nicht läuft, ist ja eher ein Segen, aber es geht halt eigentlich alles nicht mehr. Kochen können wir jedenfalls heute nicht, wenn das länger dauert. Da bleibt die Küche kalt. Wir haben uns schon ganz ordentlich in Abhängigkeit begeben mit unserem Luxus."

„Hm, ja hoffen wir, dass es bald wieder läuft", meint Vik, die Horrorszenarien nicht mag. Aber ihre Gedanken gehen wieder zu den Datennetzen. Das ist wie mit dem Strom: Es braucht nur an einer zentralen Stelle was blockiert zu werden und alles steht still. Wer das weiß, hat uns echt im Griff und das ist gar kein gutes Gefühl. Sie denkt wieder an das Tal und ist plötzlich sehr beunruhigt. Zum Glück geht genau in dem Moment, als sie im Hausflur stehen, das Licht an. „Tataa!", trompetet Vik erleichtert und Alex springt nun auch fröhlicher die Treppe hinauf.

In der Wohnung angekommen, schnipselt sie sich noch einen Salat. Während sie die Tomate auf dem Teller arrangiert, denkt sie wieder an den Traum mit der Opernsängerin. Was ist das eigentlich für eine Oper mit ägyptischer Kulisse? Da sie sich mit Opern gar nicht so auskennt, wischt sie die feuchten Hände am Handtuch ab und nimmt das Smartphone vom Küchentisch. Das Ergebnis ist schnell da. Aida!

„Hm", stellt sie nun eigentlich nicht mehr überrascht fest, „das ist eine verschleppte Äthiopierin in Ägypten. Also auch eine, die nicht in ihrer Heimat bleiben durfte." Dachte sie sich doch, dass dieses Detail in ihrem Traum eine Bedeutung hat. Das mit der Heimat fühlt sich genauso an, wie das mit dem Mann, der ihr immer abhandengekommen war. Sie blieb, um bei ihm zu sein, er aber wollte sie eigentlich gar nicht so recht, und derweil hat sie völlig aus den Augen verloren, dass sie ja eigentlich einen höheren Auftrag besaß. Sie hatte ihre Liebe im Außen gesucht und die Heimat an einem Ort im Außen fest gemacht und das wurde zu einer fixen Idee. Offensichtlich hatte sie nicht verstanden, dass nur in ihr, in Gott, die einzige Liebe, die einzige Heimat ist.

Diese kühle Kurzfassung ihrer Tragödie irritiert sie. Sie muss auch gar nicht mehr weinen. Nein, eher sogar lachen. „Wahrscheinlich ist das ganze Drama vor Hannes' Augen ausgeronnen", denkt sie und schämt sich nicht mal mehr. Warum auch. Ist halt so. Irren ist menschlich, oder? Im Augenblick ist es, als ob sie gar nicht sie wäre, sondern sich mit fremden Augen sähe. Zum Beispiel wie Hannes. „Das ist eine gute Idee", meint sie und versucht sich in Hannes zu versetzen, als sie bei ihm auf der Treppe saß und vor seinen Augen schluchzend zusammenbrach. In diesem Augenblick geht ihr Herz weit auf. Sie empfindet so viel Mitgefühl für diese Frau. So viel Mitgefühl für diesen Menschen, der einen Irrtum entdeckt hat, einen großen Fehler, und jetzt in namenloser Verzweiflung, seine Schuld erkennend, sich ausweglos schämt. Nun muss sie doch wieder weinen, aber anders. Jetzt geht ihr Herz über vor Mitgefühl für sich selbst, für ihre Seele, die unendliche Zeitalter büßen musste für eine Entscheidung, eine einzige Entscheidung. Mitgefühl. Kein Selbstmitleid. Es war, wie es war und sie weiß, dass es auf eine Weise so sein musste. Warum? Egal! Es ist ja nun vorbei. Es ist gut. Jetzt, ja, jetzt, kann sie sich endlich vergeben.

Bleigraue Wolken bäumen sich zwischen drohenden, schwarzen Felsen auf. Aus schroffen Rissen in der Erde bricht

das tödliche Leuchten brennenden Gesteins. Schwefelgeruch erfüllt die Luft. Er, der ihr alles bedeutet, schaut sie aus kalten Augen an. Sie haben diskutiert, sie hat geweint und gefleht. Seine Argumente waren sachlich, klug und rational nachvollziehbar, aber ohne einen Funken Mitgefühl. Es gibt keinen gemeinsamen Weg für sie. Sein Drache schaut sie verschlagen an. Er wird unruhig, drängt zum Aufbruch, schnaubt. Auch ihr Drache schaut sie an. Traurig. Er hat schon längst verstanden, was zu tun ist und schweren Herzens entschieden, seine Freunde gehen zu lassen. Sie hat immer noch Hoffnung.

In ihr steigen die Bilder der Vergangenheit auf. Gemeinsam sind sie hierhergekommen. Alle miteinander in Liebe verbunden, haben sie voller Freude gedient. Das Land begann zu grünen, die Erde begann sich zu regen und überall war blühendes Leben. Und sie wussten, dass es gut war. Das alles gut war.

Warum sieht er das jetzt anders? Offensichtlich hat er neue Freunde die meinen, das Werk müsse noch verbessert werden. Nach ihren Plänen. Kannten sie nicht die geheimsten Geheimnisse und konnten alles alleine tun und alles selbst entscheiden? Haben nicht sie das hier alles erstehen lassen? Was für ein Irrtum! Wer hatte ihn verführt, so etwas zu glauben? In welche Verblendung war er geraten? Was kann es noch abwenden? Was kann ihn noch umstimmen?

„Nichts", fühlt sie ihren Drachen sagen. „Komm, steig auf." Tränen verschleiern ihren Blick. Sie steigt auf, denn sie fühlt, dass er Recht hat. Es gibt keine Hoffnung mehr. Ihr Drache steuert nun auf eine rot leuchtende Wand zu. Feuer!

Überall Feuer! Eine undurchdringlich scheinende Wand aus Flammen! Der Drache bleibt bei seinem Entschluss und sie vertraut ihm. Ja, nun ist auch sie fest entschlossen. Im nächsten Augenblick durchbrechen sie die Wand, brennen hell auf, gleißendes Licht erfüllt ihr ganzes Sein. Dann ist alles vorbei, alles vergessen.

Auf der anderen Seite der Wand ist es taghell. Eine Urlandschaft breitet sich vor ihnen aus. Hohe, schneebedeckte Berge, üppig grüne Wälder und saftige Auwiesen, durchzogen von klaren Gewässern. Auf einem hohen Felsplateau landen sie. Müde lässt sie sich an seinem Hals heruntergleiten. Erschöpft und benommen sieht sie ihm in die Augen. Da ist noch die Erinnerung an Schmerz, da ist noch der Riss in ihren Herzen. So schauen sie sich eine Ewigkeit an. Dann erkennen sie beide, welche Gnade ihnen zuteil geworden ist, wie sie geliebt sind, und ihr Herz erfüllt sich mit Liebe und Dankbarkeit. Der Riss wird sich wieder verschließen und jetzt wissen beide: Es wurde gewendet. Für sie wurde es gewendet, nicht aber für jene. Die gehen ihren Weg. Die Feuerwand trennt sie und es ist nun nicht mehr ihre Sache. Der Schmerz wird irgendwann vergehen. Hinter der Feuerwand sind Fremde, dort ist die Dunkelheit, die Hölle. Die einstigen Brüder – jetzt nennt man sie Dämonen.

Um kurz nach sechs in der Frühe ist Vik hellwach. Es ist schon richtig hell und unten im Hof hört sie das Garagentor klappern. „Das ist sicher Alex", denkt sie. Ihre

Nachbarn, Miriam und Alex, haben heute Hochzeitstag und wollen endlich mal wieder eine Motorradtour in den Süden machen. Max, ihr fünfjähriger Sohn, wird bei Vik bleiben. „Tante Viktoria!", grinst sie.

Es ist ein herrlicher Tag und sie freut sich, dass die beiden so ein Glück mit dem Wetter haben. Und überhaupt fühlt sie sich so leicht und frei! Sie springt aus dem Bett und schaut in den Hof. Alex kniet schon neben dem Motorrad. Da öffnet sie das Fenster und grüßt mit gedämpfter Stimme hinunter. Er blickt auf und winkt still zurück.

Alex ist ein schlaksiger, sympathischer Kerl, dessen Stirn fast bis zum Hinterkopf reicht. Er ist Jurist. Vik kennt ihn nicht anders als unverbindlich freundlich und durchaus auch mal für einen kleinen angenehmen Ratscher im Stiegenhaus zu haben. Miriam und er sind wie füreinander geschaffen. Sie ist das, was man gemeinhin als Engel bezeichnet. Immer darum bemüht, es jedem Recht zu machen, und unbegrenzt hilfsbereit. Vik traut sich kaum mehr zu ihnen hinunter, wenn sie mal vergessen hat etwas einzukaufen. Einmal wollte sie am Sonntag einen Kuchen backen und hatte ein Ei zu wenig, da drückte ihr Miriam gleich das ganze Päckchen mit den allerbesten Bio-Bauernhofeiern in die Hand und wollte nichts dafür haben. Aber auch Alex hat ihr schon einige Male beim Tragen geholfen und einmal haben sie Vik Obdach gegeben, als sie sich ausgesperrt hatte. Die beiden haben den Hausbesitzer angerufen und sie so lange herzlichst bei sich bewirtet, bis der Vermieter mit dem Ersatzschlüssel kam. Es ist eine wirklich angenehme Nachbarschaft. Man hilft sich, mag sich, aber ansonsten lebt jeder so sein Leben. Heute ist sie dankbar, dass sie mal etwas Gutes für die beiden tun kann.

Um kurz nach sieben schiebt das Paar, bereits in voller Motorradmontur, seinen Max in die Tür. Tausend Danksagungen. „…und wenn etwas ist, kannst du immer meine Schwester anrufen, hast du die Nummer? Also dann …"

Der Bub bekommt noch ein Mamabussi und einen Papaüberdenkopfstreichler und dann sind Vik und Max allein.

Max ist ein cooler Typ. Irgendwie ganz anders als die dienstbeflissenen, freundlichen Eltern. Er grüßt Vik nur knapp, geht an ihr vorbei aufs Sofa, packt sein iPad aus, stöpselt die Kopfhörer ein und ist schon in einer anderen Welt. Ab und zu fragt Vik, ob er etwas braucht, kann ihn einmal sogar für ein Glas Hollersaft begeistern und ansonsten haben die beiden ihre Ruhe voreinander. Um elf hat sie dann aber doch das Gefühl, mal eine gemeinsame Aktion vorschlagen zu müssen: „Tante Vik" ist nichts anderes als der Zoo eingefallen. Zuerst zeigt er sich mäßig begeistert, aber die Aussicht auf Pommes gibt dann doch den Ausschlag dafür, dass er sich bequemt, vom Sofa zu rutschen und die Reise anzutreten.

Der Steinbock schaut sie zwar nicht direkt an, aber sie ist vollkommen in Bann gezogen von diesem Blick. Seine Augen erinnern sie an die des Drachen, so klug, so weise. Dann betrachtet sie die langen Hörner mit ihren kräftigen Wellen. Jetzt wundert es sie gar nicht mehr, dass ein Wesen, das solche Riesenantennen hat, dermaßen wissend schaut. Hörner sind wirklich wie Antennen, fällt ihr ein. Jetzt sieht sie wieder dieses Geflecht aus schwingenden, pulsierenden, wirbelnden Bändern, das alles durchzieht, alles durchdringt, alles mit allem verbindet. Ja, natürlich! Das ist doch vollkommen offensichtlich! Die Hörner sind ja sogar so geformt wie diese Stränge, so unterschiedlich wie die Bewegungen der Bänder, sind auch von Tier zu Tier die Hörner verschieden. Der Zoo wird plötzlich zum Abenteuerpark. Sie macht Max auf die Hörner aufmerksam und die beiden gehen gemeinsam auf Hörnerjagd. Max ist ebenso begeistert. Was für eine Vielfalt!

Der gedrehte, geriffelte Kopfschmuck des Widders ist ihrer beider Favorit, dagegen sehen die Ziegen im Streichelzoo alt aus. Aber dafür dürfen sie die Hörner hier mal anpacken. Sie wagt es jedoch nur ganz kurz, das warme Ziegenhorn anzufassen, dann bekommt sie so viel Respekt. Es ist ein Mysterium. Da geschieht etwas, das sie noch nicht ganz durchdringt. Aber es dämmert bereits in ihr. Was passiert mit dem Empfangsgerät der Ziege, wenn sie es berührt? Im Wochenendhaus hatten sie noch einen altmodischen Fernseher mit Zimmerantenne. Immer wenn der Empfang gestört war, musste einer aufstehen, um die Antennen neu auszurichten. Dabei passierte es aber oft, dass das Bild plötzlich wieder einwandfrei war, sobald die Antenne Kontakt hatte. Oft machten sie dann Späße und meinten: „Jetzt musst du so stehen bleiben". Könnte das hier genauso sein? Oder vielleicht bekommt die Ziege andere Informationen, wenn ein Mensch das Horn berührt? Vik stellt sich belustigt vor, wie die Ziege in diesem Fall einen für sie uninterpretierbaren Mix aus Pommes, Drachen, Manni und Ärzten mit Änderungswünschen bekäme. Sie hofft inständig, dass Horn und Hirn der Ziege dagegen immun sind.

Das edle Geweih des Hirsches, der sich ein bisschen im Schatten zur Ruhe gelegt hat, erinnert sie an Bilder von Jagdszenen. In jeder Burg und in jedem Schloss hängen ganze Galerien von Geweihen an den Wänden, als Schmuck, aber vor allem auch als Präsentation der eigenen Macht. Die Heiligkeit des Horns muss den Menschen früherer Zeiten durchaus bewusst gewesen sein. Die Wikinger haben sich Hörner auf die Helme gebastelt, zum Kampf oder auch zur Verständigung blies man ins Horn und daraus zu trinken war auch etwas Besonderes. Hörner waren wichtige Ritualgegenstände. Die Menschen wussten also, was ein Horn bedeutet: die Verbindung zu höheren Dimensionen, zu höherer Weisheit. Und dies heißt doch immer eines: Macht! Jetzt wird ihr klar, warum sie sich so für die Kühe freut, dass sie wieder Hörner tragen dürfen. Man nimmt einem Tier eine wichtige Anbindung an seine Kraftquelle und die Macht, wenn man ihm die Hörner einfach absägt.

Inzwischen stehen Max und Vik vor dem Elchgehege. Dieses Tier macht dem Widder sichtbar Konkurrenz auf Max' Rangliste des schönen Kopfschmucks. Das ist wirklich ein imposantes Geweih! Die Waldtiere haben eigentlich mehrheitlich gegabelte Geweihe, fällt ihr auf. Die Alpentiere haben diese kräftigen Wellen auf den Hörnern und die Flachlandtiere haben eher kurze, leicht gebogene oder in sich gedrehte Hörner. Also, sie ist keine Zoologin und es gibt sicher Ausnahmen, aber ihr fällt jetzt keine ein. Doch: die Antilope! Aber die gibt es hier nicht. Na gut. Ausnahmen bestätigen die Regel.

Die Pommes sind zwar ganz schön fettig, Max aber ist selig. Er ist ein Bio-Vollkorn-Kind, darum hat Vik sich fairerweise Miriams Erlaubnis eingeholt, alle kulinarischen Tricks anwenden zu dürfen.

Der restliche Tag mit Max vergeht wie im Flug. Als sie nach Hause kommen, ist es bereits fünf. Sie dreht ihren Bildschirm zum Sofa hin, gibt ein paar Suchbegriffe und das Wort Märchen ein und landet irgendwie bei Eragon! Okay, zwar eigentlich nichts für ein Kindergartenkind, Max ist das aber egal. Der Nachmittag ist gerettet. Sowohl für Max als auch für sie denn sie kann sich ihrem Drachen so schön nahe fühlen.

Max liegt bereits seit einer Stunde zusammengekuschelt auf dem Sofa und schläft, als Alex ihn abholen kommt. Sie gibt eine kurze Inhaltsangabe des Tages und des Magens, bekommt eine ausführliche Routenbeschreibung und dann trägt er seinen Buben hinunter. Puh! Also, sie ist rechtschaffen müde. Will sie wirklich Kinder? Das war ja jetzt nur ein Kind und ein Tag!

Während sie sich ihre dicken Haare bürstet, denkt sie noch einmal an die Hörner, denn ihre Haare kommen ihr auch manchmal wie Hörner vor. Ja, das sind sie vielleicht auch. Einem Menschen die Haare abzuschneiden war doch oft eine Strafe und kam einer Entmachtung gleich.

Vor einer Ewigkeit hat ihre Mutter sie mal in einem An-
flug von Nostalgie in ein Programmkino überredet, um
den Film „Hair" anzuschauen. Sie hat hauptsächlich den
schönen Nachmittag mit ihrer Mutter präsent und erinnert sich nur noch an einen Tanz auf dem Tisch und
eine besondere Szene, in der dem Protagonisten das Haar
abgeschnitten wird, als er zum Militär kommt. Das ist
das Ende der Freiheit, der Unabhängigkeit, der Macht.
Der „König der Tiere" hat zwar keine Hörner, aber eine
imposante Mähne. „Gibt es überhaupt ein Raubtier mit
Hörnern?", fragt sie sich dann. Ihr fällt keines ein. Also
wenn Haare auch Antennen sind, was ist dann mit Manni?
Vik grinst amüsiert.

DIE SUCHE

In unzähligen Inkarnationen durchwanderte ich die Zeitalter der Erde. Von Körper zu Körper verlor ich mehr Wissen. Meine ursprüngliche Absicht, Djatil wiederzufinden wurde zu einer diffusen Suche nach jemandem, den ich in allen möglichen Hüllen glaubte.

Die Suche nach meinen verlorenen Freunden führte mich von Tempel zu Tempel, wo ich sie vermutete und immer auch einige, ebenso verirrte, wieder traf. Die Suche nach meiner wahren Heimat ließ mich zu einem ziellosen Wanderer werden.

Rachegefühle gegen jene, die Djatil zu seiner Entscheidung verführt hatten, entluden sich an Unschuldigen und das verpflichtete mich, meine Schuld an diesen wieder gut zu machen. Scham über die nicht bestandene Erdenprüfung verunsicherte mich und verzögerte mein Fortkommen.

Ich hatte mich auf das Experiment Erde eingelassen, nun hatte ich den Gesetzmäßigkeiten dieser Dimension zu folgen. Ich war irdisch, ich war fehlbar, ich war Mensch.

Aber bei all der Ratlosigkeit und Verzweiflung, trotz der vielen Sackgassen und Irrtümer, gab es doch immer ein Licht in mir, das nie ausging. Ein Wort, das stets in mir klang. Eines Tages würde der Moment der Gnade kommen und sich alles wieder zum Guten wenden. Ich ahnte, dass dies alles Teil eines Planes war, der allen und allem zum Guten diente.

Zeitalter kamen, Zeitalter gingen und als die rhythmischen Bahnen unsere Sonne mit ihren kreiselnden Trabanten wieder in Räume trugen, die den alten Kampf zwischen Licht und Schatten anfeuerten, nahmen die Versuchungen und Verblendungen auf der Erde bedrohliche Ausmaße an.

Das alte Wissen musste nicht mehr verboten und verfolgt werden, denn die Gedanken-Matrix des Planeten war inzwischen so überladen, ja chaotisch, dass manche Gedanken gar nicht mehr klar gedacht werden konnten und wenn dies dennoch an manchen Stellen geschah, wurde es als Dummheit und Irrglaube einfach belächelt. Jene, denen Djatil gefolgt war, gewannen Mann für Mann. Sie kämpften mit unfairen Methoden.

Die Gesetze von Ursache und Wirkung machten auch den Hütern der Weisheit zu schaffen. Viele von uns hatten sich einfach überschätzt. So wurden auch meine Freunde im Pyramidenberg nicht verschont. Einer nach dem anderen war den Verlockungen und Versprechungen des Irdischen gefolgt.

Wir hatten geahnt, dass schwere Zeiten kommen könnten und daher bei meinem Weggang verabredet, dass sie mich riefen, wenn sie Hilfe benötigten.

Dies konnte ich jedoch nur in einem Menschenkörper tun. Also suchte ich für diese entscheidende Verkörperung ein Elternhaus, in dem das Kind von klein auf täglich die Essenz des hohen Sternenbewusstseins fühlen könnte. Dem in Myriaden von Tropfen ins All hinausgeschleuderten Erbe einer sterbenden Sonne: Gold!

Auch suchte ich eine Geburtskonstellation, in welcher die Sterne dieser Persönlichkeit Feinsinn und Wissensdurst schenkten, damit sie dem leisen Ruf an den Ort folgen würde, den ich vor langer Zeit verlassen hatte.

Dem Menschenkind wurden aber auch Mut und Unerschrockenheit mitgegeben, damit es sich seinem inneren Drachen stellen konnte, um ihn furchtlos zu bändigen. Nur solch ein Mensch wäre in der Lage, Rohanas schlafendes Drachenherz wieder zu wecken.

DER MENSCH

Am Freitagmorgen steht Vik mit ihrem Tee am Fenster und betrachtet die Kreuzspitze. Von hier aus sieht die stufige Pyramide noch viel schartiger aus, als von Hannes' Garten. Tiefe Einschnitte trennen die beiden kleineren Gipfel rechts und links vom Bergrücken. Wie ein Altarbild, ein riesiges Triptychon, strahlt sie ihre Ruhe bis hier hinein in die Stadt und in Viks Wohnung. Leider verbirgt ein Hausdach den Fuß des Berges. Sehnsucht nach der Ruhe des Tals überkommt sie. Sehnsucht nach Arahal und ja, es ist tatsächlich so, nach Hannes.

In der Stadt ist, auch wenn sie hier in ihrer Wohnung gar nicht viel mitbekommt, doch immer eine gewisse Unruhe. Nun sieht sie wieder dieses Bändergeflecht und stellt fest, dass es sich hier in der Stadt schneller bewegt, dass es viel mehr Verbindungen gibt. Zum ersten Mal entdeckt sie in diesem Geflecht auch Knoten, dunkle Stellen, tote Äste. Ihh! Sie schüttelt sich, so sieht das hier in der Stadt aus? Sie mag sich nicht weiter vorstellen, wie das in den Mega-Metropolen Asiens ausschaut. Oben am Berg ist dieses Geflecht, dieses Netz oder ... sie weiß nicht wie sie es nennen soll, heller. Jetzt wird ihr klar, warum sie sich dort oben, vornehmlich in über 2000 Metern Höhe, so wohl fühlt. Dort nutzen nicht mal mehr die großen Pflanzenwesen die Datenleitungen. Nur noch ganz kleine, zarte Pflänzchen lispeln zaghaft im Wind, weise Steinböcke erheben ihre würdevollen Antennen gen Himmel und die stillen Bergriesen halten ihren großen Rat. Kein Wunder, dass die Weisen ihre Klöster und Ausbildungsstätten auf die höchsten aller Berge gebaut haben. Jetzt ist ihr vollkommen klar, worauf das Schiff, von dem sie in ihrem Traum springen musste, Kurs hielt.

Heute Nachmittag ist sie zwar mit Peter verabredet, könnte aber durchaus vorher noch ins Tal fahren. Sie stellt die Tasse ab und will schon den Rucksack packen, als es an der Tür läutet. Es ist der Elektriker. „Oh, Mann!", stöhnt sie, „den hatte ich ja total vergessen!" Heute werden die Türsprechanlagen im ganzen Haus getauscht und sie hat vor ein paar Wochen schon zugesagt, den Hausmeister zu spielen. Ärger steigt auf. Den ganzen Tag wird sie hier in der Bude hocken müssen und die Wohnungen der nicht anwesenden Mitmieter auf- und zusperren.

Mit der Absicht diese Aufgabe abzuwälzen, geht sie die Treppe zu Miriam hinunter. Gerade als sie unten ankommt, tritt Miriam ihr mit Max und seinem besten Freund aus der Wohnungstür entgegen. Spielplatz ist angesagt. Okay. War nur ein Versuch. Frau Pichler unten ist schon so steinalt. Bis sie der erklärt hat, was sie von ihr will und die es vor allem verstanden hat … aussichtslos! Alle anderen Bewohner arbeiten oder studieren. Sie ist ungehalten und ärgert sich über die begriffsstutzige Frau Pichler und die egoistische Miriam.

Miriam, egoistisch? „Was denke ich denn da?", fragt Vik sich irritiert. „Woher kommen nur solche Gedanken?" Sie mag die beiden doch von Herzen gern. Peters komische Frage nach ihrem Sturz fällt ihr plötzlich wieder ein. Er hatte das ganz eigenartig formuliert: „Welche Gedanken haben dich vor dem Sturz gekreuzt?" Wenn Gedanken einen kreuzen können, dann hat sie jetzt wohl ein paar ziemlich dumme aufgeschnappt. Also: Wenn man unschöne Gedanken annehmen und auch ablehnen kann, dann wird man ja genauso gut auch schöne Gedanken annehmen können.

„Nimm diesen Tag doch einfach als Geschenk!", sagt sie sich, hüpft wieder nach oben in ihre Wohnung und öffnet den Klassik-Ordner in ihrer Musik-App. Bach. Ja, genau. Das ist jetzt das Richtige. Schon als Jugendliche hat sie Bach immer als „Alles-wieder-gut-Musik" verwendet. Wenn irgendwelche Unwetter in ihrem Gemüt tobten, war sie mit nur einer Orchestersuite wieder bei sich. Heute ordnen die Brandenburgischen Konzerte ihr Sein.

Während sie vor ihrem Bücherregal steht und überlegt, was sie lesen könnte, greift sie schon nach einer CD. Mahler, 3. Symphonie. Es gab eine Phase, da hörte sie ganz viel Schubert. Der ordnete zwar ihr Gemüt nicht, im Gegenteil, er schaffte es fast immer, sie mit einer wohligen Melancholie zu umhüllen. Sie fühlte sich dann so romantisch, stellte sich unglückliche Liebesgeschichten vor der Kulisse böhmischer Adelshäuser vor und schmachtete in nebulösen Empfindungen. Bei Mozart streiften ihre Gedanken über sommerliche Lande. Und Mahler? Mahler … ja, der war irgendwie wie sie. Ganz eigenartig. Gerade diese Symphonie, seine dritte, bewegte sie tief. Sie konnte das nicht anders beschreiben: Ihr war, als würde in ihr das Geheimnis des Lebens zum Schwingen kommen. Jetzt erinnert sie sich, dass im Booklet der CD ein Auszug aus dem Brief zitiert wird, den Mahler seiner Geliebten geschrieben hatte. Sie kramt ihn heraus und liest, was Gustav Mahler im Sommer 1896 am Attersee schrieb:

„Die ganze Natur bekommt in dieser Symphonie eine Stimme und erzählt so tief Geheimnis, das man vielleicht im Traume ahnt! Ich sage Dir, mir ist manchmal selbst unheimlich zumute bei manchen Stellen und es kommt mir vor, als ob ich das gar nicht gemacht hätte. Alles beginnt beim 1. Satz – das ist schon beinahe keine Musik mehr, das sind fast nur Naturlaute. Und schaurig ist, wie sich aus der unbeseelten Materie heraus – ich hätte den Satz auch nennen können: was mir das Felsgebirge erzählt – allmählich das Leben losringt, bis es sich von Stufe zu Stufe in immer höhere Entwicklungsformen differenziert: Blumen, Tiere, Menschen bis ins Reich der Geister zu den Engeln. Es beginnt bei der leblosen Natur und steigert sich bis zur Liebe Gottes."

Die Worte klingen in ihr nach und weben eine tiefe Seelenverbindung zu diesem Menschen, einem Mitschüler, der schon über hundert Jahre zuvor erkannt hat, was sie jetzt erahnen darf. Ein Bruder, verbunden mit ihr durch die Zeiten. Jetzt erfüllt sie tiefer Dank, die Zugehörigkeit zu einer Gruppe Lernender in den hohen Hallen der Schule des Lebens empfinden zu dürfen.

Bach ordnet immer noch die Sphären ihrer Räume. „Ja", sagt sie sich: „Musik ist so heilsam, kann so heilsam sein … Muss aber nicht!", sagt sie im nächsten Augenblick laut.

Von unten wummert der viel zu schnelle Beat aus einem Radio. Offensichtlich brauchen die Elektriker einen Taktgeber bei ihrer Arbeit. Sie schließt die Tür und wandelt wieder in ihrer heiligen Halle.

Jetzt ist es plötzlich offenbar und so selbstverständlich, dass sie sich fragt, warum sie darüber nie nachgedacht hat: Dies ist die Art und Weise, wie der Mensch mit Ordnung umgeht! Sie versucht andere Werke auszumachen, die Ordnung schaffen. Da gibt es viel: Lyrik ordnet das Wort nach bestimmten Gesetzmäßigkeiten, bewegt den Menschen mit Rhythmen und Bedeutungsverknüpfungen und ordnet seine Gedanken neu. Bilder und Skulpturen können mit harmonischen Farbanordnungen und Proportionen einen Raum und eine Seele in besondere Schwingung versetzen und damit Impulse geben, sich neu zu ordnen … und die Architektur?

„Du liebe Güte", sagt sie laut, denn jetzt steigt in ihr die Erinnerung an einen Besuch auf dem Dach des Mailänder Doms auf. Zunächst hatte sie gar nicht hinauf gehen wollen, denn obwohl es schon spät am Abend war, standen noch viel zu viele Besucher Schlange. Als sie endlich oben ankam, ging gerade der feurige Sonnenball hinter dem Horizont der Dächer unter und färbte die hellen Steingebilde in ein mild leuchtendes Rosa, das sie aussehen ließ, als wären sie nicht von irdischem Stoff. Es waren weniger Menschen zu sehen, als sie befürchtet hatte und sie wandelte wie im Traum auf diesem Dach. Jeder Bogen, unter dem sie durchschritt, hatte andere organische Ornamente. Fülle und Kreativität der mittelalterlichen Steinmetz-Werke waren überwältigend. Als sie ganz oben auf dem Dach ankam und auf die großen Türme zuging, war sie bereits bis in jede Zelle erfüllt von Respekt und Demut. Diese gotischen Kirchenbauer haben so viele Dinge gewusst und virtuos damit gespielt, die sie heute nicht annähernd erfassen konnte. Die Türme machten fast den Anschein, als wären sie flüssig und über ihre, nach unten hin immer gröber werdenden Wellen, ergieße sich ein pulsierender Strom des Lichts vom Himmel hinab in die Erde. Ja, jetzt fällt es ihr wie Schuppen von den Augen: Die Steinbockhörner, hatten sie nicht auch solche Wellen? Sind die Türme Antennen und die Kirchen riesige Empfangsstationen, in deren Innerem der Mensch sich mit Gott verbinden kann? Obendrein stehen sie anscheinend noch auf Punkten, die diesen Strom auch in der Erde bündeln, verteilen und mit anderen Orten verbinden.

Jetzt ist Vik sehr dankbar, dass Arahal so hartnäckig auf die Sache mit der Ordnung besteht. Jedoch hat sie, Frau Viktoria, das zuerst für unwichtig abgetan und überhaupt nicht richtig zugehört. Was hatte Arahal noch einmal über die Ordnung bei den Tieren erklärt?

Die Mineralien sind Ordnung, Pflanzen beginnen damit zu spielen und ihr einen individuellen Ausdruck, eine Interpretation zu geben. Tiere, vor allem die höher entwickelten, leben bereits in einer Ordnung und müssen teilweise schmerzhaft üben, damit umzugehen. Ihnen sind schon viel mehr Freiheiten gegeben.

Und der Mensch? Musik, Architektur, Malerei, Literatur … er ordnet und vergeistigt das, was die Reiche vor ihm bereits gelernt haben. Natürlich! Der Mensch vergeistigt die Ordnung!

Ja, ist der Mensch denn das oberste Naturreich? Was ist denn mit den Engeln? Mahler schreibt doch von den Engeln. Und was ist mit Planeten oder gar Sternen? Jetzt erfasste sie, dass Sterne miteinander sprechen, sie lieben einander, haben Beziehungen. Sie haben … Nun ist sie so ergriffen von dieser Erkenntnis, dass sie sich auf das Sofa setzt und minutenlang wie im Gebet verharrt. Ihr Brustraum fühlt sich an, als wäre darin eine Sonne. Es strahlt und pulsiert. „Dort sind Freunde", merkt sie und sie erkennt tief in ihrem Herzen, dass sie eine Heimat hat, eine Heimat, die überall ist, eine Familie, die sich über unvorstellbare Entfernungen und Zeiten hinweg, einfach in Liebe verbindet, ganz gleich, ob als strahlender Stern, rotierender Planet, oder kleine Innenarchitektin auf ihrem Sofa.

Die Position des Menschenreichs liegt in der Mitte von sieben Reichen, weiß sie plötzlich, genau zwischen den drei materiellen und den drei geistigen Reichen, hat der Mensch die Position als geistiges Wesen in einem physischen Körper. Das muss ja zu Spannungen und Krisen führen! Der Körper und seine Bedürfnisse ziehen ihn nach unten wogegen der Geist nach oben strebt. „Oh, Mensch! Was bist du für ein wunderbares Wesen!", ruft sie überwältigt aus. „Was hast du auf dich genommen!" Sie erinnert sich wieder an den Traum heute Nacht und die kalten Augen des Dämons, der offensichtlich Anbetung von den Menschen erwartet hatte und sich nun rächte, weil er sie nicht bekommen hatte. „Das ist ein Irrtum!", ruft sie jetzt aus. „Wir müssen den Menschen anbeten! Er ist doch das Zünglein an der Waage. Er kämpft und ringt. Er trägt das Opfer! Er ist Gott zum Bild geschaffen. Nicht wir, seine Boten!"

Sie hat wohl vergessen den Zufalls-Play-Button zu deaktivieren. Jetzt entführt Erik Satie zu einem nachdenklichen Abendspaziergang in einen impressionistischen Garten und das passt gar nicht. Sie kommt wieder zu sich. Was hat sie gerade gedacht? Nicht wir? Seine Boten? Ist sie denn kein Mensch? Ist sie doch. Was denn sonst?

Nun steht sie auf und stoppt die Musik. Die Sache mit dem Boten und alles, was sie eben dachte, das waren ja auch nur Gedanken, die sie empfangen hat. Also nicht ihre, sondern welche, denen sie die Tür aus dem kosmischen Datennetz geöffnet hatte. Wer speist das? Speise ich das auch? Thomas hatte ja wohl irgendeinen „Anruf" von ihr erhalten, Manni sicherlich auch, darüber war sie sich aber zu diesem Zeitpunkt nicht bewusst gewesen und er höchstwahrscheinlich ebenso wenig. Vielleicht hat auch jemand anderes den Anruf für Vik getätigt, jemand der ihr helfen wollte eine Erfahrung zu machen. Weiß sie das? Puh, ist das alles kompliziert!

Wenn sie nur wieder einmal Zeit hätte, könnten ihr Arahal und Legorn wahrscheinlich alles erklären. Unter der Woche war jedoch nicht daran zu denken gewesen. Am Dienstag hatte sie eigentlich vor, einen Ausflug ins Tal zu machen, dann kamen aber endlich die lang ersehnten Polsterstoff-Muster für eine Hotel-Lounge und sie musste damit gleich ins Oberland fahren, um beim Aussuchen zu beraten. Ausgerechnet, als das Wetter stabil und trocken war, musste sie stundenlang in einer urig-dunklen Hotel-Lounge hocken. Gestern war Kinderbetreuung für Max angesagt, heute ist der Elektriker im Haus und am Wochenende soll das Wetter eher schlecht werden.

Da Markttag ist und sie noch ein paar Dinge erledigen will, handelt sie mit dem Elektriker aus, dass sie ihre Mittagspausen synchronisieren. Somit kann sie nun doch einmal aus dem Haus.

Auf dem Markt tummeln sich viele Geschäftsleute an den Ständen, die Mittagstisch anbieten. Sie merkt, dass sie ein bisschen neidisch auf diese Angestellten schaut, die jeden Monat ihr regelmäßiges Einkommen beziehen und sich keine Gedanken darüber machen müssen, wie sie die nächste Miete bezahlen. Vik war noch nie angestellt. Schon allein der Gedanke daran, nicht frei über ihre Zeit entscheiden zu können, ist ihr so unangenehm, dass sie nie den Versuch gestartet hat, sich irgendwo zu bewerben. Derzeit geht es ihr ganz gut mit Aufträgen, aber es hat auch sehr schwierige Zeiten gegeben, und wie es Ende des Jahres aussieht, weiß sie nicht. Während sie so auf die Mittagspausenstände schaut, wird ihr bewusst, dass sie diese Entscheidung für ihr Leben völlig unbewusst getroffen hatte. Für sich kann sie es jetzt so formulieren, dass es eine Entscheidung zwischen Freiheit und Sicherheit war. Aber so ganz stimmt das natürlich auch nicht, denn ihre Freiheit ist doch eingeschränkt durch die Auftragslage und die Angestellten können ja schließlich auch ihren Arbeitsplatz auf die eine oder andere Weise verlieren.

Das mit dem Geld ist wirklich eine sehr komische Sache, denn irgendwie hat sie immer erlebt, dass es nicht einfach nur ein Mittel zum Zweck ist, sondern etwas ganz Emotionales. Wenn das Geld zu ihr kommt, hat sie das Gefühl, besonders geliebt und einfach ein Glückskind zu sein. Wenn das Geld geht, fühlt sie sich nur dann gut, wenn sie dafür etwas bekommt, das ihr etwas Wert ist.

Mit den Jahren hat sie erfahren, dass das Geld immer gereicht hat, das Wichtigste zu finanzieren. Selbst wenn es so aussah, dass es diesen Monat mal nicht aufgeht, kam dann immer noch von irgendwoher der benötigte Betrag. Eigentlich könnte sie also vertrauen und sich so sicher fühlen wie die Angestellten an den Jausenständen. Das ist ihr bisher aber doch noch nicht ganz gelungen.

Wofür sie jedenfalls gerne Geld ausgibt und dann auch das Gefühl hat, es sei reines Gold, ist natürliches und mit Liebe hergestelltes Brot, und das gibt es seit Neuestem hier auf dem Markt.

Der junge Verkäufer am neuen Brotstand hat gerade nichts zu tun. Aus irgendwelchen Gründen fragt sie ihn, während sie das Brot einpackt, wo er herkommt, denn er spricht mit einem eigentümlichen Akzent. Bereitwillig beginnt er zu berichten. Dann holt er, dankbar für die Unterhaltung, zu einem Exkurs über die Mentalität seines Volkes aus und erklärt ihr, warum er sich hier sehr viel wohler fühle.

Er meint: „Ich gehe sicher nicht mehr zurück, denn meine Freunde, die so denken wie ich, sind fast alle ins Ausland gegangen. Wir kommen mit dieser negativen, geizigen und allem Fremden und Neuen gegenüber skeptischen Haltung, nicht klar."

„Hast du denn einheimische Freunde hier?", fragt Vik interessiert.

Er überlegt einen Moment und stellt dann zögernd fest: „Nein, eigentlich nicht. Also einen, aber der hat sehr lange im Ausland gelebt ... stimmt. Das ist mir noch nie so aufgefallen."

„Das ist bei mir auch so", meint Vik. „Sie kommen entweder auch aus dem Ausland oder stammen aus anderen Landesteilen. Interessant, oder?"

„Hm", grübelt er, „vielleicht ist das so, weil ich nicht von hier und deshalb anders bin. Da suche ich mir Freunde, die auch nicht so ganz hierher passen."

„Ja, das glaube ich auch", denkt Vik laut.

„Wenn ich zu Hause bin, ist es noch komischer", kommt der Verkäufer in Fahrt. „Nach ein paar Tagen zu Hause erwische ich mich oft dabei, dass ich anfange so zu denken und zu urteilen wie meine Leute. Das fühlt sich ganz schön schlimm an. Ehrlich!"

Vik muss lachen: „Das kenn ich! Das ist ein sehr eigenartiges Gefühl und es kostet mich richtig Kraft, dagegen anzugehen. Ich werde dann immer stiller und bin für meine Familie bestimmt total eigenartig. Nach ein paar Tagen muss ich wirklich wieder weg von dort. Das wird sonst komisch für uns alle!"

Sie lachen eine Weile, froh, einen „Leidensgenossen" getroffen zu haben und endlich einmal über diese geheimen Gefühle sprechen zu dürfen.

„Eine Woche", meint er mit Nachdruck, „ist mein absolutes Limit."

„Ho! Das ist schon lang", lacht sie.

Es kommt ein Kunde und das Gespräch endet schnell und übereinstimmend.

Auf dem Heimweg sinnt sie noch ein bisschen darüber nach. Diese Datennetze, die sie gesehen hat, führen anscheinend überall andere Informationen. Wahrscheinlich werden sie beeinflusst von den Gefühlen und Gedanken eines jeden Wesens, welches dort an diesem Netz webt. Auch, wenn dieses schon lange nicht mehr auf der Erde weilt. Also weben wir alle an diesem Netz, sind in ihm, leben in ihm. Dann können wir es also doch formen? Wenn viele Menschen negativ denken, weil Schmerz, Angst und Hass durch Besatzung, Krieg oder Hungersnöte ihr Gemüt erfüllt, wird irgendwann so ein Netz ins Negative kippen und wohl auch die Gedanken von Neuankömmlingen vergiften können. Wenn jetzt ganz viele aus seinem Land weggehen, um sich positiv, oder zumindest anders, aufzuladen und dann fröhlich zurückkommen, die negativen Datenleitungen einfach verhungern lassen und nur noch die positiven Gedanken zulassen, wird dann nicht auch irgendwann das Netz hell leuchten? Dann können wir doch alles wenden und sind dem nicht ausgeliefert! Ja, jetzt weiß sie es mit Gewissheit: Wir können alles zum Guten wenden. Nicht alleine, aber als Gemeinschaft. Jeder beginnt bei sich. Clara mit ihrem „Weißt eh!" ist eine Meisterin des Negative-Informationen-Verhungern-Lassens.

Im Stiegenhaus begegnet ihr Alex. Er kommt gerade zum Mittagessen und hat offensichtlich noch ein bisschen Zeit für einen Ratscher. Während Vik den mit Werbung vollgestopften Briefkasten nach echter Post durchforstet, berichtet er von einem Fall, der ihn heute besonders bewegt hat. „Weißt du, Vik, das ist an meinem Beruf gar nicht schön. Diese Familienstreitereien ums Erbe. Stell dir vor: Die haben fünf Mehrparteienhäuser hier in der Stadt und streiten sich um das kleine Einfamilienhaus wie Hyänen. Ach, das geht mir immer so nahe, weißt du?"

Vik denkt an den Streit in ihrer Familie und seufzt.

„Du, ich glaube die Menschen verwechseln Geld mit Liebe und da bin ich nun wirklich nicht der Richtige. Ich meine, die sollten alle zum Therapeuten. Echt!", sagt Alex und mit diesen Worten kann er sich wenigstens ein bisschen aufheitern.

Vik wird nachdenklich und meint: „Weißt du Alex, gerade heute habe ich darüber nachgedacht, dass Geld doch irgendwie ist wie Liebe. Oder nee, vielleicht eher als wäre es der materielle Ausdruck der Liebe. So wie eine Essenz. Das klingt jetzt komisch, oder?"

„Hm", meint Alex, und nach einer Pause fügt er nachdenklich hinzu: „Da könnte was dran sein. Zumindest verhalten sich die Menschen so. Bei Scheidungen ist das oft auch so ein Hickhack ums Geld und dabei geht es gar nicht darum. Gerade bei den Reichen geht es wirklich nicht darum. Was ändert es denn, ob ich zehn oder zwanzig Millionen auf dem Konto habe? Ich kann ja doch nur in einem Bett schlafen und ein Brot essen. Was soll denn das immer? Da geht es jedes Mal auf eine Weise um Liebe, da hast du völlig recht, Vik."

„Es ist manchmal doch das einzige Mittel, um jemandem seinen Dank oder Fürsorge oder ja, eben Liebe zu zeigen. Wenn meine Omas oder meine Eltern mir Geld geben, dann tun sie das auch, um mir zu zeigen, wie lieb sie mich haben, und ich nehme es auch in diesem Gefühl gerne an. Oder Spenden an eine Hilfsorganisation – die gibt man doch immer mit dem Wunsch anderen Menschen, die man sonst nicht so erreicht, mit denen man aber mitfühlt – auch etwas Gutes tun zu können und sie damit spüren zu lassen, dass sie nicht alleine sind", fällt Vik jetzt erst ein. Und ihr kommt noch ein Gedanke: „Während ich das so ausspreche denke ich, dass das eine Seite des Geldes ist, Alex. Kann es aber auch sein, dass es gutes und schlechtes Geld gibt? Oder helles und dunkles, ich weiß nicht, wie ich das ausdrücken soll. Ich meine, Geld, das die Menschen gerne geben, zum Beispiel aus Liebe und Mitgefühl und Dankbarkeit, das ist helles Geld. Geld, das sie jemandem geben müssen, dem sie das aber nicht gönnen, das ist dunkles Geld." Sie zögert, weil sie denkt, dass es vielleicht doch Blödsinn ist. „Na ja, das ist auch nur meine Interpretation und stimmt vielleicht nicht."

„Du bist echt süß, Vik ... aber so ganz falsch klingt das nicht. Erstmal ein bisschen ungewohnt. Ich denk da nochmal drüber nach."

Schweigend gehen sie gemeinsam die Stiegen hinauf zu seiner Wohnung. Während er die Tür aufschließt, dreht er sich zu ihr um und meint: „Es ist immer wieder interessant mit dir zu sprechen. Ich glaube mit dieser Liebesessenz …“, er lächelt und schüttelt nachdenklich den Kopf, „… das trifft es wirklich gut.“ Und nach einer Weile meint er: „Dass man mit Geld keine Liebe kaufen kann, ist aber auch nicht so ganz falsch, oder?“

„Ja, da hast du Recht. Mit Liebe kann man aber auch keine Liebe kaufen. Weißt du? Ich meine, man kann jemandem Geld geben oder ständig sagen, dass man ihn liebt, und trotzdem muss er einen nicht lieben. Wenn Geld eine Essenz der Liebe ist, heißt das ja eigentlich nicht, dass man damit Liebe kaufen kann, oder?“, meint Vik und merkt, dass sie beim Sprechen erst diese Gedanken bekommt, die sie vorher noch nie gedacht hat.

Alex ist sichtbar nachdenklich: „Hm … diese Idee, dass es gutes und schlechtes Geld gibt, die ist interessant. Oft denke ich, wenn eine Frau auf Biegen und Brechen ihrem Exmann so viel wie möglich Unterhalt abringt, mehr als sie braucht, nur damit es ihm so richtig weh tut, und er feilscht und handelt, damit es ihr ja nicht gut geht, dann kann dieses Geld, egal wer da jetzt gewinnt, gar nicht gut sein. Das hat doch einen so bitteren Beigeschmack.“

Vik stimmt ihm nachdenklich zu, sie wünschen sich noch einen guten Appetit und Alex verschwindet in der Wohnung.

Beim Hinaufgehen sieht Vik wieder diese Datennetze vor ihrem inneren Auge. Jetzt strömt da zusätzlich eine

Essenz und die ist wie strahlendes, flüssiges Gold. Sie ist im steten Fluss, versorgt alle und verbindet viele Punkte miteinander. Dann sieht sie, wie sich an manchen Stellen das Gold ansammelt, erstarrt und dunkel wird. Sie bleibt stehen. „Ist das dunkles Geld?", fragt sie sich. Anhäufen ist demnach offensichtlich nicht gut. Aber ihr wurde immer gesagt, dass man sparen sollte für schlechte Zeiten und wer weiß für was noch. Wenn es aber doch immer so fließt, gibt es ja gar keine schlechten Zeiten und man kann es geben, wenn man es gerne für etwas gibt, weil ja immer etwas nachkommt. Oh, das wäre schön! Aber so ganz vertrauen kann sie ihrem inneren Bild derzeit nicht.

Vor ein paar Tagen hat sie doch schon mal über Geld nachgedacht und darüber, dass das Mineralreich es mit seiner Ordnung für lange Zeiten beherrscht hat und dies nun nicht mehr richtig kann. Da verändert sich ihr inneres Bild plötzlich und sie sieht riesige schwarze Reservoirs, zu denen alles Gold hinfließt, und nur noch ganz wenige Ströme zwischen den einzelnen Gitterpunkten. „Oh je!", denkt sie, „ist das jetzt oder die Zukunft, wenn wir so weiter tun wie bisher? Können wir das nicht auch ändern, indem wir anders denken?" Sie kann nicht anders, als das anzunehmen, sonst wäre doch alles verloren. Das ist ein gruseliges Bild. Sie versucht es zu verändern und stellt sich vor, wie langsam und stetig die Verbindungspunkte beginnen, mehr und mehr Gold in Fluss zu halten. Zuerst lösen sich die kleineren Reservoirs auf, dann kollabieren die großen, alles kommt in Bewegung und jeder Punkt wird ausreichend gut versorgt. „So müsste es sein", denkt sie. Wenn alle Menschen angstfrei und vollkommen vertrauend das Geld im Umlauf halten, sich immer nur so viel nehmen, wie sie gerade brauchen, dann ist genug für alle da und jeder bekommt genau so viel, wie er eben benötigt. Der eine vielleicht mehr, der andere weniger. Alex, Miriam und Max brauchen ja auf jeden Fall mehr als sie. Ob sie sich das trauen würde? Sie merkt, dass ihr der Gedanke, „einfach so zu vertrauen", schon ein bisschen Angst macht, und auf den letzten Stufen geht ihr dabei fast die Puste aus. Hinter ihr spurtet der Elektriker die Treppen hinauf. Als sie sich zu ihm umdreht, liest sie auf seinem T-Shirt: „Alles fließt".

Zurück in ihrer Wohnung steht sie mit einer Scheibe Butterbrot am Fenster und denkt an Hannes. So einen Freund hat sie sich immer gewünscht. Eher hätte sie sich so einen Vater gewünscht, aber der war so damit beschäftigt, nicht von seinem Kindheitskriegstrauma überrollt zu werden, dass solche Gespräche wie mit Hannes, einfach nie möglich wären. Ihr Vater hat für sich beschlossen, dass es keinen Gott geben kann, der so etwas zulassen konnte. Damit war alles irgendwie Zufall und das Schlimmste konnte jederzeit jedem geschehen. Mit dieser Lebensphilosophie ist es natürlich sehr sinnvoll, so viel wie möglich Geld für diese Zufälle zu sparen. Schon logisch.

Hannes hat eine so andere Weltsicht. Wie er die Sache mit seiner Frau sieht, ist so viel schöner, als die Sichtweise, die Vik vorher kannte. Demnach ist das Leben hier eine große Schule und man bekommt Aufgaben. „Das mit dem

Geld", sagt sie zu sich, „ist vielleicht einfach auch so eine Aufgabe." Dann wäre das kein Zufall, wann und wieviel da wäre und sie müsste lernen, zu vertrauen, dass immer genug für sie da ist und alles einfach in Fluss halten. „Oh je!", stöhnt sie, „das ist aber echt nicht so einfach."

Hannes hat es ja so betrachtet, dass er sich eine Aufgabe für dieses Leben vorgenommen hat und sogar vielleicht mit seiner Frau verabredet hatte. Und was wäre, wenn Vik sich das mit dem Geld auch für dieses Leben vorgenommen hätte? Wenn sie sich vorgenommen hätte, den Umgang mit der stets verfügbaren materialisierten Essenz der Liebe zu einer Zeit zu lernen, in der diese von anderen Kräften in höchstem Maße missbraucht wird? In der diese in reiner, heller Form so rar geworden ist wie sauberes Wasser und natürliche Lebensmittel? Vielleicht hat sie sich, gemeinsam mit anderen, vorgenommen diese Essenz wieder zu transformieren?

Wegbegleiter hat sie auf jeden Fall genug im Bekanntenkreis. Clara freut sich über jeden kleinen Texterauftrag, Thomas ist als Bergführer und geschiedener Vater von 4 Kindern total wetterabhängig und um jede gute Saison dankbar und Manni ist ein Geld-In-Fluss-Halter im Meistergrad. Kaum ist was da, hat er schon wieder ein neues Bike bestellt oder einen Himalaya-Urlaub gebucht und dabei ganz unbesorgt seinen Dreivierteljob auf einen Halbtagsjob heruntergeschraubt, damit er mehr Zeit für Sport hat. Mit Trinkgeld ist er auch großzügig und da er oft ausgeht, gibt es genug Gelegenheiten dazu. Da lagert sich kein Geld irgendwo ab. Interessanterweise hat er aber immer welches. Jetzt sieht sie zum ersten Mal, wie wichtig es war, ihn näher kennenzulernen und warum sie auch so sehr seine Nähe gesucht hatte. Sie hat die Sache damals nur ein bisschen falsch interpretiert. Wer denkt denn aber auch, dass er so ein guter Lehrer sein könnte? So sah Manni nun wirklich nicht aus!

Am Nachmittag, als der Handwerker endlich im wohlverdienten Feierabend ist, fährt Vik hinauf zu Peter. Nun weiß sie auch, wohin er Samstagnachmittag abgebogen ist: in seine Werkstatt. Am Ende der kleinen Straße, oben am Waldrand, steht eine erstaunlich große, moderne und harmonisch in die Landschaft passende Halle. „Der Holzwurm hat Geschmack!", merkt sie. Peter erwartet sie schon. Lässig lehnt er an seinem Pickup. Nach einer Führung durch die aufgeräumte Werkstatt zeigt er ihr seine Werke. Vik ist beeindruckt. Ihr fallen viele Orte ein, an denen sie sich diese Schnitzwerke vorstellen könnte. Er ist eher skeptisch und meint, er habe keine Zeit sich um Marketing zu kümmern.

„Die Webseite hat mich so viel Geld gekostet und nix gebracht", meint er verschlossen. „Und ich hab ja auch so genug zu tun. Eher zu viel, sogar."

Er bietet ihr einen Espresso aus einer chromglänzenden Maschine an und sie setzen sich auf zwei Barhocker in seinem Besprechungsraum.

„Was hat dich eigentlich hier in die Berge verschlagen?", fragt er neugierig und ergänzt schmunzelnd und mit süffisantem Unterton: „Die Liebe?"

„Ja, anfangs schon. Sie hat mich aber, glaube ich, nur hierher gelockt", lacht sie und blickt nachdenklich auf die schön gemaserte Tischplatte.

„Aha, also war das nix", meint Peter, grinst und sagt: „Kenn ich … nur, dass ich dann nicht in Hamburg geblieben bin."

„In Hamburg?" Vik starrt ihn entsetzt an. „Du liebe Güte! Wie bist du denn dahin gekommen?"

„Die Liebe … na ja oder was ich dafür gehalten habe. Mein großer Bruder kam mit ihr an. Er hatte sie und ihre Schwester auf einer Bergtour geführt und dabei was mit der Schwester angefangen. Also kam Svenja mit. Andi hat so ziemlich jede Frau abgeschleppt. Das macht er sicher immer noch. Wir haben aber nicht so viel Kontakt. Er führt Expeditionen weltweit. Keine Ahnung wo er gerade umgeht."

„Und Svenja kam aus Hamburg?"

„Nein, sie kam aus Dresden, aber sie studierte in Hamburg."

„Und, was hast du dann gemacht, als Tischler?"

„Nein. Ich hab Betriebswirtschaft studiert. Vier Semester, dann hab ich's gelassen", meint er, grinst und ergänzt: „Manchmal muss man in die weite Welt, um festzustellen, dass man eigentlich alles hatte, was man braucht. Ich gäbe immer noch keinen guten Betriebswirt ab, aber das Wissen reicht, um die Tischlerei zu führen."

„Hast du denn Mitarbeiter?"

„Naa! spinst! Ich mach mich doch nicht abhängig und zahl dann Länge mal Breite."

„Ja, hast Recht", meint Vik. Um das nicht zu vertiefen und weil sie solche Art Gespräche gar nicht mag, schaut sie sich ein bisschen um.

„Für mich reicht's und eine Familie muss ich ja nicht ernähren", sagt er und blickt sie selbstgefällig an.

„Na ja", sagt Vik, „was nicht ist, kann ja noch werden."

„Naa! Das sicher nit! Das tu ich mir nicht an. Und überhaupt bin ich schon viel zu alt. Im Oktober werd ich 40. Das ist jetzt vorbei!", grinst er und Vik kann nicht einen Funken Bedauern in seinen Zügen erkennen. Peter scheint mit seinem Leben rundum zufrieden zu sein, wenn man ihn hier so in seinem aufgeräumten Reich sieht.

„Ja, ist sicher angenehmer. Man muss sich nicht mit einer zickigen Frau auseinandersetzen, die irgendetwas durcheinander bringen könnte, und Kinder machen ja, glaube ich, auch Krach und Unordnung." Vik bedauert sofort ihren etwas zu bissig geratenen Tonfall.

„Man muss ja nicht alles tun, was andere tun, nur weil man das halt so tut. Nicht jeder ist mit Familie glücklich. Ich glaube sogar, viele reden sich nur ein, dass sie glücklich sind. Ich hab's ja versucht und für mich war es nix. Besser so!" Peter schaut sie selbstzufrieden an.

„Ja, geht mir ja eigentlich auch so", meint Vik und nach einer längeren Pause merkt sie, dass es Zeit für den Aufbruch ist.

Auf dem Weg durch die Werkstatt entdeckt sie an der Wand einen kleinen aus Holz geschnitzten Käfig. Als sie näher herantritt um zu sehen, was da im Käfig sitzt, kann sie vor Staunen kein Wort sagen. Es ist ein Drache und er sieht genau so aus, wie der Drache in ihrem Traum. Mit offenem Mund und weit aufgerissenen Augen dreht sie sich zu Peter um. Der steht hinter ihr, lässig die Hände in den Hosentaschen, verzieht keine Miene und macht auch keine Anstalten etwas dazu zu sagen.

„W...was ist das?", stottert Vik.

„Sieht aus wie ein Drache im Käfig, würd ich sagen", meint er betont sachlich.

„Ist der von Dir?"

„Ja."

„Wie kommst du denn darauf, einen Drachen im Käfig zu schnitzen?"

„So halt."

„Ach komm schon. Sonst hast Du nur abstrakte Ornamente hier stehen und dann schnitzt du einen Drachen?"

„Ja. Das ist mein Schutzdrache."

„Im Käfig? Da kann er dich aber nicht gut beschützen."

„Tja vielleicht, aber so hat meine Mam ihn gezeichnet."

„Deine Mutter?"

„Ja, sie konnte sehr schön zeichnen. Halt eigentlich meistens nur Landschaft, Berge, Bäume und Blumen und so, aber mir hat sie mal diesen Drachen im Käfig gemalt. Der hing über meinem Kinderbett." Da sein Tonfall keine weiteren Fragen zum Drachen zulässt, versucht Vik über das Thema „Mutter" noch etwas über den Drachen zu erfahren.

„War deine Mutter Malerin?", fragt sie interessiert.

„Naa, aber sie konnte sehr gut malen. Man muss ja nicht gleich mit allem Geld machen."

„Nein, so meinte ich das nicht. Ich wollte nur wissen, ob sie das gelernt hatte."

„Ne. Sie hat nix gelernt und war wahrscheinlich total unglücklich mit drei Kindern in diesem dunklen Tal. Und mein Vater ist auch so ein spinnerter Typ. Ich weiß zwar, dass es ein Unfall war, aber ich glaub es nicht. Ich glaub, sie hat uns satt gehabt und sitzen lassen." Bei diesen Worten schaut er Vik so unbeteiligt an, als würde er irgendetwas Sarkastisches über die unverhältnismäßig hohen Mietpreise im Lande erzählen.

„Hm, ja." Vik schweigt einen Moment, dann hakt sie nach: „Wie alt warst du denn damals?"

„Fünf", sagt er knapp.

„Oh!", meint sie und nach einem Moment betretenen Schweigens fallen Ihr plötzlich und unzensiert die Worte aus dem Mund: „Du hast es ihr nicht verziehen, dass sie dich alleine gelassen hat, stimmt's?"

„Verzeihen?", funkelt er sie an „so ein Schmarrn! Was gibt es denn da zu verzeihen? Auf sowas kommt doch nur ihr Weiber!", meint er, schüttelt den Kopf und hält ihr die Tür auf.

Er begleitet sie noch zum Auto. Jetzt im Gehen, wo sie sich nicht frontal ausgeliefert fühlt, wagt Vik ihn doch noch auf das Tal anzusprechen und die Datenlinien.

„Das is ein Schmarrn! Das glaubst du doch nicht wirklich!", sagt er. „Ich seh schon was, aber nix Wichtiges und das ist wahrscheinlich eh nur Fantasie. Also dass da was anders ist, kann sein, aber das geht mich nix an und ich glaube auch nicht, dass du da was ändern kannst. Ich glaub das ist ne fixe Idee. Das haben Frauen manchmal", spöttelt er und lacht dann vergnügt auf.

„Was ändern?", fragt Vik und versucht sich den Ärger über seine blöde Bemerkung nicht anmerken zu lassen.

„Na ja, im Tal", antwortet Peter und öffnet ihr die Wagentür. Vik hat verstanden. Sie verabschiedet sich knapp und mit den Worten: „Bis dann mal!"

„Pfiat di!", lacht er, ist dabei offensichtlich sehr mit sich zufrieden und geht wieder auf seine Werkstatt zu.

Trotzdem sie wütend und enttäuscht ist, beobachtet sie ihn interessiert. Jetzt erst kann sie benennen, was sie vorher nicht in Worte fassen konnte. Sein Gang ist fast schwebend. Obwohl er ein großer, sportlicher Mann ist und sicher einige Pfund auf die Waage bringt, und obwohl er sich ziemlich ungehobelt verhält, ist da etwas Leichtfüßiges, ja Schwebendes und irgendwie auch fast Charmantes in seiner ganzen Art. Na ja, denkt sie, er ist ja offensichtlich Waage, wenn er im Oktober Geburtstag hat.

Als sie wieder zu Hause ist, gönnt sie sich noch einen Spaziergang am Fluss und versucht den Ärger über sich selbst loszuwerden. Den Ärger darüber, dass sie nur denken konnte, dieser Mann wäre feinfühlig und könnte ihr in Bezug auf das Tal weiterhelfen, vielleicht auch ein Freund werden, wie sein Vater, oder sogar mehr. Nun ist sie so alt und lässt sich von ein paar sanften Augen und einem knackigen Hintern auf falsche Gedanken bringen. Keinen Schritt ist sie weiter gekommen. Immer noch die alte dusselige Vik. Da hatte sie doch tatsächlich geglaubt, sie hätte die Sache mit der Errettung des Dämons irgendwie durchdrungen, und nun war sie schon wieder in die gleiche Falle getappt, hatte das Licht in der Dunkelheit erahnt, und dachte, dieser vollkommen unbewusste Vollidiot könne ihr etwas über das Tal sagen. So blöd. Wie konnte sie nur? Bei jedem Schritt versucht sie die düsteren Gedanken loszuwerden, aber so richtig will es nicht gelingen. Ihr innerer Richter läuft zu Hochtouren auf. „Er ist ein Feigling!", tobt sie. „Er traut sich nicht mal seine eigenen Verletzungen anzuschauen, schnitzt alles ins Holz, poliert seine Espressomaschine und meint, dass er damit die Sache erledigt hat." Vik kocht: „Vierzig wird der und wohnt noch beim Papa! Und nicht nur das, er scheint auch noch stolz darauf zu sein! Also wenn ich Hannes wäre, ich würde den hochkant rausschmeißen!"

Es ist herrlichstes Flanierwetter. Die ganze Stadt scheint auf den Beinen zu sein. Am Ufer sitzen hunderte Studenten, trommelnd, grillend, trinkend, lachend, flirtend. Irgendetwas reitet sie nun auch noch, den Rückweg ausgerechnet durch die überfüllte Altstadt zu suchen.

Um Himmelswillen, was ist denn das? Lärm brüllt ihr von einer Bühne auf dem kleinen Rathausplatz entgegen. Trauben von Menschen stehen eisschleckend und fotografierend überall herum und alle Geschäfte haben noch offen. „Lange Einkaufsnacht"! Sauertöpfisch schiebt sie sich durch die Menge vor der Bühne, kann aber leider am Ende der Fußgängerzone schon die nächste ausmachen, von der die aufputschende Stimme eines übermotivierten

Moderators hämmert. Sie versucht diesem wilden Treiben durch das Gewinkel der engen Seitengässchen zu entkommen. Tatsächlich bewegt sie sich hier ein bisschen schneller voran, so alleine wie sie gehofft hat, ist sie aber bei Weitem nicht.

Als sie rechts in die Klostergasse abbiegt, steuert ein Bub mit einem randvoll gefüllten Korb in der Hand auf sie zu. Sie ist ein bisschen unwillig. Als er ihr aber ein kleines Teelicht entgegenhält und sie rührend förmlich einlädt, dieses Kerzchen in der Kirche anzuzünden, huscht doch ein kurzes Lächeln über ihr Gesicht. Immer noch entschlossen, die Kirche nicht zu betreten, antwortet sie ausweichend: „Danke, du, aber ich hab kein Feuer bei mir". Schnell erfährt sie, wie dumm das war. „Och!", meint er unbeirrt und strahlt sie an, „drinnen haben wir genug Feuer." Überzeugt. Also gut. In Gottes Namen. Als sie das Kerzchen nimmt, bekommt sie noch ein billiges Bonbon in die Hand gedrückt, an dessen Ende jemand ein Zettelchen getackert hat. Nun geht sie schnell in die Kirche, weil sie die Sache rasch erledigt haben will, um so bald wie möglich wieder in ihren eigenen, ruhigen vier Wänden zu sein. Sie hat wirklich nicht vor, hier lange zu bleiben. Am besten gleich im Vorraum das Kerzchen anzünden und nix wie raus.

Als sie in die Kirche eintritt, setzt sie den Fuß sogleich in eine heilige Halle. Es gibt keinen Vorraum. Sie steht mitten in der Szene. Die barocke Klosterkirche ist größer, als sie angenommen hat. Wundervolle Melodien erfüllen den Raum. Zwischen den vorderen Bankreihen stehen vier Musiker mit ihren Instrumenten und verzaubern den hohen festlichen Saal mit ihren reinen schönen Stimmen und Klängen. Vor ihnen fließt ein großes, weißes Tuch die Altarstufen hinunter. Darauf sind Kerzen sorgsam zu einer Herzform angeordnet.

„Ach, natürlich!" fällt ihr nun ein, „bald müsste ja wieder Herz-Jesu-Tag sein." Ein Tag, an dem in diesem Land auf den Bergen große leuchtende Herzen brennen. Es ist für die Einheimischen auch ein Symbol der Zusammengehörigkeit dieses, durch eine Staatsgrenze zerrissenen, Volkes. An diesem Tag fühlt sie sich jedes Mal sehr mit ihnen verbunden. Mit diesem stolzen, durch die Teilung tief gedemütigten Volk. So vielen Feinden hatten sie gemeinsam getrotzt und dann wurden sie einfach, auf höheren Beschluss hin, auseinandergerissen. Getrennt.

Ja, jetzt in dieser Kirche wird ihr erst klar, warum sie in diesem Land gestrandet ist und hier, nur hierhin kommen musste. Zu diesen Menschen. Einem Volk, dass einen Riss im Herzen trägt. Das Zeichen des von einem Kreuz gekrönten heilen Herzen Jesu ist ihnen ein Symbol der Heilung.

Viele Menschen sitzen auf den Bänken und doch ist es ganz ruhig. Wie schön es ist, mit anderen Menschen diesen besonderen Ort zu genießen, denkt sie. Es tut so gut, die ruhige Gegenwart anderer Menschen zu fühlen und mit ihnen diesen andächtigen Moment teilen zu dürfen. Erst jetzt wird ihr bewusst, dass sie in den letzten Tagen, ja Wochen, so einsam ihren Weg gegangen ist. Es kommt ihr vor, als hätte sie ganz alleine durch das

Labyrinth unter einer Tempelanlage irren müssen, um nun die heiligen Hallen gefunden zu haben. Minutenlang steht sie still, andächtig, von tiefem Dank erfüllt.

Als sie sich wieder fassen kann, schaut sie sich nach dem Ort um, an dem sie ihr Kerzlein entzünden kann. Gar nicht weit von ihr steht ein großer Tisch, auf dem viele brennende Lichter ein Herz formen. Davor wartet ein kleines Mädchen ganz artig und schüchtern mit einem langen Feueranzünder in der Hand. Vik ist so gerührt, dass ihr jetzt doch Wasser in den Augen steht. „Ist dieses Kind süß! Ist der Mensch rührend!" Stumm hält sie dem Mädchen das Teelicht hin und nach zwei bis drei Versuchen und einem zarten und nervösen „Na!" aus Mädchenmund, folgt das Feuerzeug und zündet ihr Kerzchen an.

Draußen auf der Straße knipst sich gerade eine ganze Wolke Chinesen an ihr vorbei. Während sie die Fotografierenden entspannt und geduldig vorbeiziehen lässt, liest sie, was auf dem Zettelchen des Bonbons steht:

„Komm wieder zur Ruhe, mein Herz!
Denn der Herr hat dir Gutes getan.
Psalm 116,7"

DIE ENGEL

In der Nacht erwacht Vik von einem alles erfüllenden Rauschen. Der Raum scheint hell erleuchtet und vor sich meint sie ein riesiges Lichtwesen zu erkennen. Größer als der Raum, heller als der Tag. Liebe erfüllt Viks Herz. Sie ist vollkommen durchdrungen von ihm, von seinem Licht und seiner Liebe. Dann rauscht es wieder. Ist das ein Schwert? Das ist ja eigenartig! So hatte Sie sich einen Engel nicht vorgestellt und sie ist sehr eingeschüchtert. Ja, sie fürchtet sich vor diesem unangekündigten Besuch. Im selben Augenblick hat Vik den Satz „fürchte dich nicht!" im Kopf. „Ja, richtig!", fällt ihr ein, „das sagen die Engel in der Bibel doch immer". Sie hatte sich nie so recht damit befasst und darum bisher gar nicht darüber nachgedacht. Jetzt versteht sie. Jedoch irritiert sie die Tatsache, dass ihr der Engel irgendwie vertraut vorkommt. Es ist, als würden sie sich schon lange kennen, als wäre er immer wieder mal mit Botschaft von lieben Freunden gekommen. Sie kann sich aber gar nicht erinnern, dass sie je mit einem Engel zu tun hatte. Ehrlich gesagt hat sie sich auch nie mit ihnen beschäftigt. Und nun steht oder schwebt er da vor ihr. Viks Herz rast. Fürchten tut sie sich zwar nicht mehr so sehr, aber …

Ihre Gedanken werden plötzlich unterbrochen. Das flammende Schwert erhebt sich und in diesem Augenblick weiß sie, dass es aus reiner Liebe geschmiedet ist. Es ist Liebe. In ihrem Kopf sind nun die Worte: „Mit diesem Zeichen sei deine Aura versiegelt." Und er schwingt das Schwert vor ihr in mehreren abgezirkelten Schwüngen, die sie sich gut einprägen kann. Das Siegel wird mit einem Kreis beendet und schwebt noch eine Weile vor ihr. Dann verblasst das Licht und sie findet sich hellwach und aufrecht sitzend im Bett ihres vollkommen dunklen Schlafzimmers.

Ohne nachzudenken, geht sie an den Schreibtisch und kritzelt das Zeichen auf einen Notizzettel. Erst dann merkt sie, dass ihr Puls in den Schläfen hämmert. Was um Himmelswillen war das denn? Träume sind eine Sache, aber ein Engel in der Wohnung ist dann doch etwas ganz anderes.

Auf dem Tisch liegt das kleine Zettelchen aus der Kirche. Sie nimmt es in die Hand und liest: „Komm wieder zur Ruhe, mein Herz! Denn der Herr hat dir Gutes getan." Ihr Puls beruhigt sich augenblicklich und bald liegt sie wieder im Bett und schläft rasch ein.

Am nächsten Morgen sitzt Vik mit ihrem Tee schon eine Weile am Computer und beantwortet längst fällige Mails, als ein SMS hereinklingelt. Da ihr Handy noch neben dem Bett liegt, springt sie auf, geht ins Schlafzimmer und liest: „Bin im Café am Ende deiner Straße. Hast du Zeit? Peter". Peter? Woher weiß der wo sie wohnt? Vik ist fassungslos. Sie antwortet schnell: „Bin in 10 Minuten da". Und während sie sich umzieht, klingelt schon die nächste Nachricht rein: „Fein, ich warte auf dich".

Als sie in dem kleinen, gut besuchten Café eintrifft, steht Peter sofort auf und geht auf sie zu. Er sieht sehr bewegt aus und Vik fürchtet Schlimmes: „Ist was mit Hannes?", fragt sie besorgt.

„Nein. Wie kommst denn darauf?", fragt er verunsichert.

„Na, ich dachte nur. Weil du in die Stadt gekommen bist", meint Vik beruhigt und jetzt merkt sie, dass er irgendwie anders ist als sonst. Weicher vielleicht? Sie kann es nicht genau benennen.

„Ich bin gekommen, weil ich dir was erzählen wollte", meint Peter, und sie setzen sich wieder an das kleine Ecktischchen. „Einen Kaffee?", fragt er.

„Lieber eine heiße Schokolade", antwortet sie, und Peter wendet sich zur Inhaberin, die hinter der Theke Gläser abtrocknet. Diese meint fröhlich: „hab schon verstanden …, ist unterwegs" und sie hören die Maschine surren.

„Woher wusstest du, dass ich hier wohne?", fragt Vik, als Peter sich ihr wieder zuwendet.

„Steht auf deiner Webseite. Vorname, Wohnort und Beruf waren ja bekannt", meint er nüchtern.

„Ach! Ja, klar. Aber was ist denn passiert?", will sie jetzt wissen.

„Ich hatte eine komische Nacht, Vik und ich glaube, oder … ich bin mir sicher, das hat mit dem zu tun, was wir gestern gesprochen haben." Er seufzt und schweigt einen Moment.

„Ich traue mich das gar nicht zu sagen und ich wusste das bis heute Nacht auch nicht. Aber ich war verdammt wütend auf meine Mutter, weil sie sich einfach davongemacht hat. Ich bin heute Nacht durch die Hölle gegangen. Ich wusste gar nicht, wie viele Tränen der Körper produ-

zieren kann und dass man auch lautlos schreien kann …
Ich wollte Papa ja nicht aufwecken."

Vik würde ihn jetzt am liebsten in die Arme nehmen.

„Du hattest recht mit dem Verzeihen", meint er kleinlaut. „Es wäre mir nicht im Traum eingefallen, dass ich
ihr das nicht verziehen hatte. Aber so war es. Und alles
kam heute Nacht raus."

„Und? Kannst Du ihr jetzt verzeihen?", fragt Vik.

„Ja. Es war ein ganz komischer Moment, nach all den
Tränen und der Wut war ich wie leer. Ich kniete auf dem
Boden und konnte nichts mehr denken. Und in diesem
Augenblick war es, als ob ich die Vergebung ins Herz gelegt bekäme. Das klingt vielleicht komisch, aber das war
ein Moment göttlicher Gnade. Als hätte mir ein Engel
einfach ein schweres Paket abgenommen. Und da wusste
ich: ,Jetzt ist es weg. Jetzt bist du frei!'"

Einen Moment schauen sie sich ganz ruhig an. Vik wird
erst jetzt bewusst, dass sie ja eigentlich auch nicht vergeben
hatte. Diesem Titan damals, vor unendlich langer Zeit.
Sie hatte nicht verstanden, warum er sie einfach im Stich
gelassen hatte und sie hatte ihm seine Entscheidung nicht
vergeben. Dann war ihr in diesem Traum die Feuerwand
geschenkt worden, durch die sie auf ihrem Drachen fliegen
durfte, und alles war gut.

„Gnade", sagt sie in Gedanken vor sich hin. „Ja, das
glaube ich auch, dass es ein Gnadengeschenk ist, wenn
man vergeben kann." Lange sehen sie sich schweigend an.
Wieder dehnt sich der Augenblick in eine Unendlichkeit,
so wie bei ihrer ersten Begegnung.

Dann unterbricht Peter die Stille: „Kennst Du das auch?"

„Ja. Anders. Aber schon. Ich habe jemandem nicht vergeben, dass er sich von mir abgewendet hat und habe danach anscheinend niemandem mehr vertrauen können."

„Ja, so ging es mir auch", meint Peter lebhaft, „ich habe gedacht: ‚lieber keine Frau, als vielleicht verlassen werden.' Das blöde ist nur, dass ich gar nicht wusste, dass ich so gedacht habe. Das weiß ich erst jetzt. Komisch, oder?"

„Nee, nicht komisch", meint Vik und schämt sich fast, weil sie offensichtlich unendlich viele Leben mit diesem unbewussten Glaubenssatz zugebracht hatte, ohne es zu wissen.

„Na gut, dass du es so siehst", meint er und zieht aus der Hosentasche ein zugeknotetes blaues Tabaktuch. Er legt es auf den Tisch und beginnt: „Heute Nacht ist mir etwas klar geworden."

„Ja?", fragt Vik ganz sanft.

„Gestern, als du bei mir warst und den Drachen entdeckt hast und dann so viele Fragen gestellt hast, da hab ich irgendwie plötzlich Angst bekommen", sagt er und weil Vik schweigt, fährt er fort: „Ich hatte immer das Gefühl, dass das, was ich sehe, was mit mir zu tun hat, und dass es mein Leben verändert, wenn ich es ernst nehme. Keine Ahnung, Vik. Vielleicht hat das was mit meiner Mutter zu tun. Ich war noch so klein und kann mich eigentlich nicht mehr richtig an sie erinnern."

Es entsteht eine Pause, der Kakao kommt und während Vik den Schaum unterrührt, fragt sie: „Wieso meinst du, das hat was mit deiner Mutter zu tun?"

„Weil sie, glaub ich, auch ziemlich viel gesehen hat und da oben im Tal ist irgendwas Schlimmes und es wird von Jahr zu Jahr schlimmer." Peter schweigt einen Moment. Dann sagt er: „Es ist komisch, Vik, aber ich glaube, du könntest irgendwie helfen, dass es dort wieder gut wird." Jetzt schiebt er ihr das Tabaktuch über den Tisch zu. Vik schaut ihn fragend an und nachdem er ihr, mit Blick auf das Tuch zugenickt hat, knotet sie es vorsichtig auf. Als sie sieht, was im Tuch liegt, wird ihr plötzlich ganz flau im Magen. Regungslos starrt sie vor sich auf den Tisch und ringt nach Worten. Dann kommen plötzlich Tränen. Sie kann es nicht zurückhalten. „Peter", sagt sie stockend. „Du hast ihn befreit?"

„Ja, … heute Früh um vier. Ich konnt eh nicht schlafen und ich wusste, er muss frei sein. Ich brauche keinen Drachen im Käfig mehr. Nach dieser Nacht fürchte ich mich nicht mehr vor Drachen. Und du … du weißt viel eher, wie man mit einem Drachen umgeht …"

„Was?", fragt Vik, die gerade die Serviette unter der Kakaotasse als Taschentuch benutzt hat, um sich die Tränen aus dem Gesicht zu wischen.

„Ich glaube, du kannst ihn sogar lieben."

„Ja", haucht sie fast unhörbar „Ja, das könnte sein."

Sie nimmt den kleinen Holzdrachen sacht in ihre Hände und schließt die Augen. In ihrem Kopf scheinen sich gerade Zusammenhänge herzustellen. Dünn und noch lange nicht so, dass sie von „Verstehen" sprechen könnte. Der Drache im Käfig, die halb tote Elbenfürstin, Peters Mutter, der Engel mit dem Zeichen, ihre Träume, die Karspitze …

Und während sie so sitzt und wieder in die Kakaotasse schaut, taucht das Siegel des Engels plötzlich vor ihrem inneren Auge auf.

„Peter?"

„Ja?"

„Ich hatte heute auch eine komische Nacht. Vielleicht haben sich unsere Engel ja abgesprochen."

„Wie meinst du das?", fragt er und schaut sie sehr interessiert an.

„Ja, ich weiß nicht, Peter", beginnt sie unsicher, „ich hatte heute Nacht das Gefühl, dass ein Engel vor mir stand. Also ich bin nicht sicher, ob es einer war. Es war ein helles Wesen. Zwar jetzt nicht so mit Flügeln, aber man könnte es so deuten, denn es hatte so viele Strahlen und es war riesig."

Weil Peter sie ganz interessiert anschaut und sie nicht einen Funken Zweifel an ihm wahrnehmen kann, wagt sie weiter zu erzählen: „Er hatte ein Schwert und hat mir damit ein Zeichen in die Luft gemalt."

Nach einer Pause, in der Beide auf den kleinen Drachen schauen, fragt Peter sehr vorsichtig: „Hast du dir das Zeichen gemerkt?"

„Ja, … hast du einen Stift dabei?", fragt Vik und ärgert sich zum tausendsten Mal, dass ausgerechnet sie als Gestalterin einfach nie einen Stift in der Tasche hat.

Peter grinst, greift in die Seitentasche seiner Hose und zieht einen klobigen Werkstatt-Bleistift heraus. Vik holt eine Visitenkarte aus ihrem Portemonnaie und zeichnet das Symbol auf die Rückseite der Karte.

Eine Weile betrachten sie konzentriert das Symbol.

„War das die Reihenfolge, in der es gezeichnet wurde?", fragt Peter.

„Ja", antwortet Vik, „meinst du, das ist wichtig?"

„Interessant", denkt Peter laut. „Erst einen Bogen, dann zwei, direkt gegenüber, dann einen langen Strich nach unten, eine Raute und einen Kreis … einen Kreis, der alles umschließt. Das fühlt sich an, wie der Abschluss einer Reise."

„Hm … erst ist es eins, dann teilt es sich auf, trennt sich von dem Einen, dann fällt es hinab und landet im Viereck – dem Stein? Der Materie? … Und dann wandert es einen ganzen Zyklus lang, bis es wieder zurück kann. Hm …" Sie schweigt nachdenklich. „Na ja, so könnte das Zeichen gedeutet werden", sagt Vik und ist sich nicht so sicher, ob das so stimmt.

„Das klingt plausibel. Ein ganzer Zyklus scheint zum Ende gekommen zu sein. Der Kreis umfasst alles und schließt sich. Es ist ein schönes Zeichen", stellt Peter fest.

„Ja, irgendwie schon. Aber was ich damit soll, weiß ich jetzt auch noch nicht so recht", antwortet Vik.

Sie schauen noch auf das Zeichen, als plötzlich zwei Frauen an ihrem Tisch stehen.

„Peter! Was machst du denn hier?", ruft eine der beiden mit erfreuter Stimme und schaut dabei interessiert auf Vik. „Martha! Griaß di!" Peter steht auf und grüßt die Frau mit einem Kuss auf die Wange. Er ist sichtbar verlegen und macht Vik dann etwas förmlich mit seiner Schwester bekannt. Martha hat die Kinder bei ihrem Mann gelassen und gönnt sich heute einen Shoppingtag mit ihrer Freundin in der Stadt, den sie ausgerechnet in diesem Café beginnen wollen. Zum Glück läutet Viks Handy und sie kann sich ganz schnell unter dem Vorwand eines wichtigen Telefonats verabschieden. Es ist Viks Mutter, die eher selten anruft. Sie hätte den Zeitpunkt nicht besser treffen können. Vik hat schon abgehoben und ihrer Mutter ein schnelles „Warte mal kurz" zugeworfen, dann hält sie das Handy etwas zur Seite und wickelt den Drachen mit einer Hand ins Tabaktuch.

„Wir hören uns", sagt Peter und reicht Vik mit einem vielsagenden Blick die Visitenkarte mit dem Zeichen. „Ja, ganz sicher. Auf bald!", sagt sie schon im Gehen und während sie sich zwischen den Tischchen durchwindet, hört sie Martha noch sagen: „Ich wollte euch sicher nicht stören. Das tut mir jetzt aber wirklich leid."

Nach dem Telefonat mit ihrer Mutter, ist sie etwas nachdenklich. Ihre Mutter war aus unerfindlichen Gründen in Sorge, ob es ihrer Tochter gut geht. Das ist in all den Jahren, in denen sie hier lebt, noch nie vorgekommen. Normalerweise ist Vik eher in Sorge, weil ihre Mutter nicht die stabilste Gesundheit hat. Aber derzeit geht es ihren Eltern offensichtlich gut. Sie hat ihrer Mutter nichts von all dem, was sich in der letzten Zeit ereignet hat, erzählt. Denn eigentlich ist ja nichts passiert. Sie war ein paar Mal in einem Seitental wandern, hat dort einen netten älteren Herrn und seinen Sohn kennengelernt und ein paar komische Träume gehabt. Nichts was Besorgnis erregen könnte.

Vik dreht noch eine Runde in der Stadt, gönnt sich ein Eis und denkt ein bisschen über das Treffen mit Peter nach. Sie versucht diese Gedankenfäden, die sich zeigten, als sie den Drachen in der Hand hielt, wieder aufzunehmen, kommt aber nicht weiter. Und das Zeichen? Es fühlt sich so an, als ob es ihre eigene Reise beschreibt. Keine Reise, die in diesem Leben begonnen hat, sondern eine sehr lange und eine sehr weite Reise. In ihr fühlt es sich so an wie damals am Flughafen in Heathrow, vor ihrem endgültigen Rückflug aus London. Der Aufenthalt in der Fremde war beendet, aber sie war noch nicht am Ziel und sie wusste auch nicht, was sie in ihrer neuen Heimat, in den Bergen, erwarten würde.

Die dünne Mondsichel kann die hohe, schwarze Burgmauer kaum beleuchten. Diese scheint irgendwo in der Unendlichkeit des schwarzen Himmels zu enden. Als sie nach langer Reise endlich die Pforte der vertrauten Heimatfestung erreicht, freuen sich die beiden schwarzäugigen Wächter zwar über das Wiedersehen, warnen sie aber besorgt davor, weiterzugehen. Sie jedoch ist fest entschlossen und beginnt ihre Suche im Innern der Burg. Jemand ist hier, ohne den sie nicht weiter gehen will. Jemand, mit dem sie verbunden ist und von dem sie sehr lange getrennt war. Die Gänge dieses Gebäudes scheinen ein Labyrinth zu sein. Überall lauern finstere Gesellen. Sie können Ihr aber nichts anhaben, denn sie haben keine Waffen. Plötzlich weiß sie: „Sie haben kein

Feuer um Waffen zu schmieden." Keiner hat Feuer. Die Burg ist dunkel und kalt. Sie kann nicht verteidigt werden und niemanden beschützen. Oben, in dem spitzen Turm, sitzen Frierende und wagen nicht, die finsteren Gesellen hinauszuwerfen. Auch sie haben kein Feuer. Aber wo ist es? Sie irrt durch die Gänge, treppauf, treppab. Es fühlt sich an, als hätte sie Bleigewichte an den Füßen, so langsam kommt sie voran. Dann, findet sie eine verborgene, in den schwarzen Abgrund führende Treppe. Immer tiefer steigt sie hinab. Als sie ganz im Schwarz angekommen ist und nicht mehr weiter weiß, als ihre Kräfte völlig am Ende sind und sie schon aufgeben will, öffnen sich vor ihr, ganz langsam, zwei riesige, grün leuchtende Augen. Endlich! Da bist du ja! Ihr Herz springt vor Freude.

Es ist noch dunkel, als Vik die Augen öffnet. Obwohl sie hellwach ist, bleibt sie noch eine Weile im Bett liegen. Das waren Drachenaugen. Schon wieder so ein komischer Traum und schon wieder der Drache. Ja, Peter hat Recht. Sie kann einen Drachen lieben. Sehr sogar. Nun mag Vik nicht mehr schlafen. Ein Blick auf das Handy-Display zeigt 04:13 Uhr. Sie steht auf, geht ans Fenster und schaut zum Hausberg hinüber. Hinter ihm beginnt der Himmel schon sanft den neuen Tag anzukündigen und es sieht aus, als würde das Tal dahinter leuchten. „Das Kartal grüßt mich", denkt sie und hat fast ein schlechtes Gewissen, dass sie heute nicht hinfahren will. Das Wetter ist für den

Vormittag eher schlecht angesagt und sie kann im Westen auch dunkle Wolken erkennen. Obwohl sie sonst ja wirklich gerne ins Kartal geht und sie viele Fragen an Arahal und Legorn hat, ist sie doch froh, für sich eine Ausrede zu haben, nicht hinzufahren. Einfach mal einen Sofatag kann sie wirklich gut gebrauchen. Und überhaupt: Es ist noch einiges im Haushalt zu erledigen.

Den ganzen Morgen hat sie damit verbracht, den Kleiderschrank zu sortieren, das Bücherregal abzustauben und im Büro zu räumen. Mit einer Tasse Tee setzt sie sich nun aufs Sofa und freut sich auf den gemütlichen Tag. Nur weil sie es nicht lassen kann, auch am Sonntag E-Mails abzurufen, schaltet sie ihr Handy ein. Gerade will sie die Mail-App öffnen, als das Handy einen Anruf in Abwesenheit anzeigt. Peter! Um 04:36 Uhr am Morgen! Sofort ruft sie zurück und er hebt schon nach dem ersten Tuten ab.

„Na, hast ausgeschlafen?", fragt Peter.

Vik fühlt sich irgendwie provoziert und verteidigt sich: „Nein, ich hatte nur das Handy nicht an. Ich hab heute schon ganz viel erledigt. Bin seit vier auf den Beinen. "

„Du auch?", fragt er kurz und spricht gleich weiter: „Hör zu, Vik: ich hatte heut Nacht einen eigenartigen Traum. Ich träum sonst nie. Meine Mutter saß an meinem Bett und sagte, ich soll sofort aufstehen und ihr helfen, ihre Schwester läge im Sterben."

„Und dann?", will Vik wissen.

„Dann bin ich aufgewacht und war Glockenwach. Um vier!" Peter schweigt eine Weile, dann hört sie ihn ins

Telefon schnauben. „Hm … das Komische daran ist, dass meine Mutter gar keine Schwester hat."

Vik denkt an die Elbenfürstin und dann an ihren Traum. Kein Feuer, um Waffen zu schmieden. Kein Feuer, um zu wärmen und zu erleuchten. Keine Kraft. Keine Lebenskraft! Plötzlich dämmert es ihr: „Peter, ich glaube, ich weiß was dort oben im Tal ist!"

„Was?", schießt es aus ihm heraus.

„Ich glaube es nur. Ich weiß es noch nicht. Ich fürchte, wenn ich dir das jetzt versuche zu erklären, kommt nur konfuses Zeug. Vielleicht brauche ich noch einen Tag. Ich denk noch drüber nach, ja?", fragt sie.

„Vik! Ich glaube, das geht jetzt nicht. Ich habe das Gefühl, wir haben keine Zeit. Seit heute Morgen sehe ich Blitze über dem Tal", sagt er und Vik merkt, dass er irgendwie verlegen ist.

„Was meinst du mit Blitzen?", fragt sie und erinnert sich an den leuchtenden Morgenhimmel hinter dem Hausberg. Das war aber von der aufgehenden Sonne gekommen und nicht aus dem Tal, beruhigt sie sich.

„Das erklär ich dir dann, wenn wir im Tal sind. Okay?"

„Bei dem Wetter! Und meine Waschmaschine läuft gerade. Die ist schon so alt. Ich will sie lieber nicht stoppen. Und alleine lassen kann ich sie auf keinen Fall. Die ist aber sicher erst um elf fertig. Bis ich dann oben bin, ist es zwölf. Das ist ja viel zu spät."

„Wir fahren mit dem Auto bis zur Alm. Das Wetter wird gegen Nachmittag richtig gut und es ist ja lange hell", erklärt er unbeirrt.

Vik mag sich nur schwer eingestehen, dass er Recht haben könnte. In ihr kämpft es. Vielleicht hat sie auch Angst? Sie weiß es nicht. Dann antwortet sie: „Okay. Ich bin um zwölf bei Euch."

„Komm zur Werkstatt. Ich muss noch was fertigmachen und es ist eh besser, wenn der Vater uns nicht sieht. Er macht sich sonst Sorgen", meint er kurz.

Nach dem Telefonat bleibt Vik einfach auf dem Sofa sitzen. Sie hat noch eine halbe Stunde Zeit, bis die Waschmaschine fertig ist. Eigentlich müsste sie packen. Aber was? Dann fällt ihr das Zeichen des Engels wieder ein. Das muss auf jeden Fall mit! Es wird sie schützen, egal was passiert. Sie holt das Zettelchen vom Schreibtisch und weil sie nicht so genau weiß, wohin damit, schiebt sie es sich in den BH. „Da ist es sicher!", grinst sie und ein Gefühl von Freude macht sich in ihr breit.

„Oh nein!", stöhnt Vik, als sie dem Ende einer langen Autoschlange auf der Passstraße entgegenrollt. Es muss einen schrecklichen Unfall gegeben haben. Vor der nächsten Kurve sieht sie mehrere Blaulichter und über ihr knattert ein Hubschrauber im Landeanflug. Was ist das bloß? Ohnehin ist sie schon viel zu spät dran. Musste sie denn heute Morgen unbedingt noch Wäsche waschen? Ausgerechnet heute glitt ihr beim Aufhängen ein T-Shirt aus der Hand und fiel nicht etwa einfach in den Hof, nein, es verfing sich in der Wäscheleine an Frau Pichlers Balkon. Bis Frau Pichler zur Tür kam und Vik ihr erklärt hat, worum es ging, diese dann verstanden hatte, Vik in ihrer Wohnung den Weg zum Balkon frei gemacht, indem sie den großen Blumentopf vor der Balkontür zur Seite gehievt und ihn dann, nach verrichteter Arbeit, wieder zurückgerüttelt und danach natürlich noch höflich Danke gesagt hat, war eine gefühlte Stunde um. Aber sie würde es noch schaffen bis zwölf, na, sagen wir mal zehn nach zwölf, bei Peter zu sein.

So. Und nun steht sie da und vor ihr kämpft vielleicht ein armer Mensch ums Überleben. Schon eigenartig: Erst wollte sie nicht ins Tal und seitdem sie fest entschlossen ist, stellt sich plötzlich alles in den Weg. Es fühlt sich an wie Chaos gegen Ordnung. Und während sie so darüber nachdenkt, wird ihr bewusst, dass sie in der letzten Zeit sehr viel über die Ordnung hinter den Formen gelernt hat. Ja, es ging eigentlich nur um Ordnung.

Obwohl sie schon immer irgendwie an Etwas, eine Intelligenz oder Absicht hinter allem geglaubt hat, war sie in den vergangenen Wochen so oft auf diese Präsenz gestoßen, dass diese nun ihr ganzes Leben und Denken durchwebte. Es kommt ihr so vor, als hätte sie in der letzten Zeit ihren großen, liebenden Vater bei einem Morgenspaziergang durch seinen wundervollen Paradiesgarten begleiten dürfen und er hätte ihr dabei jedes seiner Geschöpfe voller Güte und Freude gezeigt. Nie war sie allein gewesen und immer hat sie das Gefühl gehabt, von Liebe und Weisheit umgeben zu sein. Ganz unmerklich hat sich dabei die Ordnung, die sie außen erkannt hat, nach innen übertragen. Erst jetzt wird ihr bewusst, dass sie ihr Leben inzwischen gar nicht mehr als unordentlich empfindet, sondern erfüllt ist von Dankbarkeit dafür, dass sie hier sein darf auf dieser lieben Erde, umgeben von lauter Wundern. Dass sie keine eigene Familie hat und im Job nicht immer alles so läuft, wie es soll, stört sie gar nicht mehr. In ihr ist jetzt so viel Ruhe und sie hat das Gefühl, dass alles gut ist, wie es ist.

Nun wandern ihre Gedanken wieder zu dem Unfall und sie ruft: „Bitte, ihr Engel da oben, bitte helft ihnen ... und mir!", fügt sie trocken an, „dass das hier schnell geht und ich ins Tal komme."

Mittlerweile ist der Hubschrauber auf der Wiese gelandet. Und nun kommen andere Gedanken: Wie ein streitsüchtiger Kobold tobt ihr die Erinnerung an einen Hüttengast ins Gemüt. Er hatte einen schweren Bergunfall überlebt und ihr beim Abendessen, offensichtlich stolz, berichtet, dass sie nach der Hubschrauberlandung ganze zwei Stunden gebraucht hatten, ihn transportfertig zu machen. Puh! Wer weiß, wie lange das hier dauert! Vielleicht sollte sie Peter anrufen und die Sache verschieben? Was ist das nur heute? Es fühlt sich gerade so an, als ob jemand sie partout daran hindern wolle, ins Tal zu kommen. Vielleicht ist es besser nicht zu fahren. Wer weiß, was ihnen da noch zustößt! Minutenlang kämpft sie mit sich. Will sie vielleicht nicht? Ist sie zu faul? Hat sie Angst vor dem, was da Komisches im Tal ist? Sucht sie Ausreden, um sich einer Aufgabe nicht zu stellen? Oder wird sie daran gehindert, weil jemand anderes es nicht will? Sie weiß nicht, was sie tun soll. Sie weiß es einfach nicht!

Gerade als sie nach dem Handy greift, um Peter anzurufen, kommen ihr die Worte des Gebetes von Bruder

Klaus in Erinnerung. Sie hat es sich nach dem Gespräch mit Thomas tatsächlich ausgedruckt und an die Küchentür gehängt. Mittlerweile kann sie es auswendig: „Mein Herr und mein Gott", beginnt sie laut zu sprechen, „nimm alles von mir, was mich hindert zu dir. Mein Herr und mein Gott", bittet sie, „gib alles mir, was mich führt zu dir. Mein Herr und mein Gott", fleht sie aus ganzem Herzen, „nimm mich mir und gib mich ganz zu eigen dir." In ihr ist Ruhe und sie fühlt, dass es jetzt nicht um die kleine Vik und ihre Ängste und Sorgen geht, sondern um mehr. Um viel mehr. In ihrem Herzen ist nur noch der Wunsch, dem Werk des großen Schöpfers zu dienen und zu helfen, die Ordnung, SEINE Ordnung, wieder herzustellen.

Der Lärm des startenden Hubschraubers weckt sie aus ihren Gedanken. Nach nur wenigen Minuten beobachtet sie, wie sich die Autoschlange vor ihr in Bewegung setzt. Schon kommen die ersten Fahrzeuge entgegen. An der Unfallstelle kann sie nicht mal Spuren ausmachen. Was war das nur für eine Inszenierung?

Peter wartete schon im Auto, als sie mit zwanzigminütiger Verspätung endlich auf den kleinen Parkplatz vor seiner Werkstatt rollte. Wortlos saßen sie nebeneinander, als der Pickup sie ins Tal rüttelte und wortlos waren sie den Weg bis zum roten Fels gegangen. Sie konnte kaum Schritt halten, schlug sich aber wacker und ist nun froh, dass sie oben sind.

„Willst du hier bleiben?", fragt Peter und schaut mitfühlend auf seine schwer atmende Begleiterin.

„Hm, ich weiß nicht. Meinst du, wir sollten zum See?",
fragt Vik.

„Ich bin mir nicht so sicher. Die Blitze gehen von der
Pyramide aus", antwortet er und schaut sich um.

„Blitze?", fragt sie irritiert und sucht mit ihren Augen
die Karspitze ab.

„Ja, hm … du … weißt was? Ich geh mal hoch zum See.
Da sehe ich besser, was los ist. Wenn ich das Gefühl habe,
du solltest kommen, winke ich dir zu. Derweil kannst dich
a bissl ausruhen", meint er und grinst frech.

„Ja, fein, seeeehr gerne", sagt sie und lacht.

Als Peter sich zum Aufstieg abwendet, nimmt sie bereits
Legorn neben sich wahr.

„Wo ist Arahal?", fragt sie besorgt, weil sie merkt, dass
Legorn sehr schwach und müde wirkt.

„Bei ihrer Mutter, Frau Viktoria. Wenn wir es heute
nicht schaffen, das Blatt zu wenden, wird Berenga uns für
immer verlassen müssen", sagt er sehr leise.

„Das heißt, Peter hatte recht und es eilt?"

„Ja, Frau Viktoria. So ist es", meint Legorn feierlich.

„Aber, was können wir tun? Stimmt das? Hier ist das
Feuer irgendwie weg? Die Kraft?", fragt Vik.

„Ja, und es ist die Kraft, die alle Welten, Eure, unsere
und auch die der Meister im Berg nährt. Jemand hält sie
zurück."

„Jemand im Berg?", fragt Vik und antwortet sich selbst:
„Nein, jemand, der verhindern will, dass mit der Kraft
Waffen geschmiedet werden und dass sie missbraucht

wird. Das ist seine einzige Möglichkeit um Unheil zu verhindern und er nimmt in Kauf, dass andere frieren. Ist das so?"

„Ja, Frau Viktoria, das ist richtig."

„Die Ursache liegt in der Karspitze. Der, der auf dem Feuer sitzt, ist aber nicht im Berg. Wer wohnt da in dieser Pyramide?", will Vik wissen.

„Zu dem, was dort am Berg vor sich geht, kann ich nicht viel sagen. Es sind Wesen einer anderen Dimension. Ihr Wirkungsfeld reicht weit über die Grenzen meines bescheidenen Gebietes und auch über menschengemachte Grenzen hinaus. Es ist eine Gruppe von Wesen, die schon sehr lange hier wohnen. Was ihr Auftrag ist, entzieht sich meiner Kenntnis. Es ist aber gut möglich, dass du dich irgendwann daran erinnern kannst, Viktoria. Ich schätze, dass du sie kennst."

„Was?", fragt Vik erschüttert, „ich?"

„Ja", antwortet Legorn sanft, „die letzten Belehrungen hast du ja nicht mehr von uns bekommen. Ich meine, dass deine Freunde hier im Berg dich gerufen und deine Gedanken und Wege gelenkt haben dürften."

Wieder schaut sie zur Pyramide. Da fühlt sie sich seltsam an die Gefühle in ihrem Feuerwand-Traum erinnert. Dieser Schmerz, jemanden zu verlieren, ihn gehen lassen zu müssen, weil er einen anderen Weg eingeschlagen hat. Er beginnt Raum in ihr einzunehmen, langsam breitet er sich aus, bis sie vollkommen erfüllt davon ist. Ein großer, unheilbar scheinender Schmerz ist in ihr. Es fühlt sich an, wie ein Riss im Herzen. Etwas ist jetzt aber deutlich anders, als in ihren Träumen. Dieses Mal ist es nicht ihr Schmerz. Sie fühlt mit. Mit wem?

„In jeder geschlossenen Gruppe", beginnt Legorn sacht und spürbar betroffen, „sowohl im Himmel als auch auf der Erde, gibt es eine Neigung einzelner Mitglieder, aufzubegehren und eine andere Alternative vorzuziehen, als die anderen Gruppenmitglieder."

„Meinst du, das ist hier passiert?", fragt sie und kennt die Antwort schon. „Aber, das scheint ja schon lange so zu sein, warum ist es dann plötzlich so eilig?", fragt sie.

„Ich versuche dir das zu erklären: Vielleicht ist dir bei den Pflanzen eine Proportion aufgefallen, bei der das Verhältnis des Ganzen zu seinem größeren Teil dem Verhältnis des größeren zum kleineren Teil entspricht", beginnt Legorn.

„Du meinst den Goldenen Schnitt?", sagt Vik und es ist ihr ein bisschen peinlich, denn darauf hat sie bei all ihren Betrachtungen gar nicht geachtet. Aber sie hat es ja eigentlich sogar im Studium gelernt.

„Ja, so mögt ihr es nennen. Nun: um sich weiterzuentwickeln, zu wachsen, dem Licht entgegenzustreben, muss immer der größere Teil eines Systems, ob Körper oder Gruppe, wachsen wollen und das Licht zulassen. Wird dieser Teil aber kleiner, weil der widerständige Teil der Gruppe über das Maß dieser Proportion anwächst, kann das ganze System nicht mehr wachsen. Es stagniert, hat den Sinn verloren, wird zur bloßen Hülle", erklärt Legorn.

„Du meinst also, dass hier am Berg heute genau dieses Maß erreicht ist und …", sie versucht sich an ihr Studium zu erinnern, dann fällt es ihr wieder ein, „… mehr als 38 Prozent der Bewohner sich gegen die Ordnung auflehnen und alles hier in Gefahr ist?"

„Ja, es ist zwar nicht alles in Gefahr, aber vieles und für uns Bergelben ist es diesmal sehr bedrohlich", antwortet Legorn.

„Ah! Ja, jetzt begreife ich …, aber warum habt ihr mir so langatmig die ganzen Naturreiche erklärt. Ihr hättet mir doch gleich sagen können, was hier los ist."

„Meinst du das wirklich, Viktoria?", fragt Legorn und antwortet sofort: „Hier ist die gottgegebene Ordnung durcheinander geraten. Die göttliche Proportion. Nur ein Mensch, der diese Ordnung in sich trägt, kann helfen sie wieder herzustellen. Denn von solch einem Menschen strahlt Ordnung aus. Dies war nicht dein Zustand, als wir uns zum ersten Mal begegneten. Auch war ich nicht sicher, ob du es alleine schaffen würdest. Da wurde dir, zu unserem Glück, Peter an die Seite gestellt. So, wie auch sein Vater, ist er dir ein sehr alter Freund und Leidensgenosse. Aber auch er hatte noch viel Unbewusstheit und Unordnung in sich."

„Und jetzt ist das anders?", fragt Vik unsicher.

„Ich meine schon. Ja, und die zwingend notwendige Fähigkeit, nicht einfach alles zu glauben, sondern die Dinge zu prüfen, anzuwenden, eigene Betrachtungen anzustellen und durch die Intuition zur inneren Wahrheit werden zu lassen, die hast du bereits mitgebracht. Auch, wenn du deiner Intuition am Anfang oft nicht ganz vertrauen wolltest, bin ich mir nun sicher, du kannst dich von eben dieser Intuition jetzt führen lassen und wirst stets genau wissen, was zu tun ist", antwortet Legorn.

Nach einer kleinen Pause schaut Vik zum Plateau hoch. Peter ist nicht zu sehen. „Gut. Ich glaube, ich muss zum See", weiß Vik plötzlich und sie wendet sich dem Berg zu.

„Ich werde dich begleiten. Berenga und Arahal sind schon dort", sagt Legorn, aber Vik kann ihn schon nicht mehr sehen.

Oben am See steht Peter und schaut sehr konzentriert auf die Karspitze.

„Ich weiß es nicht", meint er als er sie entdeckt. „Ich hab dich nicht gerufen, weil ich unsicher bin, ob das der richtige Platz ist."

„Was siehst du, Peter?", fragt Vik.

„Es wird dunkler. Ich sehe sowas wie Fasern oder Bänder. Sie führen dunkles Licht. Das klingt widersprüchlich, aber so sehe ich es. Hier ist ein Knotenpunkt." Er deutet auf die Hänge des Rosenjochs. „Dort an der Pyramide ist einer und ein weiterer ist hier unter uns in der Erde. Sie gehören zusammen. Der Knotenpunkt unter uns ist ganz ruhig oder besser gesagt: Er sendet nicht. Ich merke aber irgendwie, dass dort einer ist. Es sieht aus, wie ein geschlossenes Ei, in dem es sehr hell ist, die Schale lässt aber nur ein schwaches Licht nach außen. Dort an der Karspitze wird gesendet und es geht direkt zum Sendemasten, um von dort wahrscheinlich dann die Menschen zu erreichen."

„Zu manipulieren?", fragt Vik.

Er schaut sie an, zuckt mit den Schultern. „Wahrscheinlich. Was kann dunkles Licht auch anderes machen?"

„Das siehst du, Peter?"

„Ja." Und nach einer kleinen Pause, in der er prüft, ob und wie er das erklären soll, fährt er fort: „Ich sehe es, aber ich kann es nicht deuten. Das ist ja auch der Grund, warum ich nie oder nur selten in die Stadt fahre. Das ist furchtbar. Ich glaube dort zu ersticken. Es sind so viele Eindrücke. Ich bin dem ausgeliefert", seufzt er, „eine Behinderung ist das."

„Du liebe Güte, Peter! Das muss in Hamburg ja furchtbar gewesen sein!", sagt sie voller Mitgefühl.

Peter schaut eine Weile auf seine Füße. „Es ging irgendwie. Man stumpft dann schon ab."

Er schaut sie kurz unsicher an, dann prüft er wieder die Pyramide: „Es ist eigenartig, heute ist mehr Bewegung dort. Das habe ich ja am Morgen schon gesehen oder eher gefühlt. Von unten kann ich ja nicht hier her sehen. Es sieht fast aus wie ein Kampf. Mal ist es heller, dann wieder dunkler. Es pulsiert und es gibt sogar Blitze." Er prüft lange den Berg.

„Was ist?", bedrängt ihn Vik.

Er kneift die Augen zusammen, ist ganz konzentriert, dann dreht er sich entschlossen zu Vik: „Hast du das Symbol dabei?"

Sie wendet sich von ihm ab, kramt den Zettel aus dem BH und hält ihm das Zeichen hin. In diesem Augenblick nehmen sie deutlich einen Schatten wahr, der schnell über den Berg huscht. Alarmiert schauen sie sich an. Das Wetter ist inzwischen herrlich. Über ihnen spannt sich ein makelloser Ende-Juni-Himmel. Von einer Wolke kann der Schatten daher nicht gekommen sein.

Vik fröstelt. Wieder erinnert sie sich an den Blick ihres alten Freundes in dem Traum mit der Feuerwand. Die gleiche kühle, unbarmherzige Sachlichkeit scheint sie anzustarren. Nun atmet sie einmal tief durch und erklärt: „Hör zu: Du siehst etwas, ich fühle etwas und ein bisschen weiß ich auch. Dort drüben in dieser Pyramide ringen Diener der Menschen, Diener Gottes, mit jenen unter ihnen, die eigene Pläne verfolgen. Die eine eigene Ordnung für besser halten, eine Welt nach ihren Vorstellungen erschaffen wollen und es leider damit auch schon ziemlich weit gebracht haben. Einmal waren sie alle Brüder. Der Abfall vom Weg geht so langsam, so subtil, dass diese Freunde anfänglich gar nicht bemerkt haben, wie immer mehr ihrer Weggenossen von diesem Gift befallen wurden. Jetzt sind es bereits so viele, dass es fast zu spät ist und dieser Ort zu kippen droht. Ich habe so eine vage Ahnung, dass hier unter dem See ein Hüter liegt und den Knotenpunkt verschlossen hat, sobald der erste Bruder ins Wanken geriet. Er hütet diesen Schatz und wird nicht einen leisen Schritt zur Seite gehen, ehe nicht die letzte dunkle Absicht bereinigt wurde."

Peter hat sie die ganze Zeit fasziniert angesehen. „Woher weißt du das alles?", fragt er beeindruckt.

Sie schaut ihn ruhig an und erinnert sich, wie sie hier vor nur drei Wochen ankam. Absolut ahnungslos. Langsam schüttelt sie den Kopf. „Ich weiß nicht woher. Aber ich glaube, dass es so ist."

„Hm, ja. Meinst du, das hat auch irgendwas mit Frau und Mann zu tun?"

„Wie meinst du das?", fragt sie interessiert.

„Ja, weißt, es gibt in dem Liniennetz, was ich sehe oder fühle, oder wie auch immer, solche eher wellenartigen Linien. Die gibt es überall, mal mehr, mal weniger. Das sind auch die, die mich zu meinen Ornamenten anregen. Um ein weibliches Wesen herum sind die häufiger, um einen Mann sind mehr die geraden, helleren Linien. Hier oben in diesem Tal sind fast keine wellenartigen Linien. Unten in unserem Haus auch nicht so viele. Nach deinem Besuch beim Papa, als der Blumenstrauß bei uns stand, waren viel mehr von den wellenförmigen Linien da. Es sind auch immer noch mehr als davor, obwohl der Strauß verblüht ist und nicht mehr da ist. Ich weiß nicht, ob das stimmt, was ich da so denke, aber ich glaube halt, dass die mehr schwingenden Linien was mit weiblichen Informationen zu tun haben und die anderen eher männlich sind. Um jeden Menschen sind schon beide Arten von Wellen und das kann sich auch ändern. Also ich meine, morgens kann es anders sein als abends oder so. Hm, jetzt wo ich darüber spreche, denke ich, das ist vielleicht alles ein Schmarrn."

„Nein", schießt es aus Vik heraus, „nein, überhaupt nicht. Das erklärt mir einiges."

Nun, nach dem Peter so ehrlich war, traut sie sich auch endlich, von Arahal und Legorn zu erzählen. „Es gibt da einen Bergelben, einen Fürsten. Du hältst mich jetzt vielleicht für total verrückt, oder?"

Er schaut sie enttäuscht an. „Traust du mir das wirklich zu? Glaubst du, ich würde dich für sowas schon für verrückt halten? Naa, sicher nit. Ich beneide dich darum, dass du so viel weißt."

Vik ist erstaunt, hält sie sich doch für so eine blinde, taube Nuss, die gar nichts kapiert. Durch seine Worte ermutigt, fährt sie fort: „Ja, also um es kurz zu fassen: Dieser Elbenfürst hat mir angedeutet, dass mit seiner Frau irgendetwas geschehen ist. Sie ist nicht gestorben, aber so richtig lebendig ist sie wohl auch nicht und heute ist sie ganz schwach." Bei diesen Worten sieht sie auf der anderen Seite des Sees Legorn stehen. Arahal kniet neben ihm und beugt sich über eine liegende Frau. Berenga! Du liebe Güte! Vik fühlt eine überwältigende Schwäche, muss sich setzen und nun begreift sie, wie sehr es eilt.

„Was ist los?", fragt Peter, hockt sich neben sie und versucht ihrem Blick zu folgen.

Als Vik sich ihm wieder zuwendet, sagt er: „Hm. Das passt aber zusammen. Die Wellenlinien fehlen, die Frau fehlt, die Fürstin hat keine Kraft mehr …, meine Mutter sagt, dass Ihre Schwester … warte mal!"

„Peter!", ruft Vik und springt wieder auf. „Ich glaube, es eilt. Was sollen wir tun?"

„Keine Ahnung!", sagt Peter und schaut sich hilflos um. Es entsteht eine ratlose Stille.

„Glaubst du an Drachen? Also nicht an Holzdrachen?", fragt Vik schnell.

„Was meinst du mit Drachen? Meinst du die schuppigen, geflügelten Wesen oder die …", er ringt nach den richtigen Worten, „… diese in der Erde wohnenden Kräfte?"

„Das weiß ich nicht, vielleicht ist das beides ein und dasselbe", meint Vik nervös.

„Ja, ich glaube daran. Ich glaube an beides", antwortet er lebhaft.

„Könnte es sein, dass unter dem See ein Drache wohnt?", fragt sie, um ihre Gedanken bestätigen zu lassen.

„Es gibt hier so eine Sage …", beginnt Peter.

„Du meinst die mit der Seeschlange und dem Hirten? Die kenn ich."

„Du? Woher kennst denn du die? Du bist doch gar nicht von hier und nicht mal die Hiesigen kennen sie alle!", ruft er aus.

„Aus dem Internet", antwortet Vik trocken.

„So. Ja", sagt er und schweigt einen Moment. „Unter uns ist ein Drache. Mama hat sie ja gemalt. Im Käfig", meint er zuerst in Gedanken, dann schaut er Vik hellwach an.

„Sie?", fragt Vik.

„Ja, es ist eine Drachenfrau."

„Stimmt." Und Vik erinnert sich an ihren Traum. Dieser Drache war ihr so weiblich vorgekommen.

„Im Käfig …", sinniert sie. Dann fragt sie sich laut: „Wie befreit man einen Drachen?"

„Ohoh!", macht Peter „Puh, das würde ich mich aber nicht trauen."

„Ja, aber im Käfig kann ein Drache uns nicht wirklich beschützen. Oder?"

„Nee", sagt Peter lang gedehnt, „darum hab ich den Holzdrachen ja auch befreit. Aber das ist eine andere Sache." Und dann wendet er sich wieder der Karspitze zu.

„Gut", sagt er entschlossen, „ich kann irgendwie was sehen, was hier los ist, du kannst fühlen, was hier los ist, wir haben keine Angst vor Drachen und dieses Zeichen da auf dem Zettel kann anscheinend was bewegen."

Ratlos betrachten sie eine Weile das gelbe Zettelchen, dann sagt Peter: „Keine Ahnung, was wir damit sollen, aber es hat ja wohl eine Wirkung auf den Berg. Weißt du? Es kommt von den Engeln und vielleicht sollten wir die Engel einfach um Hilfe bitten. Sie wissen ja wahrscheinlich, was sie damit anfangen können."

Sie schaut ihn völlig irritiert an. Warum ist sie da nicht selbst drauf gekommen? Weil Frau Viktoria mal wieder dachte, sie müsste das alles alleine lösen. Sowas blödes! Vik schaut Peter entschlossen an und nun wissen sie plötzlich beide, was zu tun ist. Sie stehen sich gegenüber, platzieren den Zettel zwischen sich auf einem großen Stein und sprechen, ohne sich vorher über die Worte geeinigt zu haben, wie aus einem Munde: „Wir Menschen bitten die Engel um Hilfe!"

Verwundert sehen sie sich an und rufen dann wieder: „Wir Menschen bitten die Engel um Hilfe!", „Wir Menschen bitten die Engel um Hilfe!"

Als sie schweigen, geschieht nichts. Alles ist wie bisher und Vik will gerade zweifeln, als sich über dem Siegel eine Lichtsäule aufzubauen scheint. Vor ihrem inneren Auge kann Vik sehen, dass sie umringt sind von großen, lichtvollen Gestalten. Peter sieht das offensichtlich auch. Sie stehen durchströmt von einer mächtigen Kraft. Auf der anderen Seite, um die Pyramide herum, werden Schatten sichtbar. Drohend brauen sie sich zusammen. Auch dort hat sich nun ein Ring aus Licht aufgebaut.

Als der Platz, auf dem sie stehen, zu pulsieren scheint, springt Peter auf Vik zu und reißt sie zur Seite. „Komm!", ruft er gehetzt. Schon hat er ihren Rucksack über die Schulter geschwungen und sie springen in großen Sätzen die Steinplatten des Plateaus hinunter. Ab und zu dreht er sich um, ob sie ihm folgen kann. Sie ist dicht hinter ihm. Im gleichen Tempo überwinden sie den schmalen, steilen Pfad an der Seite des roten Felsens. Dort machen sie kurz Halt. Der Boden bebt auch hier. An der Pyramide zeigen sich rote Staubwolken. Steine poltern an ihren Flanken hinunter und über dem See können sie Blitze erkennen. Nun rennen und hüpfen sie über den Pfad, der unterhalb der Pyramide entlangführt. Vor ihnen springt ein großer Stein, büschelweise Gras und Erdbrocken in die Luft schleudernd, über den Weg. Sie müssen einen Moment anhalten, um ihn queren zu lassen. Peter blickt nach oben und prüft den Hang, der nun zu leben scheint. Alles ist in Bewegung. Sie rennen über den schmalen Pfad und erreichen atemlos die ersten Latschenkiefern. Hier ist es etwas sicherer. In diesem Augenblick hören sie hinter sich ein großes Tosen. Als sie sich umdrehen, sehen sie einen riesigen roten Felsen unterhalb des Gipfels in die Tiefe stürzen. Hinter ihnen tobt ein Inferno und sie hetzen den Berg hinab. Unten bei der Lärche wartet Peters Auto. Die Luft ist schon voller

Staub und Peter betätigt die Scheibenwischer, um etwas sehen zu können. Ohne auf die Schlaglöcher und Rinnen zu achten, rast er den Berg hinunter. Einige Male kracht das Fahrzeug, hebt sie kurz aus den Sitzen, wirft sie hin und her. Erst bei der kleinen Waldkapelle verlangsamt er wieder das Tempo.

„Damals, also vor ein paar Tagen, als ich dich da mit deinem Mountainbike stehen sah, da hab ich plötzlich gewusst: ‚Die, oder keine.'"

Vik reißt den Kopf herum und starrt ihn an. Ihr fehlen die Worte und es kommen ihr eine unendlich scheinende Weile auch keine. Peter, der die Augen konzentriert auf die Piste heftet, wagt nur einen kurzen Blick zu ihr, dann schaut er stumm und ausdruckslos nach vorne.

Hannes erwartet sie bereits voller Sorge am Gartentor. Er hat Peters Auto ins Tal hochfahren sehen und Vik auf dem Beifahrersitz erkannt, als er im Garten Unkraut gejätet hat. Jetzt, wo der verstaubte, grasgrüne Pickup seines Sohnes aus dem Wald rollt, löst er nur kurz zum Gruß seinen Blick vom Wald, denn darüber steigen Staubwolken auf und das ganze Tal flackert vor seinem inneren Auge in roten Flammen. Zum ersten Mal, seit er hier lebt, ist der Sendemast nicht eingehüllt in eine düstere, zerfetzte Wolke. Es ist zwar auch nicht hell um ihn herum, aber nicht mehr so dunkel wie sonst.

DIE LIEBE

Lange sitzen sie noch auf der Treppe vor dem Haus, genießen den kühlen Hollersaft und verdrücken gemeinsam einen ganzen Laib von Hannes' selbst gebackenem Speckbrot. Sie tauschen sich darüber aus, wie sie die unsichtbaren Welten um sich herum wahrnehmen und stellen fest, dass sie von ganz unterschiedlichen Bildern und Gleichnissen ausgehen. Jedem von ihnen haben diese Welten dadurch einen bestimmten Aspekt gezeigt und ein ganz eigenes Geheimnis enthüllt. Interessanterweise kann jeder aus dem heutigen Erlebnis einen anderen Schluss für sein Leben ziehen.

Vik erinnert das ein bisschen an Weihnachten: Das Fest und der Anlass sind ja für alle genau gleich. Alle Familienmitglieder sitzen um denselben Baum und singen dieselben Weihnachtslieder. Das Geschenk unter dem Baum ist jedoch für jeden ein ganz anderes.

Als Vik von Arahal und Legorn und den vielen Erkenntnissen und Erlebnissen in den letzten Wochen berichtet, hören die beiden Männer fasziniert zu. Sie ergänzen ihre Beobachtungen und Deutungen und allmählich verstehen sie ein bisschen mehr, was dort oben geschehen sein muss. Alle sind sich einig, dass unter dem Himmelsee ein Kraftzentrum liegt, welches schon seit sehr langer Zeit die Kräfte zurückgehalten hatte, um zu verhindern, dass ungute Informationen über die Kraftlinien der Erde verbreitet werden.

„Diese ganzen Geschichten von Drachen, die auf einem unterirdischen Goldschatz liegen, haben sicher etwas damit zu tun", meint Vik.

„Stimmt!", ruft Peter aus, „unten in der Stadt gibt es doch auch eine Geschichte von einem Drachen, oder?"

„Ja", sagt Hannes, „aber das ist eben unten in der Stadt und die Seeschlangengeschichte ist hier oben im Tal. Ich meine, das ist nicht der gleiche Drache. Unten wird ein anderer sein. Ich glaube, dass die Geschichten der Menschen sehr viel mehr Wahrheit beinhalten, als wir so denken und die Ortsangaben sind schon ernst zu nehmen. Das haben wir ja heute erlebt. Ich bin sehr gespannt, was sich hier im Tal verändern wird, jetzt wo der Drache ja offensichtlich wieder wach ist."

„Dann war unten in der Stadt auch ein Drache?", kommt Vik nochmal auf die Äußerung von Peter zurück.

„Ja, da wo jetzt das Kloster steht", erklärt Peter.

„Ach!", sagt Vik, „das ist ja interessant!"

„Wieso?", will er wissen. Und Vik erklärt: „Vor einigen Tagen habe ich mich mit einem Bekannten über Drachen unterhalten und er vertritt die Ansicht, dass Kirchen und Schlösser gerne auf diese ‚Drachenpunkte' gebaut wurden. Vielleicht passt das den Drachen aber nicht."

„Das kann ich verstehen. Würde mir auch nicht gefallen", meint Peter. „Na ja, hoffen wir, dass der noch eine Weile schläft. Auf noch so ein Erdbeben hab ich jedenfalls keine Lust."

Es entsteht eine längere Pause, in der alle an die Ereignisse im Tal oben denken und erst jetzt wird ihnen bewusst, wieviel Glück sie hatten, dass ihnen nicht ein Haar gekrümmt wurde. Es hätte auch sehr anders für sie ausgehen können. Vik, die den Zettel mit dem Siegel noch schnell in die Tasche gesteckt hat, bevor sie den Berg hinuntergerannt sind, zerrt ihn jetzt hervor. „Ich glaube, das hat uns geschützt", meint sie und spürt in diesem Moment die Präsenz des Engels. Sie fühlt sich umgeben von Liebe und Güte. Als sie die beiden Männer ansieht, entdeckt sie in Hannes Augen Tränen glitzern und Peters Blick ruht unendlich sanft auf ihr.

„Dieses Zeichen hat viel mit dir zu tun, Vik", sagt Hannes nach einer langen Weile. „Als ob es deine Geschichte erzählt. Unsere Geschichte."

Wieder ist es still und alle spüren die tiefe und uralte Verbindung ihrer Seelen. Dann drängt es Vik etwas ganz anderes zu fragen: „Sag mal Hannes, woher wusstest du eigentlich, dass ich einen Drachen kenne?"

„Ja, weißt, manchmal sehe ich Sachen in meinem Kopf, die anscheinend bei anderen Leuten im Kopf herum schwirren und wenn ich dann beginne darüber zu sprechen, dann kommen weitere Sachen, die ich davor eigentlich gar nicht wusste. Das ist manchmal sehr eigenartig." Er lacht und meint belustigt: „Aber zum Glück passiert das ganz selten". Nachdenklich ergänzt er: „Ich glaube, ich kann sowieso nur das sehen, was etwas mit mir zu tun hat. Auch, wenn ich das nicht immer mag."

„Stimmt", sagt Peter, „wenn ich ganz ehrlich bin, sehe ich immer nur die Dinge, die etwas mit mir zu tun haben. Ich glaub das geht gar nicht anders."

„Wenn du etwas verstehen sollst?", fragt Vik.

„Ja", meint Peter, „manchmal sind es auch Sachen, die ich schon verstanden habe, aber noch etwas …", er sucht nach dem passenden Wort.

„Etwas vertiefen willst, vielleicht?", hilft Vik ihm.

„Ja, vornehm formuliert könnte man das so sagen. Ja. Und bei Menschen ist das auch so. Manchmal ärgere ich mich über einen Kunden und wenn ich dann mal Zeit habe, darüber nachzudenken, was mich eigentlich an ihm stört, kann die Sache ganz schön unangenehm werden."

„Weil du das auch so machst?", fragt Vik.

„Ja, entweder das, oder weil ich mich ärgere, dass der einfach etwas tut, was ich mich nie getrauen würde … aber vielleicht auch gern machen würde, während er das anscheinend ganz selbstverständlich tut."

„Hm", überlegt Vik und denkt an die unentschiedenen Ärzte. Da sieht sie plötzlich das ganze Bild. Ihre eigene Angst, die richtige Entscheidung zu treffen und vielleicht Fehler zu machen und die Sache mit dem Willen. Genau in der Zeit, als sie diesen ganzen Kampf in sich austrug, haben die Ärzte ständig umentschieden. Das kann doch kein Zufall sein! Jetzt kann sie die Ärzte plötzlich verstehen. Ihr Herz geht auf und sie fühlt so mit. Der ganze Ärger – einfach weg!

So, wie der Duft der vielen Blumen im Garten eine harmonische Symphonie zaubert, schweben auch diese unterschiedlichen Menschen in einer vereinenden Sphäre tiefer Freundschaft und Seelenverwandtschaft. Innen und außen scheinen sich vollkommen zu gleichen und in beglückender Harmonie zu klingen. Als am gegenüberliegenden Berg langsam die Lichter des Herz-Jesu-Feuers flackern und ein riesenhaftes, von einem Kreuz gekröntes Herz sie anfunkelt, verabschiedet Hannes sich ins Haus.

Peter und Vik sitzen lange ganz still. Sie schauen auf die schartige Pyramide der Kreuzspitze und das Herz aus Fackeln. Vik fragt sich gerade, wie viele Male dieser Berg wohl schon dunkles Ungeziefer abschütteln musste, als Peter feststellt: „Nach diesem Erlebnis heute sehe ich die Scharten in der Kreuzspitze ganz anders. Wie oft dort wohl schon …"

„Ja, das habe ich mich auch gerade gefragt", fällt ihm Vik ein bisschen nervös ins Wort. Sie schauen sich nur kurz an und müssen verlegen lächeln.

„Du musst geglaubt haben, ich bin vollkommen verblödet, als ich dir erklärt habe, dass du mit dem Mountainbike nicht mehr weit kommst. Mir ist einfach überhaupt nix gescheiteres eingefallen", meint Peter plötzlich.

„Ja", kichert Vik, „das hab ich wirklich gedacht."

Peter schmunzelt ein bisschen, dann versucht er seine Ehre zu retten: „Ich hab ja gesehen, dass du es schon abgestellt hattest."

„Ja, eh!", lacht Vik ihn jetzt ganz unverschämt aus. Dann gesteht sie in kindlichem Tonfall: „Ehrlich gesagt, fand ich es schon ein bisschen schade, dass du mich nicht ‚länger aufhalten' wolltest."

Peter schnaubt belustigt.

Wieder schauen sie eine ihnen unendlich scheinende Zeit schweigend auf das brennende Herz.

Seitdem Hannes ins Haus gegangen ist, baut sich zwischen ihnen eine sanfte Spannung auf. Wie ein elektromagnetisches Feld, in dem alles entstehen kann. Eine Sphäre, die den fruchtbaren Nährboden bereitet, in den der Same für etwas Neues gelegt werden kann, in der aber auch viele Vorstellungen und Eigenschaften auf den Prüfstand kommen und verwandelt werden müssen. Ihre Freundschaft und Verwandtschaft im Herzen gibt ihnen jetzt den Mut, dieses Feld zu betreten, wissend, dass es sie verändern wird. Vik schwankt zwischen „Das ist nicht auszuhalten!" und „Ist das schön!"

Als nach einer halben Ewigkeit die Spannung wirklich nicht mehr zum Aushalten ist, bricht Peter das Schweigen. „Viktoria", sagt er sanft und legt den Arm vorsichtig um sie. Sie antwortet, in dem sie ihren Kopf an seine Schulter schmiegt, und nach einer Weile sagt sie glücklich: „Peter".

DIE RÜCKKEHR

Groß und mächtig war ich, als ich entschied herzukommen. Der Wille des Einen strömte durch mich hindurch, wurde zu meinem Willen und was ich wollte, geschah. Die Aufgabe, einen jungen Planeten zu unterstützen, war keine große Herausforderung für mich.

Als meine Begleiter und ich in die Dimension der Erde traten, wussten wir, dass uns jeder noch so kleine Makel zur Prüfung werden könnte. Ich war mir jedoch sicher, dass ich vollkommen rein wäre und diese Sphäre mir daher nichts anhaben könne. Welch ein Irrtum! Mein strahlendes Gewandt hatte einiges gut übertüncht und vor meinen Blicken verhüllt. Macht und Kraft waren mir allmählich zur Gewohnheit geworden und anscheinend doch zu Kopfe gestiegen. Ganz unmerklich hatten sich Dünkel und Eigenwille eingeschlichen. Heimlich hatten diese dunklen Gesellen in meinem Seelenkleid auf ihren Moment gewartet. Dieser kleine Planet, von dem ich mir eingebildet hatte, dass ich ihm helfen könnte, wartete mit einigen Überraschungen auf mich. Hier wurde der Schüler zum Meister und der Meister zum Schüler.

Heute, da meine lange Reise sich dem Ende entgegenneigt, kann ich es mit großer Dankbarkeit sagen: Dieser Planet hat mich vor dem Schlimmsten bewahrt. Seine Aura wirkte wie eine Lupe auf meine Makel. Sie drangen an die

Oberfläche, kamen zur Wirkung und brachten mich zum Stolpern. Auch, wenn dies für unzählige Erdenleben viel Leid bedeutete, bin ich mir des großen Gnadengeschenkes bewusst: Wären diese dunklen Kräfte in meiner Dimension wirksam geworden, wäre ich nicht nur gestolpert, sondern sehr tief gefallen.

Meine Freunde, die ich vor langer Zeit im Pyramidenberg zurückgelassen hatte, waren ebenso wenig den Herausforderungen der Erde gewachsen gewesen. Einigen war ihr Hochmut zum Stolperstein geworden. Ganz allmählich hatte einer nach dem anderen begonnen, den Dienst an der Erde und ihren Reichen auf seine Weise zu interpretieren und die gemeinsame Aufgabe neu zu definieren.

Es gab Diskussionen, Streit und Grüppchenbildung. Die ursprüngliche Absicht rückte in den Hintergrund und diejenigen, die auf keinen Fall in das Treiben der Menschen eingreifen wollten, um den freien Willen nicht zu manipulieren, vermieden es, ein Machtwort gegen ihre abtrünnigen Genossen zu sprechen. Sie trauerten und haderten und waren unfähig zu handeln. So waren auch sie unmerklich vom Weg abgekommen und allmählich war die Fackel der Weisheit und Liebe an diesem Platz fast erloschen.

Rohana, meine treue Drachenfreundin, hatte die Entwicklung beobachtet und rechtzeitig gehandelt. Trotzig und eisern schützte sie die Feuer der Erde vor Missbrauch und damit auch meine Freunde vor sich selbst. Mehr durfte sie nicht tun und mehr durfte auch ich nicht unternehmen.

Auf diesem Planeten gab es noch eine letzte Prüfung für mich. Eine Tat, die ich in meinem derzeitigen Körper mit seiner langsam erwachenden Persönlichkeit tun wollte. Ich war mir vollkommen bewusst, dass ich den Ausgang dieser Situation nun nicht nach meinem Wunsch gestalten durfte. Ich war mir bewusst, dass dies bedeuten könnte, dass ich einige meiner Freunde, auch Rohana, wieder verlieren würde. Eine Weile rang ich mit mir. Doch dann war ich fest entschlossen, durch diese Pforte zu schreiten, um die Heimreise in einem bereinigten Kleid antreten zu können. Ich legte meine Macht und meine Willenskraft vollkommen in die Hände meines Vaters. Demütig bat ich seine Boten um Hilfe, damit seine Ordnung einkehre und sein Wille geschehe. Nur sein Wille.

Nach all den Jahrtausenden, in denen ich durch viele Irrtümer und Fehlinterpretationen der göttlichen Gesetze so leidvolle Erfahrungen machen musste, hatte ich eines gelernt: Nichts auf Erden ist mächtiger, als eine reine, aufrechte und uneigennützige Bitte aus Menschenmund.

DER FRIEDEN

Der riesige, rote Felsen leuchtet majestätisch in der Nachmittagssonne eines heißen Junitages. Unten im Tal schlagen vertraut die Glocken der Kühe, die gemächlich würzige Almkräuter in ihren Mäulern zermalmen. Hoch oben in der Luft dreht ein Rabenpaar krächzend seine Runden. Auf dem Felsen sitzt Sarah neben ihrer Mama und lässt sich Geschichten von Sternenboten und der großen Drachenmutter am anderen Ende der Milchstraße erzählen. Unten am Bächlein baut Papa mit ihrem jüngeren Bruder ein Wasserrad.

„Mama?", fragt Sarah,

„Ja?"

„Das Drachenkind, ist das eigentlich ein Junge oder ein Mädchen?"

„Oh", erklärt ihre Mutter, „das ist inzwischen kein Kind mehr, sondern eine Drachendame!"

„Ist das immer so, dass Drachenreiter und Drachen beides Frauen sind? Oder beides Männer?"

„Hm, das weiß ich nicht. Bei uns ist das so."

„Seid ihr jede Nacht weg?", fragt sie besorgt.

„Nein, gar nicht so oft. Meistens bei Vollmond klopft Rohana unternehmungslustig an mein Fenster. Dann rutsche ich an ihrem langen, schuppigen Hals herunter, schmiege mich an sie ..."

„Und auf geht's in die Luft!", ruft Sarah begeistert.

„Ja", lacht Viktoria.

„Wo ist denn der Drache?", fragt ihre Tochter und schaut sich um.

Viktoria zeigt zum Hang unterhalb des Himmelsees und sagt. „Dort."

Sarah schaut ganz aufmerksam und lange dort hin. Viktoria fühlt den Gruß des Drachen im Herzen und erwidert ihn sanft. Da ruft Sarah ganz aufgeregt. „Mama, sie hat mir zugezwinkert!"

„Oh! Ist das schön!", ruft Viktoria beglückt, „Das heißt, dass sie dich sehr mag."

Die Frauen schauen hinunter zum Bach, wo das Wasserrad sich jetzt kräftig dreht. Sie jubeln und die beiden „Männer" schauen stolz zu ihnen hinauf.

„Papa?", sagt der vierjährige Anton zu Peter, als er prüfend die Pyramide betrachtet.

„Ja?"

„Warum schauen uns die Männer da oben so an?"

„Oh!", meint Peter und sieht nur große helle Lichtbögen von der Pyramide ausstrahlen. „Ich denke sie grüßen uns."

Zufrieden wendet sich Anton seinem Vater zu und meint in gleichgültigem Alltagston: „Ja, das haben sie mir eben auch gesagt. Und warum ist der Berg verletzt?"

„Du meinst die rote Wand unterhalb des Gipfels? Och, das war mal ein Bergsturz, aber da warst du noch nicht auf der Welt. Das war, als dort auf dem Hausberg noch ein ganz großer Sendemast stand."

Anton ist beeindruckt, schaut auf den sanften Hügel, überlegt kurz, reckt dann seinen Arm in die Höhe und geht auf die Zehenspitzen, so hoch er kann. „Soo hoch?"

Peter schnappt ihn, hebt ihn sich auf die Schulter und sagt: „Mach das nochmal!"

Anton hebt seine Hand. „Soo?"

„Ja genau so und der war rot-weiß gestreift."

„Ohh!", macht das Bübchen beeindruckt.

Oben auf dem Stein sitzen Arahal und ihre Mutter glücklich neben Viktoria und Sarah. Obwohl sie erst in das Tal eingezogen waren, als Phaoba es schon sehr lange verlassen hatte, fühlen sie eine tiefe Freundschaft zu diesem Wesen und der lieben Person, die ihm jetzt Heimat ist. Sie genießen die Zeit mit ihrer Freundin und deren Familie. Nach dem großen Bergsturz und der Befreiung des Drachen konnte nach langer Zeit die Ordnung wieder ins Tal einziehen. Die hohen Herren in der Pyramide strahlen ungestört ihre reine, weise Liebe aus und Berenga konnte schnell wieder zu Kräften kommen. Nun nährt die Fürstin der Bergelben ihr Volk wieder mit ihrer warmherzigen, klugen Mutterkraft. Arahal muss laut lachen, als sie das Bübchen mit dem Vater beobachtet.

„Was war das?", fragt Sarah hellwach und schaut sich suchend um.

Zeitfracht Medien GmbH
Ferdinand-Jühlke-Straße 7
99095 Erfurt, Deutschland
produktsicherheit@kolibri360.de